btb
Aus Freude am Lesen

btb

Buch

Malenka, kleines Donnerchen, so wurde Margot Jarosch liebevoll von ihrer Großmutter Anna genannt, nachdem sie 1926 bei einem heftigen Gewitter zur Welt kam. In der damaligen pommerschen Kleinstadt Pyritz, in einer Stube in der Kleinen Wollweberstraße, wächst die elternlose Malenka wohlbehütet bei ihrer Großmutter auf, die eine Wurstkocherei für den Hökerhandel betreibt. Aber auch die Liebe ihrer Großmutter kann die gesellschaftliche Benachteiligung, unter der Malenka zu leiden hat, nicht vergessen machen. Geprägt durch Armut und Demütigung der Kriegszeit und verachtet von Mitschülern aufgrund ihrer nicht makellosen Herkunft, bleiben Malenka die Tore in die Zukunft verschlossen; auch den Traum zu studieren kann sie nicht verwirklichen. Als sie dann in den Wirren des Kriegsendes ihre Freundin Lore Möller tot im Straßengraben auffindet, kann sie der Verlockung nicht widerstehen: Malenka schlüpft in die Identität ihrer Freundin und hofft, ihre so lang ersehnten Ziele doch noch realisieren zu können. Nicht einmal die oft von ihrer Großmutter ausgesprochene Warnung »wer springt auf Pferd von hinten auf, kann fallen in Dreck von vorn« kann sie von dem gewagten Rollentausch abhalten. Aber so leicht läßt sich das Glück nicht erzwingen.

Autorin

Irina Korschunow wurde in Stendal als Tochter einer deutschen Mutter und eines russischen Vaters geboren. Sie ist erfolgreiche und mehrfach ausgezeichnete Autorin von Kinder- und Jugendbüchern, Drehbüchern zu Fernsehfilmen und zahlreichen Romanen. Irina Korschunow ist Mitglied des PEN und lebt in der Nähe von München.

Von Irinia Korschunow außerdem bei btb lieferbar

Ebbe und Flut. Roman (72173)
Der Eulenruf. Roman (72532)
Das Spiegelbild. Roman (72333)

Irina Korschunow

Malenka

Roman

btb

Umwelthinweis:
Alle bedruckten Materialien dieses Taschenbuches sind chlorfrei und umweltschonend.

btb Taschenbücher erscheinen im Goldmann Verlag, einem Unternehmen der Verlagsgruppe Bertelsmann.

1. Auflage
Genehmigte Taschenbuchausgabe November 2000

Umschlaggestaltung: Design Team München
Umschlagmotiv: Iwan Schischkin
BH · Herstellung: Augustin Wiesbeck
Made in Germany
ISBN 3-442-72737-5
www.btb-verlag.de

Im übrigen, wer redet noch von Pyritz. Ehemals pommersche Kreisstadt, so sagt das Lexikon, elftausend Einwohner, im Zweiten Weltkrieg zu neunzig Prozent zerstört, jetzt Pyrzice in der polnischen Woiwodschaft Szczecin, früher Stettin. Ein nüchterner Nachruf. Was darüber hinausgeht, Worte wie Heimat, deutsche Heimat, polnische Heimat, ist ohnehin kein Thema für ein Lexikon, so wenig wie für Margot, die behauptet, Pyritz hinter sich gelassen zu haben, mit Wall und Mauritiuskirche, mit Eulenturm, Bahner Tor, Marktplatz und Mühlengraben und dem Ring aus Weizenfeldern, Kornblumen und Klatschmohn. Heimat? Ich bin dort geboren, sagt sie allenfalls, so, als habe das eine mit dem anderen nichts zu tun.

Dennoch, Pyritz als Anfang. Achtzehn Jahre wiegen schwer, die ersten achtzehn vor allem, auch dann, wenn man versucht, sie wegzuschieben, und eine andere sein will, als man damals war, nicht mehr Margot, das Mädchen aus der Kleinen Wollweberstraße, ein Name, der ihr ohnehin nie wirklich unter der Haut saß. Andere gebrauchten ihn, Fremde und Freunde, für sie selbst jedoch, in Gedanken, erst recht im Traum, galt Malenka, so, wie ihre polnische Großmutter Anna Jarosch sie genannt hatte, gleich nach der Geburt.

Grund dafür war das Gewitter, das an diesem Tag im Mai 1926 über Pyritz niederging, mit Getöse, die Scheiben sollen gezittert haben, als der Kopf des Kindes zum Vorschein kam, und die Hebamme sagte: »Dat wart mi mol 'n Dunnermäken.«

Anna Jaroschs Ohren hatten gelernt, mit dem pommerschen Platt fertig zu werden, der Mund jedoch nicht.

»Warum Mädchen?« protestierte sie also in ihrem kehligen Hochdeutsch, denn sie hoffte auf einen Jungen als künftige Stütze in dem männerlosen Haushalt, aber auch weil sie fand, daß für einen Mann, trotz Krieg und Maloche, das Leben leichter sei.

»Mann hat Juchhe, Frau hat Ade«, lautete einer ihrer seltsamen Sprüche, woher immer sie kommen mochten, vielleicht verballhornt aus dem Polnischen.

Sie stand am Bett und sah auf Hedwig, ihre Tochter, die das Juchhe seit neun Monaten hinter sich hatte und dem Ade, noch ahnte es niemand, entgegeneilte. Sie sah auf das Kind, wie es sich aus der Tochter herausschob, und als es sich tatsächlich als Mädchen erwies, erklärte sie: »Ist gut, Hedwig. Mädchen wird nicht Soldat, stirbt nicht mit Kugel in Kopf.«

Während die Hebamme sich um die Wöchnerin kümmerte, die heftiger blutete, als gut war, wusch und wickelte Anna Jarosch das Kind. »Malenki grzmocik«, murmelte sie dabei, Donnerchen, kleines Donnerchen, und als sie das Bündel ihrer Tochter brachte, war schon Malenka daraus geworden, hier hast du dein Malenka. Ein Kosewort. Hedwig jedoch, die nicht polnisch verstand, auch nichts mit Polen und allem Polackischen zu tun haben wollte, rief: »Sie soll Margot heißen« und brach in Tränen aus.

»Jesusmaria, ja, wird Malenka heißen Margot«, sagte ihre Mutter erschrocken, war aber schon nicht mehr von Malenka abzubringen, diesem Singsang, der soviel glatter über ihre Lippen ging als das störrische Margot, obwohl es sie erleichterte, daß das Kind nun doch einen halbwegs vernünftigen Taufnamen bekommen sollte, keinen so großspurigen wie Brunhilde oder Sieglinde, zu denen Hedwig sich anfangs verstiegen hatte in ihrem Hochmut, ein Wort, das immer wieder zur Sprache kam, wenn Anna Jarosch versuchte, der heranwachsenden Enkelin die Umstände ihrer Geburt nahezubringen. »War hochmütig, dein Mutter, hätte können kriegen gute Mann, aber wollte sie haben besseren Herrn. Erst Hochmut, dann Unglück«, in dieser Art etwa, und für die Margot der frühen Jahre eine Geschichte wie die anderen, die ihre Großmutter erzählte, abends zur Dämmerstunde, wenn sie auf dem Sofa saßen, dicht nebeneinander, bis es dunkel genug wurde für den Luxus des elektrischen Lichts. Das Märchen vom Hochmut und vom Unglück. Sie sog es ein mit den Schauern, die Märchen ihr schenkten, und wußte nicht, daß auch sie zu denen gehörte, die das Bessere haben wollten.

Am Morgen nach der Geburt zog Anna Jarosch sich ordentlich an, das gute schwarze Kleid, dazu die Schürze aus Satin, füllte ihren Korb und erledigte, obwohl wichtige Dinge anstanden, erst das Geschäftliche. Sie betrieb seit langem einen kleinen Handel von Haus zu Haus, Leber- und Blutwurst, eigenhändig zubereitet auf dem eisernen Küchenherd und abgeschmeckt mit Majoran, Thymian sowie diversen Gewürzen, die ein Geheimnis blieben. Ihre Kundschaft wohnte über die Stadt verstreut, es bestanden Lieferabsprachen, und was immer geschah, das Geschäft hatte Vorrang. Erst als der Korb leer war, ging sie ins Rathaus am Markt, um die Ankunft der Enkelin zu melden.

»Name des Vaters?« fragte der Standesbeamte, ein älterer Mensch, trotz Republik noch mit gezwirbeltem Kaiser-Wilhelm-Schnurrbart, und das Dienstgesicht so ausdruckslos wie das Mobiliar, zwischen dem er saß.

Anna Jarosch hatte mit dieser Frage gerechnet, auch mit den sich daraus ergebenden Schwierigkeiten.

»Ludwig Müller«, erklärte sie. »Name Ludwig Müller. Mutter Hedwig Müller, ist geborene Jarosch. Hier Heiratsurkunde.«

»Beruf des Vaters?«

»War er Kellner«, sagte Anna Jarosch. »Aber jetzt tot. Hier Urkunde.«

Der Beamte blickte auf die Papiere, dann auf die Frau und meinte, es müsse sich wohl um einen Irrtum handeln. Aus der Sterbeurkunde gehe hervor, daß Ludwig Müller im August 1917 bei Verdun gefallen sei, da könne man ihm wohl jetzt, 1926, keine Vaterschaft mehr unterjubeln.

Unterjubeln, das erboste Anna Jarosch. Sie war bereit, den ersten Kampf für ihre Enkelin aufzunehmen.

»Egal«, sagte sie. »Tochter verheiratete Frau, nicht ledig, und Kind von verheiratete Frau muß sein ehelich.«

»Bei euch in der Polackei vielleicht«, sagte der Beamte, der schon unter dem Kaiser in dieser Magistratsstube seinen Dienst verrichtet hatte, immer am selben schäbigen Schreibtisch, auch das Tintenfaß war von damals, die Regale mit den Aktenordnern, das braune, rissige Linoleum, und Worte wie Polackei gingen hierzulande seit eh und je leicht über die Lippen.

Anna Jarosch richtete sich auf. Sie hatte bis jetzt in der gebotenen Demutshaltung dagestanden, etwas eingeknickt, den Kopf auch beim Sprechen halb gesenkt, so, wie schon Eltern, Großeltern und deren Großeltern angesichts der Obrigkeit, und auch in Pyritz hatte sie ihre Lektion gelernt. Sie stammte aus einem Tagelöhnerhaus in der Provinz Posen, vor Zeiten polnisches Gebiet, dann preußisch, kein Zuckerlecken, sich dort durchzubringen, aber immer noch besser als die Stadt, wohin sie durch ihre Heirat mit dem Fuhrknecht Heinrich Jarosch gekommen war. Heinrich Jarosch hatte mehrmals mit Fracht und Pferden in ihrem Dorf Station gemacht und Anna im Frühling des Jahres 1888 mitgenommen, ein Ereignis, das sie späterhin wie folgt kommentierte: »Hatte Erde unter Füßen und Stück Speck in Mund und was gekriegt? Pflastersteine und hartes Brot. Bloß weil Mann konnte schön mit Peitsche knallen.«

Nicht ganz die Wahrheit, weder der Speck noch die Peitsche. Heinrich Jarosch besaß zwar breite Schultern, einen hohen Wuchs und besonders helle, draufgängerische Augen, aber außerdem hatte er ihr vorgegaukelt, Eigentümer nicht nur des einen, sichtbaren Fuhrwerks, sondern derer drei zu sein, und sie hauptsächlich dadurch von dem bereits vorhandenen Bräutigam weggelockt, einem Kleinbauern namens Stanislaw Jazcinsky, dessen armselige Wirtschaft mit den zwei Kühen, der Sau und etwas Federvieh vor solchen Verheißungen kaum bestehen konnte. Hochmut und Unglück. Sie hatte geglaubt, ins Paradies zu kommen, kam aber nach Pyritz. Kein Wagen, kein Pferd, gar nichts. Nur die Gewißheit, daß durch ihren Mann nie etwas hinzukommen würde, denn Heinrich Jarosch trank.

Die Polin Anna hatte die Dinge in die Hand genommen, mit Zähigkeit und List. Sie hatte beim Bauern gerackert und als Waschfrau in den besseren Häusern der Stadt bald auch angefangen, abends nach der Arbeit ihre Wurst zu vertreiben, erst in kleinen Steinguttöpfen, später in Weckgläsern. »Ächte Posener Hausschlachtewurst« schrieb sie auf die Etiketten, auch dies nicht ganz der Wahrheit gemäß. Die Rezepte nämlich stammten von einer ehemals im Holsteinischen tätigen Gutsköchin, Marie Asmussen, die ihre Tage auf kümmerliche Art in Pyritz beschloß, in der alten Kaserne, wo auch die Familie Jarosch wohnte. Anna Jarosch war ihr hin und wieder beigesprungen, hatte ihr schließlich während der Sterbewochen den Ofen geheizt, die Suppe eingeflößt, sie gesäubert und gebettet und zum Dank das handgeschriebene Rezeptbuch der Asmussen bekommen nebst einem silbernen Medaillon, das nichts enthielt, auch nicht viel wert war. Das Rezeptbuch jedoch enthielt die Leberwurstformel.

Anna Jarosch realisierte das Wurstrezept zunächst nur für die Familie, wobei sie aus Sparsamkeitsgründen das angegebene Nackenfleisch durch billigeres vom Kopf ersetzte, später auch noch die Blutwurstvariante ausprobierte. Durch puren Zufall kostete die Frau des Oberlehrers Rackow aus der Stettiner Straße, deren Wäsche Anna Jarosch wusch, davon, so kam der Handel in Gang. Zusätzliche Arbeit, aber auch zusätzliche Einkünfte, die sie hartnäckig verteidigte.

Nein, kein Zuckerlecken. Sie hatte Kinder geboren, Kinder begraben, die drei Überlebenden gesättigt und gewärmt, ihr Geld vor dem Mann versteckt, sich dafür verprügeln lassen, dennoch auch ihn gesättigt, geschützt und bei sich geduldet in seinem Suff, ein Fegefeuer zwanzig Jahre lang, bis Gott ihre Gebete erhörte und sie vermittels eines Rappen, der den betrunkenen Heinrich Jarosch in die Rippen trat, von dieser Ehe erlöste. Was blieb, war eine Rente, winzig zwar, aber mehr als nichts. Endlich konnte sie ihre Ersparnisse unter dem lockeren Dielenbrett hervorholen und mit den drei Kindern in die Kleine Wollweberstraße ziehen, Stube, Kammer, Küche, ein ordentliches Haus, nicht mehr die alte Kaserne, wo die Armen und aus der Bahn Geratenen wohnten.

Bei dem Altwarenhändler David Mossel kaufte sie ein Bett für jeden und ein weißes Küchenbüfett mit grünen Glasscheiben, auch das Sofa, auf dem sie Margot einmal ihre Geschichten erzählen sollte. Und dann, 1914, das Vertiko aus poliertem Nußbaum, ihr Traum, seitdem sie nach Pyritz gekommen war. Ausgerechnet ein Vertiko. Lächerlich, dachte Margot, als sie begann, die Großmuttergeschichten aus dem Mythos der Dämmerstunden herauszulösen, mit der Unerbittlichkeit ihrer Jugend und Intelligenz, und noch nichts wußte von Überlebensträumen, die sich ans Erreichbare klammern müssen. Was das Vertiko betraf, so stand es kaum in der Stube, da brach der Weltkrieg aus, der erste, noch nicht so schrecklich wie der zweite, aber dennoch schrecklich über alle Maßen. Schon damals gegen Rußland, und dann die Grabenkämpfe bei Verdun, wo Anna Jaroschs Söhne in Stücke gerissen wurden und auch ihr Schwiegersohn Ludwig Müller verschwand. Sie erduldete es, was sollte sie sonst tun, erduldete Krieg und Nachkriegszeit und blieb am Leben. Sie war sechsundfünfzig bei Margots Geburt, nicht verhungert, nicht erfroren, auch nicht an Tränen erstickt.

Nach den Wirren der Inflation florierte ihr Handel besser denn je, zumal sie neuerdings auch Sülzwurst und Sauerfleisch im Sortiment führte, ebenfalls nach Marie Asmussen, und Schmalz mit Äpfeln, Zwiebeln und so knusprigen Grieben, wie niemand sonst sie zustande brachte. Immer noch ein Hökerhandel von Haus zu Haus, aber zu den Kunden gehörte auch ein Lebensmittelgeschäft im dreißig Kilometer entfernten Stargard, wo man allerdings eigene Etiketten auf die Gläser klebte, um Anna Jaroschs Urheberschaft im dunkeln zu halten, und außerdem die Preise zu drücken verstand. Dennoch, was übrigblieb, ersparte ihr die Rackerei beim Bauern und in den Waschküchen, und unter dem lockeren Dielenbrett in der Stube lagen schon wieder ein paar Groschen für schlechte Zeiten. »Klein Handel besser wie groß Arbeit«, eine von Anna Jaroschs Lebenserfahrungen, die sie versuchte, an Tochter und Enkelin weiterzugeben, »und große Handel noch besser. Mußt machen große Handel.«

Ob Hedwig ihrem Rat gefolgt wäre? Wer soll das wissen, Hedwig blieb keine Zeit, sich zu entscheiden. Und Margot? Noch ist sie winzig, kaum einen Tag alt gerade, ihr Leben soll auf den Weg gebracht werden, den richtigen Weg, das war es, was Anna Jarosch wollte.

Sie stand vor dem Beamten, beladen mit ihrer Geschichte, aber aufrecht, keine Demutshaltung mehr, und sagte: »Nichts Polakkei. Wohne in Pyritz vierzig Jahre, habe gehabt deutschen Mann und deutsche Söhne, Erich und Johann, beide gefallen in Krieg für Vaterland, warum Mutter von tote Helden beleidigen?«

Gezielte Worte, passend für den Mann hinter dem Schreibtisch, ein Polenverächter, sie spürte es in den Poren, mit jener vaterländischen Gesinnung, die sie schon als Kind gefürchtet hatte, wenn der Gutsverwalter auf den Kartoffelacker kam. Keine Worte jedoch für sie. Ihrer Trauer gab sie andere, cholera psa krew, verfluchter Hundesohn, worin alles eingeschlossen war, was mit Säbeln rasselte und Söhne in den Tod trieb. Aber man mußte mit den Wölfen heulen.

»Warum Mutter von tote Helden beleidigen«, sagte sie also, mit List, doch auch ängstlich, denn ganz sicher konnte man niemals sein, und fügte, als der Beamte sie stumm musterte, schnell hinzu: »Möchte bitten um Vergebung.«

Das war schon nicht mehr nötig.

»Zwei Söhne?« fragte er.

Sie nickte verwundert, denn sein Dienstgesicht begann sich aufzulösen.

»Wir auch«, sagte er. »Unsere einzigen.«

Er senkte den Kopf, womöglich der Tränen wegen, dachte Anna Jarosch voll Erbarmen und murmelte: »Wird Gott wissen, warum.«

»Fürs Vaterland«, sagte er, eine Bestätigung, daß sie die richtigen Worte gewählt hatte.

Doch was nützte es. Gemeinsames Leid, gemeinsame Trauer, dieser unerwartete Konsens über den Schreibtisch hinweg, nichts nützte angesichts von Gesetzen, die Margot nicht nur den Status der ehelichen Geburt verweigerten, sondern sogar den Namen ihrer Mutter.

»Jesusmaria«, flüsterte Anna Jarosch. »Was sagen? Jarosch? Muß Kind heißen Jarosch? Nicht Müller? Und jeder gleich merken Schande?«

Er verstünde es ja, versicherte der Beamte, und was ihre Tochter beträfe, eine junge Frau ohne Mann…

»Ist wie junge Kuh«, sagte Anna Jarosch, »wird wild, wenn Zeit kommt.«

Der Beamte nickte, lächelte auch, zeigte aber keinerlei Bereitschaft zu dem, was Anna Jarosch als »kleine Schmuschmu« ins Gespräch brachte.

»Dieses Ansinnen will ich nicht gehört haben«, wies er sie zurecht, schon wieder etwas dienstlicher, vielleicht sogar den Gedanken Polackei im Hinterkopf.

»Ist nicht Ansinnen«, sagte sie, »ist Guttat. Gehen wir wohnen nach Stargard oder Stettin, wird keiner wissen davon, und hat Kind bessere Leben.«

Ihre Stimme begann zu zittern vor Inständigkeit. Sie stand da in ihrem schwarzen Kleid, mit den breiten Hüften und dem schlaffen Busen der alten Ackerfrauen, das Haar grau und dünn und ein Gesicht, als sei der Pflug darüber hinweggegangen. Doch, sie muß ihn gerührt haben, denn er warf sie immer noch nicht hinaus, wäre ihr auch gern behilflich gewesen, aber das Gesetz, Frau Jarosch, das Gesetz, und überhaupt, wie solle ihre Tochter denn zu Alimenten kommen, wenn das Kind als ehelich gelte.

Sie wollte es immer noch nicht verstehen, und so rettete er sich wieder in sein Dienstgesicht, jetzt reichte es, Schluß mit den Fisimatenten, Name des Vaters.

»Robert Kremer«, sagte sie zögernd. »Ist er Ingenieur, wohnhaft Hannover, und alles abgemacht wegen Geld.«

Die Geburtsurkunde wurde ausgefertigt, unterschrieben und gestempelt, Gebühr fünfzig Pfennig kassiert, so das Ende, kurz und kalt wie der Anfang.

Vor der Tür des Amtszimmers stand eine Bank. Anna Jarosch sezte sich hin und blickte auf die Urkunde, Margot Jarosch, uneheliche Tochter der Dienstmagd Hedwig Müller, geborene Jarosch, cholera psa krew.

Die Geschichte von Margots Geburt. Auch das gehörte dazu, der Gang zum Standesamt, der mißlungene Versuch, ihr einen ehrbaren Namen zu verschaffen. Und obwohl Anna Jarosch sich bemühte, den Makel abzuschwächen – viele Kinder wie du, Malenka, ganz egal später, blanke Pferd besser wie goldene Stall –, es blieb ein Makel, Margot wußte früh, daß es ein Makel war, sie sollte mit ihm leben und wollte es nicht, wollte den Makel abstreifen von Anfang an, doch das ging nicht, nicht so schnell, vorerst nur im Traum.

Margots Träume. Es wird noch die Rede sein davon, Träume, Wolkenhäuser, so schien es jedenfalls, kein Vergleich mit dem

Vertiko ihrer Großmutter, weitaus vermessener als der Traum ihrer Mutter Hedwig vom besseren Herrn, obwohl er schon vermessen genug war, zumindest vom Ergebnis aus betrachtet. »Mensch in Traum, läuft an Baum«, hätte Anna Jarosch gesagt.

Ein paar Worte über Hedwig an dieser Stelle, zugleich ein Abgesang, auch auf ihren kurzen Abstecher ins Glück mit jenem schon erwähnten Ingenieur Kremer, der, nachdem er einige Monate in Pyritz verbracht hatte, um den Bau der Maschinenhalle für die neue Zuckerfabrik zu beaufsichtigen, wieder zurück mußte nach Hannover, wo ihn eine Ehefrau erwartete. Da wußte Hedwig gerade, daß sie schwanger war.

Ein Lied aus der Küche, könnte man meinen. Sie Putzmädchen im Hotel Sikora, er Gast, ein besserer Herr mit Manieren, äußerlich von großer Schneidigkeit. Er hatte von Liebe geredet, und Hedwig, die seinetwegen dem nicht besonders ansehnlichen, aber ehewilligen Klempner Lüderitz aus der Bergstraße davongelaufen war, klammerte sich an vage Worte wie Rückkehr als freier Mann und dergleichen, Larifari, erklärte ihre Mutter, erzwang eine schriftliche Anerkennung der Vaterschaft und versprach als Gegenleistung, daß bei pünktlicher Zahlung der Alimente die Frau nichts erfahren würde. Dann verschwand Robert Kremer. Was blieb, war das Unglück, obwohl Anna Jarosch, wenn sie davon sprach, stets hinzufügte: »Bist kein Unglück geworden, Malenka, alles gut, hätte auch deine Mutter gesagt, wenn sie noch da.«

Hedwig, die Betrogene. Sie weinte wieder, als Anna Jarosch vom Standesamt zurückkam. Sie weinte fast ununterbrochen seit Margots Geburt, als sähe sie schon den Tod im Fenster sitzen.

Anna Jarosch holte das Kind und gab es ihr. »Genug Tränen«, sagte sie. »Ist schlecht für Milch, soll Kind haben gute Milch.«

Aber das Kind konnte Hedwig nicht trösten, erst recht nicht die Geburtsurkunde, die sie hatte sehen wollen.

»Müssen wir leben damit«, sagte Anna Jarosch. »Fällst du in Graben, bist schwarz, nimmst du Wasser, wäscht ab. Schreib ihm Brief.«

»Nein«, rief Hedwig so heftig, daß das Kind in ihrem Arm zu schreien begann, und so übernahm ihre Mutter auch dies.

»Werter Herr Kremer«, schrieb sie mit großen, vorsichtigen Buchstaben, »hat Hedwig geboren Kind, ist Mädchen, heißt Margot. Mußte melden Vater bei Amt leider, soll aber alles bleiben wie wir geredet. Gruß Anna Jarosch, Pyritz.«

Sie zögerte, dann setzte sie noch hinzu: »Ist Kind gesund und schön.«

Der Brief, adressiert an Kremers Büro, kam in den Postkasten, und zehn Tage später traf die erste Zahlung bei der Sparkasse ein, zwanzig Mark wie ausgemacht. Hedwig erlebte es nicht mehr. Eine Woche nach der Geburt, als sie sich wusch, fiel sie plötzlich um und war tot. Embolie, sagte der Arzt.

Anna Jarosch ließ den Fotografen Mitreiter aus der Holstenstraße kommen, bevor der Sarg geschlossen wurde. »Kostet Geld, Hedwig«, sagte sie fast entschuldigend zu der toten Tochter, »aber soll sein für dich. Soll dein Malenka dich sehen, wenn groß.«

Hedwig war immer hübsch gewesen, doch nie so wie jetzt, von schmaler, heller Ebenmäßigkeit, fern den Begierden und Ärgernissen, die sie im Leben bewegt hatten. Wie eine Heilige, fand Anna Jarosch zu ihrem Trost.

Das Bild erhielt seinen Platz auf dem Vertiko, neben jenem, das die achtzehnjährige Hedwig als Braut zeigte, am Arm von Ludwig Müller, kurz bevor er bei Verdun verschwand. Ein Teil der Geschichte. »War hochmütig, dein Mutter, aber schön, und konnte sein auch freundlich. Hatte gute Herz, wäre noch geworden gute Frau, nur kein Zeit.«

Deine Mutter. Manchmal kletterte Margot auf einen Schemel, um den Fotos nahe zu sein, die Gesichter zu sich heranzuholen aus einer fremden in ihre eigene Wirklichkeit, so, wie sie es mit den bunten Bildern in dem Buch tat, das ihre Großmutter einmal aus dem Kaufhaus Ramelow mitgebracht hatte, Märchen aus Tausendundeiner Nacht, von Zauberringen und Wunderlampen, drehe daran, und deine Wünsche werden erfüllt.

Sonntags, wenn die Arbeit liegenblieb, weder gewurstet, eingeweckt noch ausgetragen werden mußte, las Anna Jarosch ihr daraus vor, langsam und immer wieder über komplizierte Wörter stolpernd. Sonntags gab es auch gebratenes Fleisch zum Mittagessen, nicht wie sonst Graupen, Linsen, Wruken, in der ewigen Wurstbrühe gekocht, oder kleine Stinte vom Fischmarkt, die samt Köpfen und Schwänzen in die Pfanne geworfen wurden. Gebratenes Fleisch, Vanillepudding und hinterher der Gang zum Mühlengraben im Bürgerpark, den Füllenort entlang zum Friedhof mit den schattigen Alleen.

Bei der Heimkehr bekam jeder noch sein Stück Kuchen von Bäcker Manzig, dessen Geschäft sich dem schmalen, einstöckigen Haus gegenüber befand, in dem Anna Jarosch bei Margots Geburt schon fast zwanzig Jahre gewohnt hatte. Es lag am Ende der Kleinen Wollweberstraße und gehörte dem Kolonialwarenhändler Emil Dobbertin und seiner Frau Else, gutherzige und hilfsbereite Leute, er hager und schweigsam, sie klein, rund und voller Verständnis für alles Menschliche. Mit Anna Jarosch oben im ersten Stock waren sie längst verwachsen, kannten ihre Mühsal und duldeten auch die Wursterei, zumal sie ihren eigenen Belangen nicht in die Quere kam. Denn in dem kleinen Dobbertinschen Laden, den schon Emils Mutter gegründet hatte, gab es zwar fast alles, was ein Pyritzer benötigte, von Hoffmanns Stärke bis zu Salzheringen, das Dutzend eine Mark, nicht jedoch Wurstwaren. Die kaufte man beim Fleischer, ein Verfahren, das auch im Haus jegliches Konkurrenzdenken unterband.

Allerdings sorgten besondere Umstände dafür, daß Anna Jaroschs wachsende Produktion niemanden belästigte: die Käsefabrikation nämlich, die Dobbertins zusätzlich betrieben, sogenannter Harzer Roller, mit oder ohne Kümmel, schmackhaft, billig und außerordentlich beliebt bis in die umliegenden Ortschaften hinein. Aus trockenem Quark hergestellt, pflegte er unten im Keller langsam der Reife entgegenzudunsten, tagaus, tagein, seit Jahren schon, der Geruch hatte sich eingenistet, er überlagerte alles, auch den Brodem aus Anna Jaroschs Küche, in der sich, inzwischen ebenfalls fast täglich, Kopffleisch, Schwarten, Speck, Leber, Schweineblut und die Gewürze aus Marie Asmussens Kochbuch miteinander verbanden.

Margot, das Kind, pendelte von einem Geruch zum anderen, wenn sie aus dem ersten Stock hinunter in den Laden lief oder auch in den Keller, wo Emil Dobbertin seine Harzer Roller formte, zwischen zwei steinbeschwerten Brettern das Wasser aus ihnen herauspreßte, sie zum Trocknen auf die langen Tische verteilte und wachsam den Reifungsprozeß verfolgte, um schließlich, sobald der richtige Punkt erreicht war, nicht mehr hart und noch nicht weich, die Portionen mit liebevoller Genauigkeit in gelbliches Pergamentpapier zu wickeln, ein Päckchen wie das andere. Margot, wenn sie danebenstand und den Hals reckte, immer wieder begierig auf das, was sie längst kannte, fragte so oft dasselbe, warum Salz, warum Kümmel, warum ist dieser Käse fertig, warum jener nicht, bis der ohnehin maulfaule Emil Dobbertin aus der Konzentration geriet und sie in den Laden schickte, zur Freude seiner Frau, die, Mitte Vierzig und kinderlos, Margot von Anfang an innerlich adoptiert hatte.

»Da bist du ja, Herzchen«, sagte sie zur Begrüßung, und Margot setzte sich auf ihre Fußbank vor dem Zuckersack, bekam einen Bonbon aus dem großen Glastopf, Himbeer oder Zitrone, und beobachtete lutschend, wie Frau Dobbertin Mehl, Graupen, Kaffee abwog, mit der hölzernen Kelle in die Butterkruke fuhr, Leinöl durch einen Trichter laufen ließ, Schmierseife in die Blechbüchse der Kundin füllte, und saugte, die Ohren weit offen, den Klatsch in sich ein, die Geständnisse und Bekenntnisse, von Frau zu Frau, nannte es Else Dobbertin. Genieren Sie sich man nicht, Frau Poggenpuhl, ist doch von Frau zu Frau. Drei Silben, die zu Fratzefrau verschmolzen, Fratzefrau, ein Dämon aus Blut, Schleim, Schmerzen, voll schauerlicher Faszination wie die kullernden Köpfe im Märchen von einem, der auszog, das Fürchten zu lernen.

Und dann die Münzen auf dem Ladentisch, Silber und Kupfer, wie es aneinanderklirrte, das Klirren von Geld, für immer eingeprägt in ihre Erinnerung.

»Was machst du mit soviel Geld?« fragte sie einmal.

»Ist nicht alles mein Geld«, erklärte ihr Frau Dobbertin. »Wenn ich Sauerkohl verkaufe und zehn Pfennig kriege, gehören mir davon zwei, und für den Rest muß ich neuen Sauerkohl kaufen, wenn das Faß leer ist.«

»Wenn ich später mal einen Laden habe«, sagte Margot, »will ich aber mehr Geld kriegen.«

»Ach Gottchen, Laden.« Frau Dobbertin seufzte. Sie seufzte oft, sowohl über das Leben anderer Leute als auch über ihr eigenes. Aufstehen um fünf, rennen den ganzen Tag und abends fast immer zu kaputt für ihre Leidenschaft, die Romane aus Fräulein Liebenows Leihbücherei, schöne Geschichten mit Schlössern und Parks, Intrigen, Edelmut und Liebe, so tröstlich und alltagsfern wie das warme Wasser in Krauls Badeanstalt, wo sie an jedem zweiten Sonnabend sich den Luxus einer vollen Wanne gönnte. »Laden! Denk nicht an so was, Herzchen. Du sollst mal in einem schönen Haus wohnen, rote Teppiche und geschnitzte Möbel und ein Spitzenhimmel über dem Bett, daran mußt du denken.« Und weil gerade niemand da war, hob sie das Kind hoch und drückte es an sich. Margot ließ es nur widerwillig zu, die Arme fest an den Körper gepreßt, den Mund geschlossen. Sie saß gern auf dem Bänkchen bei Frau Dobbertin. Aber Zärtlichkeit empfangen, Zärtlichkeit geben, das gehörte in den ersten Stock, wo die Wurstkessel ihrer Großmutter dampften.

Wurst und Käse, Kindheitsgerüche, allgegenwärtig wie der warme Leib Anna Jaroschs, wie die Stube mit Sofa und Vertiko, das Bänkchen im Laden, wie das Kopfsteinpflaster vor der Tür, über das die Pferdewagen rumpelten, wie die Eierfrauen auf dem Wochenmarkt und die Rufe von August Krakehl, Lumpen, Eisen, Papier, Leute, Lumpen, Eisen, Papier. Allgegenwärtig auch wie die Tore und Türme, wie Stadtmauer und Wall, wie die Kastanien vor St. Mauritius und die Weiden am Mühlengraben, eine Hülle, in der sie ruhte, ohne es zu wissen, und als die Erkenntnis kam, fiel sie heraus.

Das geschah 1933, als Margot die erste Klasse besuchte, in der Mädchenschule beim Franziskanerkloster, wohin ihre Großmutter sie gleich nach Ostern gebracht hatte, sorgenvoll und unter vielen Ermahnungen, nicht reden ohne Frage, Malenka, immer Hände ordentlich auf Tisch, und mußt Knicks machen bei Lehrerin wie bessere Kind. Margot hatte zum Schulanfang ein blaues Kleid bekommen, neuer Stoff, nicht wie sonst aus Hedwigs Hinterlassenschaft, und von der Näherin Rosa Klingbeil mit zahlreichen Biesen sowie einer großen roten Schleife versehen. Wenigstens äußerlich sollte sie den Töchtern der Bürger gleichen.

»Ist nötig«, sagte Anna Jarosch zu Frau Dobbertin, der so ein Luxus fast zu weit ging, »fehlt Kind gute Vater, muß es haben gute Kleid.«

Aus eben diesem Grund hatte sie auch trotz erheblicher Gewissensnöte Margot nach Hedwigs Tod von Pastor Riebeck in St. Spiritus taufen lassen und dem katholischen Pfarrer, der sie mit ihrem eigenen Seelenheil bedrängte, erklärt, daß es nicht mehr um ihre Seele ginge, sondern um das Kind, und das Kind müsse in Pyritz leben, und Pyritz sei evangelisch, und Gott würde es schon verstehen.

Sie sagte es auf polnisch, der Muttersprache auch des geistlichen Herrn, dessen schlichtes Kirchlein, eine zu diesem Zweck umgebaute Scheune in der Soldiner Landstraße, hauptsächlich polnischen Saisonarbeitern von den umliegenden Gütern zum Beten und Beichten diente und wo Anna Jarosch, ihrer protestantischen Eheschließung wegen, ohnehin keine Absolution mehr erhoffen durfte. Das hinderte sie jedoch nicht daran, regelmäßig an der Messe teilzunehmen und dabei, sozusagen auf eigenes Risiko, um Vergebung und einen Platz im Himmel zu flehen. Hin und wieder hatte sie, man konnte nie wissen, Margot mitgenommen, so, wie sie auch abends gemeinsam das Ave Maria beteten, zum Ausgleich aber fast bei jedem sonntäglichen Gottesdienst nebeneinander in St. Spiritus saßen, eine Doppelgleisigkeit, die nun mit dem Schulanfang enden sollte. »Muß Malenka wissen, wo hingehört, nicht heute Knall und morgen Fall«, so Anna Jaroschs Worte zu Frau Dobbertin, was diese sinngemäß ebenfalls für richtig hielt.

»So 'ne hübsche Kleine«, sagte sie zuversichtlich, während ihr Mann die bunte Zuckertüte mit Sahnebonbons, Nappo und Stundenlutschern füllte, »adrett und so gewitzt, wird schon alles werden.«

Dobbertins hatten in der Ladentür gestanden und gewinkt, als Margot an der Hand ihrer Großmutter davonging. Die rote Schleife wippte, blonde Zöpfe fielen ihr fast bis zur Taille, und die Lehrerin, bei der sie ihren Knicks ablieferte, lächelte: »Das ist unsere Margot? Du siehst aus wie ein braves Mädchen, Kind, es gefällt dir ganz gewiß bei uns.«

Gefiel es ihr? Ja, sagte sie, es war ohnehin nicht üblich, eine solche Frage zu verneinen, und es freute sie auch, ein neues Kleid und neue Geschichten jeden Tag und nichts, wovor sie sich fürchtete, obwohl man ihr, einem Kind der Kleinen Wollweberstraße, die Vaterlosigkeit schon um die Ohren gehauen hatte. Aber noch war es nicht unter die Haut gegangen. Morgens hüpfte sie mit ihrem Ranzen die Heilig-Geist-Straße entlang in die Schule, lernte gern, lernte schnell, begann schon Sätze zu lesen, als die anderen sich noch mit OTTO und LAURA abmühten, brauchte keine Finger zum Rechnen, sang am klarsten, malte die buntesten Bilder und rückte, ganz ohne Ehrgeiz, der hielt sich noch verpuppt, auf den ersten Platz, oben rechts im Klassenzimmer. Dort verdrängte sie Rosemarie Hamel, Tochter des Rechtsanwalts und Notars, ein Grund für deren Mutter, ihre langjährige Kundschaft bei Anna Jarosch zu kündigen. Diese nahm es klaglos hin. »Ist Wunder«, sagte sie atemlos zu Frau Dobbertin. »Woher hat Kind solche Kopf?«

Margots erstes Schuljahr. Noch ist sie im Stande der Unschuld, geborgen unter ihrer Hülle. Doch das Gewebe zeigt Brüche, bald wird es auseinanderreißen, das Ende des Paradieses.

Der Engel mit dem Flammenschwert erschien für Margot in Gestalt eines etwas dümmlichen Kindes mit dunklen, neugierigen Knopfaugen, Doris Hoppe. Sie saß in Margots Klasse, irgendwo in den hinteren Bankreihen, Schulwelten entfernt, die Tochter von Sattler Hoppe aus der Seestraße, mit dem Anna Jarosch in Fehde lag. Es ging dabei um ihr Sofa, das er neu gepolstert und bezogen hatte, tadellos, jedoch mit einem anderen und vor allem teureren Stoff als ausgemacht, den zu bezahlen Anna Jarosch sich weigerte. Harte Worte fielen, von ihrer Seite auch wieder das bewußte cholera psa krew, dem mehrsprachig fluchenden Hoppe nicht fremd, fatalerweise.

Kurz, ein irreparables Zerwürfnis, Margot kannte es sogar, aber den Namen Hoppe gab es mehrmals in Pyritz, und mit dem Mädchen aus ihrer Klasse brachte sie ihn nicht in Verbindung. Doris dagegen wußte, wen sie vor sich hatte. Ob sie, klein wie sie war, sieben Jahre erst, deswegen stehenblieb, eines Nachmittags auf der Stettiner Straße, wo Margot ihr zufällig entgegenkam, mit ihr zu schwatzen begann, neben ihr herlief, obwohl die Seestraße nicht in dieser Richtung lag, bei ihr blieb bis zum Dobbertinschen Haus und dort verlangte, ihre Puppe zu sehen? Möglich, aber wer weiß schon, warum er plötzlich glaubt, vom Weg abweichen zu müssen. Es ist auch nicht wichtig, jeder andere hätte es sein können an Doris Hoppes Stelle, doch nun war sie es.

Margot tat, was die andere wolte, sie tat es gern, sie hatte keine Freundin, da ist eine gekommen, dachte sie und nahm Doris mit in den ersten Stock, wo Anna Jarosch, die nur den Vornamen hörte, im übrigen auch gerade mit einer Partie Blutwurst beschäftigt war, jedem ein Marmeladenbrot und Malzkaffee gab. Doris Hoppe aß und trank, inspizierte Wohnung und Puppe, drehte an der Spieluhr, einem Weihnachtsgeschenk von Dobbertins, und ließ ein paar Glasmurmeln über den Boden kullern. Dann stand sie auf und ging.

Margot lief hinter ihr her.

»Kommst du wieder?« fragte sie draußen auf der Straße, voller Zuversicht, denn sie hatte Doris auch noch eine Murmel geschenkt. »Morgen?«

Doris Hoppe schüttelte den Kopf.

»Überhaupt nicht mehr.« Es klang bedächtig, weder laut noch leise, so, als ob es sich um eine ganz alltägliche Mitteilung handele. »Überhaupt nicht«, sagte sie, »bei euch stinkt's, und du hast nicht mal einen Vater und bist ja ein Baster.«

Die Zeit stand still einen Moment lang, der Himmel verdunkelte sich, der Wind hörte auf zu wehen. Dieses Wort, das Margot nicht kannte, nicht zu kennen brauchte, weil sie trotzdem alles wußte, Baster, etwas Schreckliches, Ungeheuerliches, unsagbar und doch gesagt, und nun war es da und mußte bleiben und mit ihr gehen. Sie fragte niemanden nach der Bedeutung, kapselte es in sich ein wie eine Geschwulst, da blieb es, nichts war mehr wie zuvor.

Drinnen im Hausflur roch sie bereits Dobbertins Käse, dann weiter oben den säuerlichen Dunst von Anna Jaroschs Blutwurst. Sie schämte sich, daß es dort, wo sie wohnte, so roch, und abends beim Ave Maria fing sie an zu weinen.

»Was ist, Malenka?« fragte Anna Jarosch.

Ihre Betten standen nebeneinander, und sie legten sich auch meistens zur selben Zeit hin, gegen acht, nur in den hellen Nächten des Sommers wurde es später.

Margot antwortete nicht. Erst als ihre Großmutter die Frage wiederholte und dann Margot zu sich hinüberzog an ihr Barchenthemd, durch das die Wärme der Haut zu spüren war und der weiche Bauch, sagte sie: »Bei uns im Hause stinkt's.«

»Wer sagt, daß stinkt?« fragte Anna Jarosch und versuchte, Margot zu beruhigen: »Soll stinken, Malenka. Ist gutes Haus mit gute Leute, und besser Haus stinkt und nicht Herz.«

Es nützte nichts, Margot weinte weiter.

»Leben Dobbertins von Käse und du von Wurst«, sagte Anna Jarosch. »Bei Bauer stinkt Misthaufen noch mehr, und ist Mist Gold für Acker.«

»Aber bei anderen Leuten stinkt es nicht so wie bei uns«, rief Margot verzweifelt. »Warum wohnen wir nicht in einem anderen Haus?«

Anna Jarosch schwieg. »Mußt du suchen andere Großmutter, Malenka«, sagte sie dann, und Margot drückte sich fester an sie, sususu, murmelte Anna Jarosch, so schliefen sie ein, dicht beieinander, und das Schlimme war nicht mehr ganz so schlimm, wenn auch noch schlimm genug.

Am nächsten Morgen band Anna Jarosch die Schleife an Margots Kleid, immer noch das blaue und schon etwas zu kurz mittlerweile, obwohl die Näherin Rosa Klingbeil ein Stück angesetzt hatte. Margot war gewachsen in diesem einen Jahr, die Beine vor allem, und auch das Gesicht war länger und schmaler geworden.

»Und so schöne blaue Augen«, hatte Frau Dobbertin erst kürzlich festgestellt, »ist nicht bloß 'ne hübsche Kleine, wird auch mal 'ne hübsche Große, genauso hübsch wie die Mutter«, und Anna Jarosch wußte nicht, ob sie das für einen Segen halten sollte.

»Mußt lernen, Malenka«, sagte sie, während sie die Schleife festzog, »viel lernen und kluge Mensch werden, dann brauchst nicht Käse und Wurst, verdienst Geld mit Kopf. Kopf wichtigste in Leben.«

Margot nahm ihren Ranzen und ging. Ob sie sich damals schon vornahm, dem Rat ihrer Großmutter zu folgen? Vielleicht, bestimmt sogar, wenn auch noch nicht mit dem Kopf, auf den Anna Jarosch setzte. Sie ging aus dem Haus, ohne Frau Dobbertin zu bemerken, die ihr zuwinkte, ging langsam durch die Heilig-Geist-Straße, viel langsamer als sonst, nicht in der Mitte, sondern den Bordstein entlang, Schritt für Schritt die Balance haltend, voller Wut und Trotz und der Sehnsucht, sich zu erheben über alle, die mit Fingern auf sie wiesen. Es war der Tag, an dem sie anfing sich vorzustellen, eine andere zu sein, nicht mehr Margot Jarosch, eine andere, eine bessere, ein besseres Kind, wie ihre Großmutter es nannte. Immer neue Gestalten, die sie sich suchte: Rosemarie Hamel aus der Villa in der Arnswalder Straße. Inge Jädecke mit den vielen schönen Kleidern und einem Vater, der im Auto fuhr. Und dann wieder Lore Möller, die Tochter von Dr. Möller in dem großen Haus am Markt, wo Margot, als sie eine Schüssel Sülze abliefern mußte, das Eßzimmer zu sehen bekam, die geschnitzte Pracht des Büfetts, hohe dunkle Stühle, Stuckgirlanden, Kronleuchter, Samtvorhänge, Silber, Kristall, bemalte Vasen. Sie drehte an dem Zauberring, fortan gehörte alles ihr, sie hatte es mitgenommen, Inventar für das Wolkenhaus jenseits vom Paradies.

Was Doris Hoppe betraf, die sie daraus verstoßen hatte, so wechselte Margot nie mehr ein Wort mit ihr, verlor sie später, als sie ins Lyzeum kam, auch aus den Augen, wurde das Gesicht aber niemals los. Es kehrte zurück, seltener mit der Zeit, schien verschwunden und kam dennoch wieder, immerwährend sieben Jahre alt, ein unerledigtes Gesicht sozusagen, obwohl es Doris Hoppe schon längst nicht mehr gab. Sie wurde im Februar 1945, als Pyritz unterging, zusammen mit ihrem Vater, dem Sattler, von einer russischen Granate getötet, neunzehn erst, ein bißchen dümmlich, ein bißchen tückisch und ohne etwas von den Spuren zu wissen, die sie hinterlassen hatte.

Als Pyritz unterging. Es muß davon gesprochen werden, als Teil von Margots Geschichte, die nicht zu trennen ist von Pyritz, vielleicht nicht einmal erzählt zu werden brauchte, wenn Pyritz geblieben wäre, was es war, eine rechtschaffene deutsche Kleinstadt, Türme, Tore und Gemeinwesen intakt, keine Toten und Vertriebenen, bewohnbar weiterhin für alle, auch für jene, die

Löwenthal hießen, Markus, Salomon, Moses Hahn und die als erste davongejagt wurden aus einer Heimat, die doch auch ihnen gehörte.

Der Untergang von Pyritz, jene neunzigprozentige Zerstörung, der das Lexikon nur eine magere Zeile widmet, war von Anna Jarosch bereits 1938 prophezeit worden, und zwar am Morgen nach der Kristallnacht, als sie aus der Haustür trat und am anderen Ende der Kleinen Wollweberstraße die immer noch brennende Synagoge sah, davor SA-Männer in Braunhemden, mit Sturm- und Schulterriemen, die alle Lösch- und Bergungsversuche unterbanden.

Anna Jarosch hatte eine Weile in die Flammen gestarrt und, da hier immerhin ein Gotteshaus brannte, stumm das Vaterunser gebetet, mehr wagte auch sie nicht. Anschließend war sie, am verwüsteten Laden des Lederjuden Markus vorbei, in die Kleine Papenstraße geeilt, um nach David Mossel zu sehen, dem Altwarenhändler, bei dem sie außer Küchenschrank, Sofa und Vertiko noch manches andere Stück gekauft hatte, stets vorteilhaft und zu ihrer Zufriedenheit. Sie fand ihn draußen vor dem Kellergeschäft, wo er, angetrieben von SA-Stiefeln, unter den Augen betretener, zum Teil aber auch johlender Zuschauer die Scherben und Trümmer seines Warenlagers beiseite räumte. Verängstigt hatte sie auch hier geschwiegen, nur versucht, ihm durch Blicke Sympathie und Erbarmen zu bekunden, und erst zu Hause, im Laden von Dobbertins, ihren Zorn losgelassen. »Wird nehmen schlechte Ende mit Stadt, brennt eine Scheune, brennt bald nächste, jetzt Sodom, morgen Gomorrha!« rief sie dermaßen außer sich, daß Frau Dobbertin sich erschrocken nach möglichen Lauschern umsah und Anna Jarosch ermahnte, die Zunge zu hüten, es sei doch inzwischen bekannt, was passierte, wenn dergleichen an die falsche Adresse käme, und die Partei habe die Ohren überall.

Else Dobbertin wußte, wovon sie sprach. Ihr Mann nämlich war ebenfalls der Partei beigetreten, wenn auch keineswegs innerlich, wie er Anna Jarosch anvertraut hatte, sondern nur seines Harzer Käses wegen, weil man ihm etwas von Großlieferungen an die Wehrmacht eingeflüstert hatte, so daß er sich schon als Fabrikant sah, mit Firmenschild und Lastwagen, und keine Heringe mehr und Hoffmanns Stärke und Kaffee viertelpfundweise. Leere Versprechungen, wie sich zeigte, aber nun gehörte er dazu und kam nicht wieder heraus, mitgefangen, mitgehangen, sagte er verbittert in der Annahme, dies sei nur eine Redensart, und nannte hinter verschlossener Tür die ganze Hitlerwirtschaft einen Volksbetrug.

Anna Jarosch verstand nichts von Politik. Doch die Schrekkensbilder des Vormittags bestätigten ihr Mißtrauen, das sie diesem Hitler von Anfang an entgegengebracht hatte, und zwar seiner Herkunft wegen. Österreicher, was konnte von dort schon kommen. Nichts Gutes, dessen war sie sicher, obwohl ihre Kenntnisse sich allein auf eine Nachbarsfrau aus ihrem ehemaligen Dorf stützten, die, in der Gegend von Krakau beheimatet, haarsträubende Dinge vom österreichischen Garnisons- und Manövertreiben zu berichten wußte, wodurch sie Anna Jarosch ein für allemal die Überzeugung mitgab, daß es sich bei den Angehörigen dieser Truppe ausnahmslos um Saufbolde, Mädchenschänder und Schweinediebe handelte. Und als Frau Dobbertin meinte, derartiges könnte man dem Führer ja nun doch nicht vorwerfen, erklärte sie mit geradezu wilder Endgültigkeit: »Hat er angesteckt Synagoge, ist Verbrechen vor Gott, mehr wie gestohlene Schwein, und wird kommen Rache.«

Margot, die daneben stand, begehrte gegen ihre Großmutter auf, denn in der Schule klang es anders, auch bei den Heimabenden der Jungmädel, wohin Anna Jarosch sie gehen lassen mußte, weil alle hingingen, in dunkelblauen Röcken und weißen Blusen, am Hals das schwarze Dreiecktuch mit dem Lederknoten. Die Juden sind unser Unglück, lernten sie dort, und es nützte noch nichts, wenn Anna Jarosch schwor, David Mossel sei kein Unglück, ein freundlicher Mensch und immer reell. Margot ließ es nicht gelten, mit den Liedern im Kopf, die sie sangen, wenn sie im Kreis um die Hakenkreuzfahne herumstanden – Deutschland, heiliges Wort.

Erst später, beim Überprüfen der Vergangenheit, in einer anderen Stadt, einem anderen Land, mit einem anderen Namen, kam ihr die Erinnerung an diesen Tag, das Gesicht ihrer Großmutter, die Stimme, die Worte, und sie begriff, daß, hätte die Synagoge nicht gebrannt, auch Pyritz nicht untergegangen wäre.

Margot war dreizehn, als der Krieg begann, am 1. September 1939, Erntedank stand vor der Tür, das Leben ging weiter, Tag für Tag, alles normal vorerst, die Normalität im Absurden, kein Aufstand der Mütter, auch daß sie die Söhne gehen lassen mußten, war normal, in den Tod, wenn es sein mußte.

Der Krieg ist der Vater aller Dinge, sagte Studienrat Harm in der Geschichtsstunde, ein noch jugendlich wirkender Feuerkopf, der mit knarzender Prothese durch die Korridore hinken mußte, weil er, gerade zweiundzwanzig Jahre lag das zurück, sein rechtes Bein irgendwo in Frankreich eingebüßt hatte. Margot wurde dazu ausersehen, bei der Schulfeier anläßlich des gewonnenen Polenfeldzugs ein von ihm verfaßtes Gedicht zu deklamieren, dessen Refrain lautete:

Deutschland, wir schwören uns dir zu,
es gilt nun nichts mehr, nur noch du,
und wenn wir denn fallen müssen,
wollen wir die Erde küssen,
Deutschland, dir den Sieg!

Sie tat es mit Verve, noch glaubte sie daran.

Anna Jarosch, der das Gedicht zu Ohren kam, sagte kopfschüttelnd: »Ist wie Wind in Bäume, nichts nütze, bloß Lärm.« Dennoch sah sie mit Stolz, daß man ausgerechnet ihre Enkeltochter vor die versammelte Schule treten ließ. Immer noch ein Wunder für sie, dieses Lyzeum, obwohl sie seinerzeit, als Margots Grundschullehrerin den Wechsel dorthin in Gang zu bringen suchte, nur zögernd ihre Zustimmung gegeben hatte.

»Woher Geld für Schule, und kann ich ihr nicht helfen bei Rechnen und Schreiben, und ist nicht richtige Platz für sie«, so ihre Einwände. Daß es hochmütig sei, einen solchen Schritt überhaupt in Erwägung zu ziehen, ließ sie zwar nicht verlauten, sagte es aber um so eindringlicher zu sich selbst, abends vor dem Einschlafen, während eine andere Stimme in ihr von den Möglichkeiten raunte, die der Enkelin offenstünden und die sie, Anna, ihr verschließen wolle, und ob man es denn Hochmut nennen könne, wenn einer Speck zu den Kartoffeln begehre. Sie dachte an das blaue Kleid zum Schulanfang und auch an ihre Bemerkung vom Geldverdienen mit dem Kopf, zwar nur aufs Büro gemünzt damals oder auf so etwas wie das Kassenfräulein bei Ramelow, aber alles mißverständlich vielleicht für das Kind, ein Floh im Ohr.

Sie horchte auf Margots Atemzüge, die nach Schlaf klangen.

»Möchtest du gern gehen in bessere Schule, Malenka?« flüsterte sie, halb in der Hoffnung, ungehört zu bleiben. Aber Margot antwortete sofort.

»Ja«, sagte sie. »Aufs Lyzeum. Und da gehe ich auch hin. Fräulein Meuchner besorgt mir einen Freiplatz, weil ich so gut lernen kann.«

Das, in der Tat, klang hochmütig für Anna Jarosch.

»Du noch nicht wissen«, murmelte sie, »ist heute nicht morgen, und wer springt auf Pferd von hinten, kann fallen in Dreck von vorn.«

Doch Margot wußte es, sie wußte es und wollte es, und alles regelte sich wie von selbst. Nach den Osterferien 1936 betrat sie zum ersten Mal das graue, einstöckige Gebäude Ecke Bahnerstraße, dicht beim Markt, ein stolzer Gang, und keine Schwierigkeiten mit dem Geld, auch Hilfe brauchte sie genauso wenig wie vorher, und was nicht gleich gelingen wollte, gelang durch den Ehrgeiz, der, seinem Kokon entschlüpft, bohrte und stachelte und süchtig war nach dem Besten.

Man merkte es ihr nicht an. Margot lernt fast ohne Mühe, stand im Zeugnis, und neidlos offenbar erkannten die Mitschülerinnen ihre Vorrangstellung an, hilfsbereit, wie sie sich zeigte, ohne aufzutrumpfen, und immer da, wenn jemand über einer Gleichung verzweifelte oder dem Passé simple. Nur selten vernahm sie hinterrücks hämische Bemerkungen, Anna Jarosch betreffend, die Wurstpolackin, oder die schreckliche Frage: Wer ist dein Vater? Ich habe keinen, sagte sie dann, schwieg, wich aus, lief weg und überspielte später wieder alles unten auf dem Schulhof. Fröhlich und freundlich, auch das las man in den Zeugnissen, fast zu bescheiden bei all ihren Fähigkeiten, war die Meinung im Lehrerzimmer, denn was wußten sie dort schon von ihren Träumen. Andere zwar als früher, aber immer noch aufs Unerreichbare gerichtet.

Anna Jarosch hatte, wie Frau Dobbertin erfuhr, »Tritt gegen Kopf gekriegt«, als sie dahinterkam, und zwar bei einem Gespräch an Margots fünfzehntem Geburtstag, das sie eigentlich schon viel früher hatte führen wollen, gleich nachdem Margot konfirmiert worden war vor dem weißgoldenen Altar von St. Spiritus, in einem Kleid aus schwarzem Taft.

Es hatte Streit gegeben um dieses Kleid, viel zu teuer der Stoff, und dann noch Textilbezugsscheine, die Anna Jarosch dringend als Tauschmittel benötigte, um Fleisch für ihre Wursterei einzuhandeln. Doch Margot bestand auf dem Taft, dem Taftkleid, sonst nichts. Rosa Klingbeil mußte es nach ihren Anweisungen nähen, unten weit, oben eng, mit weißen Rüschen an Hals und Ärmeln. So trat sie in die Kirche, größer als die meisten Mädchen, die hellblonden Zöpfe um den Kopf gelegt, eine Krone nannte es Frau Dobbertin, die, noch kugeliger geworden mit den Jahren, wie ein Sauerkohlfaß, sagte ihr Mann, seit eh und je für große, schlanke Menschen schwärmte. Stolz saß sie neben Anna Jarosch und zögerte nicht, Margot lauthals zur schönsten Konfirmandin zu erklären, was ringsherum nicht nur Freude weckte und im übrigen auch nicht ganz stimmte bei näherem Hinsehen: ein wenig zu breite Backenknochen, die Nase leicht gebogen und keineswegs das Ebenmäßige von Hedwig. Allerdings besaß sie, wie die Mutter, Heinrich Jaroschs besonders helle Augen, und auch wenn sie lächelte, wurde sie ihr plötzlich ähnlich. Überhaupt schien es bei Margot alles in allem auf Einzelheiten nicht anzukommen, so daß Frau Dobbertin im Grunde recht hatte.

»Schönheit geht weg wie Tau auf Gras«, murmelte Anna Jarosch, Hedwigs eingedenk und voller Zweifel, ob ihr der Stolz, den sie ebenfalls fühlte, erlaubt sei. Jedenfalls beschloß sie, noch an diesem Abend mit ihrer Enkelin über die Zukunft zu reden.

Nach der Kirche, als sie wieder zu Hause waren, bekam Margot von ihr das silberne Medaillon der Marie Asmussen, lange verwahrt für diesen Tag, blankgeputzt und innen mit den Köpfen von Mutter und Großmutter versehen. Sie waren von dem einzigen Foto ausgeschnitten, das Anna Jarosch gemeinsam mit ihrer verstorbenen Tochter zeigte und vor nunmehr sechzehn Jahren von dem Ingenieur Kremer, Margots unsichtbarem, aber nach wie vor pünktlich zahlendem Vater, geknipst worden war.

Margot hatte das Medaillon in der Hand gehalten, stumm, als erblicke sie die Bilder zum ersten Mal, dann war sie ihrer Großmutter weinend um den Hals gefallen, »ist gut, Malenka, alles gut«, und Margot klammerte sich an sie, schutzsuchend wie damals auf dem Sofa zur Dämmerstunde.

Vorher am Altar, wo Pastor Riebeck sie kraft seines Amtes mit Segen und Konfirmationsspruch in das aufnahm, was er Gemeinschaft der Christen, aber auch die Welt der Erwachsenen nannte, ja selbst in dem feierlichen Moment des Abendmahls hatte sie weder Schauer noch Rührung empfinden können. Keine Spur von dem Hauch Gottes, allenfalls ein schlechtes Gewissen, weil sie hier nur um der Gepflogenheit willen stand, nicht aber aus Glaubenseifer, wie Pastor Riebeck es vorauszusetzen schien, bei ihr wie bei den anderen, obwohl er es vermutlich besser wußte.

Nichts hatte sich bewegt, unverändert war sie wieder auf den kleinen, sonnenbeschienenen Kirchplatz hinausgetreten, ein Spielort ihrer Kindertage, wo sie der ewig weinenden Leierkastenjule gelauscht hatte und dem Geschrei von August Krakehl, dem Lumpensammler. Und nun, mit dem Medaillon, kam die Wandlung. Ihre Mutter, dieses Bild immerwährender Jugendfrische, und daneben die Großmutter, alt schon damals, aber soviel älter geworden inzwischen, dem Tod um so viele Jahre nähergerückt, nicht mehr lange, und auch sie war nur noch ein Abbild für die Erinnerung. Die Endlichkeit des Lebens, darüber weinte sie, weinend überschritt sie die Grenze, von der Pastor Riebeck vergeblich geredet hatte. Erst als Dobbertins zum Essen kamen, gelang es ihr, sich wieder zu fassen.

»Mit allen guten Wünschen, Herzchen«, sagte Frau Dobbertin und gab ihr ein schwarzes Etui, in dem auf blauer Seide eine kleine silberne Armbanduhr lag.

»Ist die wirklich für mich?« fragte Margot erschrocken und preßte, als Herr Dobbertin »für wen sonst wohl« murmelte, die

Uhr gegen ihre Lippen. Frau Dobbertin, die zehn Pfund Zucker und einen Liter Öl aus ihren geheimen Beständen für das Geschenk geopfert hatte, breitete die Arme aus, und Margot küßte auch sie, die Wange zumindest, voll Dankbarkeit und dennoch widerwillig, widerwilliger fast noch als früher, denn Frau Dobbertin hatte wieder Schmalzbrot mit Zwiebeln gegessen und atmete zudem heftig vor Rührung.

Dobbertins blieben bis zum Abend. Für das Gespräch über die Zukunft war es zu spät geworden, und Anna Jarosch beschloß, es bis zu Margots Geburtstag zu verschieben, ebenfalls ein angemessener Zeitpunkt.

Er fiel diesmal auf den Sonntag, schulfrei also, und auch der Laden blieb geschlossen, so daß wiederum Dobbertins zum Feiern kommen konnten, mit Kaffeebohnen und einer Schüssel Schlagsahne, alles bereits knapper geworden in diesem zweiten Kriegsjahr.

Freundinnen saßen nicht mit am Tisch. Nach wie vor war Margot in der Klasse beliebt, ging nachmittags zum Schülerbummel in der Stettiner Straße, hielt sich auch sonst nicht abseits. Mädchen jedoch, die darüber hinaus mit ihr zusammen sein wollten, wies sie ab, eine nach der anderen, sogar Lore Möller vom Markt, jene Arzttochter, deren elterliches Eßzimmer sie einst bestaunt hatte, eine Freundin eigentlich nach ihren Wünschen. Aber Freundschaft, das hieße, die Kleine Wollweberstraße öffnen zu müssen, wo der Käse waberte und die Dunstschwaden von Anna Jaroschs Wurstbrühe und wo das Vertiko in der Wohnstube stand als einziges Glanzstück, geschmückt mit Hedwig der Braut und Hedwig im Sarg. Wie konnte sie sich eine solche Freundin leisten.

Die Schule am Vormittag, das war ihre Zeit, von ihr allein hing es ab, was sie daraus machte. Nach dem Unterricht jedoch, wenn die Kinder der Ärzte, Lehrer, Beamten, Geschäftsleute nach Hause gingen zu Müttern, die pelzbesetzte Mäntel trugen und Hüte beim Einkaufen, ging sie zu Anna Jarosch, der Wurstfrau mit Kopftuch, Schürze und kauderwelschigen Sprüchen, ein Original beinahe wie Mutter Strippen aus dem Altstädter Armenhaus, wie der klumpfüßige August Krakehl und die Leierkastenjule. Ihre Großmutter sollte nicht preisgegeben werden, aus Liebe, aus Scham, wie die Gefühle voneinander trennen, nicht dem Spott dieser Mädchen. Bessere Kinder, hatte Anna Jarosch sie genannt, was vielleicht nicht richtig gewesen war. Aber man hatte es ihr so beigebracht, und es ließ sich nicht aus der Welt schaffen, nicht so leicht, nicht von heute auf morgen.

Der Geburtstagskaffee war getrunken, Dobbertins waren gegangen, Zeit für das Gespräch.

»Bist fünfzehn jetzt, Malenka«, sagte Anna Jarosch, während sie das gute Geschirr in die Küche trugen, weiß mit Goldrand, einst bei David Mossel erstanden, von dem es längst keine Spuren mehr gab in Pyritz. »Fünfzehn. Schon ein Jahr mehr Schule als andere Leute.«

Margot, die Kaffeekanne in der Hand, sah ihre Großmutter erstaunt an. Nicht wirklich erstaunt. Sie hatte keinen Zweifel an dem, was kommen würde, wie auch bei Anna Jaroschs Hang zu Andeutungen und Winken. Aber ihr Erstaunen sollte auf die Abwegigkeit des Themas hinweisen, obwohl, sie wußte auch dies, es nur ihr abwegig vorkam.

»Das ist so im Lyzeum«, sagte sie, und Anna Jarosch bemerkte, daß man sogar noch mit grauen Haaren in der Schule sitzen könne, solange der Vater alles bezahle.

»Wir bezahlen kein Schulgeld«, sagte Margot.

Anna Jarosch hielt sie fest. »Aber müssen wir essen und trinken, brauchen wir Wohnung und Holz für Ofen, und haben wir kein Esel, was macht Gold in Stube«, sagte sie. »Leben ist schwer, Malenka«, womit ihr Wursthandel gemeint war, der mehr und mehr unter den Folgen des Krieges litt, wie sehr sie sich auch dagegen stemmte mit fragwürdigen, ja anrüchigen Mitteln. So versuchte sie in den nähergelegenen Dörfern an Schwarten, Knochen, Schweineohren, Schweineschwänze heranzukommen, die noch ohne Lebensmittelkarten verkauft werden durften, und hatte sich, um Fleischers- und Bauersfrauen günstig zu stimmen, neuerdings aufs Kartenschlagen verlegt, eine Fertigkeit noch aus ihren Jugendjahren in dem Posener Dorf, lange Zeit schamvoll verschwiegen und jetzt wieder hervorgeholt genau im richtigen Moment. Denn wer war nicht begierig darauf, etwas über den

Mann, den Sohn, den Bruder in Erfahrung zu bringen, draußen an den immer zahlreicher werdenden Kriegsschauplätzen im Osten, Westen, Süden, Norden.

Anna Jarosch ging auch hier mit List zu Werke, insofern nämlich, als sie ihren Karten nur Gutes entnahm, baldige Nachricht von der Front, Extraurlaub, Schutz und Schirm bei Gefahr, gesunde Heimkehr. Sie tat es wortgewaltig und bilderreich, »sehe ich dunkle Wolke an Himmel, Blitz und Donner, große Feuerwagen und Not für Mann, aber da ist Dame, gute Karte und Glück, schützende Hand wie wunderbare Blume, keine Kugel kann treffen«. Schwindelhafter Klamauk, im Grunde wußte es jeder, und dennoch zeigte man sich dankbar dafür mit Naturalien und mancher Mark, besonders, wenn eine solche Prophezeiung, was ja vorkam, in Erfüllung ging. Daß Anna Jarosch zudem, und dies nun ganz und gar gegen ihr Gewissen, auch noch ein glückliches Ende des Krieges aus ihren Karten herausholte, verschaffte ihr sogar das Wohlwollen der örtlichen Parteibonzen. Grund genug, sich danach stets reumütig zu bekreuzigen. Sie hätte es gern gebeichtet, aber diese Erleichterung blieb ihr weiterhin verwehrt.

»Kannst du nicht sitzen halbe Leben in Schule, Malenka«, sagte sie. »Handel bald kaputt. Was dann machen? Und was, wenn Tod kommt?«

»Rede doch nicht immer davon!« rief Margot, eine Bemerkung, die ihre Großmutter unwillig beiseite schob. »Fragt Tod nicht, was du willst. Und mußt du haben Beruf für Geld.«

Margot schwieg. »Ich will Abitur machen«, sagte sie dann, »und studieren und Lehrerin werden am Lyzeum«, ein Schock für Anna Jarosch, und gleich kam der nächste, drei Schuljahre noch, vier weitere an der Universität, Margot wußte es, sie wußte alles, hatte es erfragt bis ins letzte, die Zeit schon eingeteilt in Semester, Zwischenprüfungen, Examen. Und als erstes das Abitur.

Anna Jarosch suchte nach Worten, der alte Hochmut, da war er wieder. »Ist Hochmut, Malenka, kann Mensch nicht sein heute Esel und morgen Pferd, lerne in Büro oder bei Bank, wirst du heiraten bessere Mann, kein Fuhrknecht und Kellner, und soll dein Sohn studieren, wenn Sohn hat Kopf, aber du bist Tochter von Hedwig und heißt Jarosch, ist so, bleibt so.«

Dies Anna Jaroschs Rede, was ließ sich dagegen sagen, was nützte Widerspruch. Während Margot ihre Träume verteidigte, wußte sie schon um die Vergeblichkeit. Ein letztes Jahr blieb noch für die Schule, dann war es vorbei, und es war nicht genug.

Margots Leben suchen, Margots Geschichte, eine eigene jetzt, vorbei die Zeit von Tausendundeiner Nacht, das Tor schlägt zu, wohin haben die Träume sie getragen.

Nirgendwohin, hätte sie gesagt, damals, zwei Jahre vor dem verlorenen Abitur, denn die Kreisbank in dem erst kürzlich errichteten Klinkerbau an der Rückfront von St. Mauritius, mit Schwingtür und verglasten Kundenschaltern, wo sie im April 1942 mit der Lehre begann, war nicht ihr Ort. Geh, wurde verfügt, und sie ging, und Anna Jarosch nannte es ein Glück. Die Kreisbank nahm nicht jeden, schon gar nicht jedes Mädchen.

Daß es Margot war, die man nahm, lag zum Teil an ihrem guten Zeugnis der Mittleren Reife, mehr aber noch an Frau Dobbertin, die sich ihrerseits an Fräulein Lerche gewandt hatte, Lotte beziehungsweise Lottchen Lerche, eine altvertraute Kundin des Ladens und von Einfluß bei der Bank, der sie schon seit sechsundzwanzig Jahren diente, die meisten davon in vollkommener Hingabe.

Fräulein Lerche mit ihrer verqueren tödlichen Geschichte, von der Margot gestreift wurde in dieser Phase des Übergangs, war schon als Kind zu Frau Dobbertin gekommen, an der Hand ihrer Mutter, einer Katasterbeamtenwitwe, und nach deren Ableben weiterhin in der Kleinen Wollweberstraße wohnen geblieben, zweiundvierzig inzwischen, frühzeitig ergraut und stets schwarz gekleidet, aber von zierlicher Mädchenhaftigkeit wie ehedem. Auch trug sie immer noch den kurzgeschnittenen Pagenkopf à la Asta Nielsen, der ihr seinerzeit in den wilden Zwanzigern, als sie vorübergehend am kessesten von allen die Beine beim Charleston zu werfen verstand, den Namen »flotte Lotte« eingetragen hatte.

Damals, als der Aufruhr gegen die Konventionen bis nach Hinterpommern schwappte, Zöpfe ab, Röcke kurz, hurra, wir leben noch, war Lottchen Lerche anfänglich dem Treiben im Kolbergschen Festsaal, wo Nacht für Nacht Mädchen ihren Ruf riskierten, ferngeblieben und hatte, das Haar zum Knoten gesteckt, sich der Bank gewidmet, ob freiwillig, sei dahingestellt. Eher wohl unter dem Druck ihrer Mutter, die strikt auf Reputation hielt und der niedlichen Tochter einschärfte, daß es lohnender sei, sich für einen Mann mit gutem Einkommen aufzuheben.

Dann jedoch, Lotte Lerche war vierundzwanzig und in der Kreisbank zur Sachbearbeiterin aufgestiegen, verliebte sie sich rettungslos, und nichts von Position und Reputierlichkeit, sondern ein Schauspieler mit modisch pomadisiertem Haar und dunklem Blick, Hanno Felt, der sie dazu brachte, ihren Zopf über Bord gehen zu lassen mitsamt der ganzen Ehrpusselei. Ein Skandal für ihre Mutter in mehrfacher Hinsicht. Denn nicht nur, daß diese Liebschaft in aller Öffentlichkeit stattfand, der Mensch, ohne Engagement momentan und völlig mittellos, hieß außerdem in Wirklichkeit Johannes Rosenfeld, Neffe des gleichnamigen Getreidehändlers aus der Bahnhofstraße, der ihm auch Unterkunft gewährte. Jude also, nicht einmal ein getaufter. Frau Lerche mochte sich kaum noch zeigen.

Lottchen aber ließ sich nicht mehr beirren. Mit Pagenkopf und kniefreiem Rock hüpfte sie an Hanno Felts Arm quer über den Markt, tanzte Charleston und Tango, als hätte sie ihr Leben lang nichts anderes getan, und lag ganze Sonntage viel zu dicht neben ihm am Strand des Madüsees. Nicht nur dort, hieß es allgemein, und selbst daraus machte sie kein Hehl, daß sie die Liebe kennenlernte zu ihrem lebenslangen Glück. Ich weiß, was Liebe ist, sagte sie später bei jeder sich bietenden Gelegenheit, Liebe, nicht Liebelei, dies mit Nachdruck, unter Hinweis auch auf das jede Geringschätzung verbietende tragische Ende der Verbindung. Denn gerade als alles sich zu regeln schien, ein Engagement am Stralsunder Theater, sogar von Verlobung war die Rede, starb Hanno Felt während einer Blinddarmoperation. Ein harmloser Eingriff an sich, mehr vorbeugend als unbedingt erforderlich, eben hatten sie noch am Madüsee gelegen, dann war es schon vorbei.

Das geschah im Herbst 1926, und aus Lottchen, kurzzeitig die flotte Lotte, wurde endgültig Fräulein Lerche mit ihren Erinnerungen. Schwarze Kleider und das Leben nun ganz der Kreisbank geweiht, unsere Konto-Nonne, nannte der neue Chef, Direktor Wimheuer, sie beim Skat am Stammtisch und übergab ihr einige Jahre später die Leitung der Kontokorrentabteilung, auch die Führung des Hauptjournals.

Frau Dobbertin, die teilnehmende Beobachterin von Lotte Lerches Weg, mißtraute dieser gemischten Hingabe an einen Toten und den Geldverkehr im Kreis Pyritz zutiefst.

»Jeden Abend zu Hause sitzen, dafür sind Sie doch zu jung«, hatte sie sich, als die Trauer kein Ende nehmen wollte, des öfteren zu sagen erlaubt und Ferien auf Rügen vorgeschlagen oder im Schwarzwald, vielleicht lernen Sie da jemand Nettes kennen, Ermunterungen, denen Fräulein Lerche geradezu entgegenfieberte, um von ihrer Liebe sprechen zu können, die sie erlebt habe in so reichem Maße, und ihr Verlobter habe diese Treue verdient, Hanno Felt, keiner wie er, und so weiter ohne Ende. Es könnte einem angst und bange werden, vertraute Frau Dobbertin Anna Jarosch an und äußerte die Befürchtung, daß Lottchen Lerche wohl eines Tages noch völlig überschnappe mit diesem Kuddelmuddel im Herzen.

So jedenfalls sah die Basis für Margots Lehrstelle aus. Fräulein Lerche übernahm die Vermittlung bei Direktor Wimheuer und dem Prokuristen Heese, das Arrangement kam zustande, und Margot fügte sich ohne Widerspruch. Doch die Bank war nicht ihr Ort, wie sehr man sich auch bemühte, sie für die neue Tätigkeit zu erwärmen, Fräulein Lerche mehr oder minder verstiegen und Anna Jarosch mit der Aufzählung sämtlicher Vorteile. Vor allem wies sie auf den Lohn hin, achtundvierzig Mark schon im ersten Lehrjahr, dreiundsechzig im zweiten, neunzig gar im letzten, Summen, für die man Gott auf Knien danken müsse, zumal der Ingenieur Kremer seit Margots sechzehntem Geburtstag keine Alimente mehr zahlte.

Anna Jarosch hatte recht. Auch Frau Dobbertin hatte recht, die von Lebensstellung sprach und Sicherheit, denn wer wisse denn, ob noch genug Männer übrigblieben nach diesem Krieg. Alle hatten recht, doch was vermochten Argumente gegen den immerwährenden Druck dort, wo das Weinen wurzelte. Margot ertrug es kaum, am Lyzeum vorbeizugehen, vermied auch die

Stettiner Straße, wo zwischen fünf und sechs, wenn sie von der Arbeit kam, die Schüler auf und ab bummelten, und als Lore Möller, neben der sie im letzten Schuljahr gesessen hatte, ihr eines Abends begegnete, wäre sie fast davongelaufen.

Lore Möller hielt ihre Hand fest. »Wie geht es dir denn?«

Sie standen auf dem Marktplatz, die Sonne schien noch, und rundherum das Rathaus, der Deutsche Hof, die Adler-Apotheke, die Bäckerei, der Zigarrenladen, alles vertraut von Kindheit an, aber die Kindheit war vorbei.

»Gut«, sagte Margot. »Dir auch?«

»Ich verstehe Mathe nicht«, sagte Lore Möller. »schade, du konntest immer alles so gut erklären. Gefällt es dir in der Bank besser als in der Schule?«

Margot nickte. »Viel besser. Was man da lernt, kann man wenigstens gebrauchen, nicht dieses ganze unnütze Zeug«, und Lore Möller meinte, sie würde auch lieber abgehen, dürfe es nur nicht.

»Kommst du mit zum Bummel?«

»Keine Zeit«, sagte Margot, »morgen vielleicht.«

Von da an benutzte sie den Hinterausgang. Lore Möller mit Geometrie und einem Platz im Chemiesaal, mit Maupassant, Hölderlin und den Hebbelschen Dramen, was gab es da noch zu reden. Sollte sie ihr sagen, daß sie lebte wie in einem falschen Traum?

In der Bank allerdings merkte niemand etwas davon. Im Gegenteil, was sie tun mußte, tat sie ordentlich und zur Zufriedenheit, so daß Direktor Wimheuer sie bereits nach acht Wochen von der Registratur in die Korrespondenzabteilung schickte, wo es Überweisungsformulare auszufüllen galt, Zahlen, Namen, Zahlen, Namen, das war nun die Welt. Ehrenvoll für einen Lehrling, meinte Fräulein Lerche und lud sie am Sonntag zu Kartoffelkuchen und Pfefferminztee ein, um danach ihr Fotoalbum zu öffnen und von der Liebe zu reden, für jeden kommt die Stunde, sagte sie, auch für dich, und mögest du so glücklich werden, wie ich es geworden bin. Fräulein Lerches gespenstische Liebe. Und dann wieder die Korrespondenzabteilung, Zahlen und Namen, und der Korrespondenzabteilung folgte die Kontokorrentabteilung und der Kontokorrentabteilung die Scheck- und Wechselabteilung, und alles, was Margot tat, tat sie weiterhin zur Zufriedenheit und mit Widerwillen und ohne zu wissen, warum und wozu. Die Ewigkeit, dachte sie, dies ist die Ewigkeit, und wenn sie Fräulein Lerche sah, nichts als das Geld anderer Leute, keine Zukunft, wurde ihr angst.

»Bist du nicht einzige Mensch mit Herz und Blut«, sagte Anna Jarosch. »Sucht jeder Glück, wo kriegt, auch Lottchen Lerche.«

»Ich will so ein Glück aber nicht.«

Sie saßen in der Küche, Februar 1943, ein eisiger Tag. Margot hämmerte mit den Fäusten auf den Tisch, eine Tasse kippte um, braune Brühe lief über die gestickte Sonntagsdecke, und ihrer Großmutter fiel der alte Hochmut wieder ein, immer das Bessere begehren, als dir zusteht. Wie deine Mutter, wollte sie sagen, doch in Margots Gesicht las sie etwas anderes, und so sagte sie nur: »Ist ja gut, Malenka, wird alles gut, kannst du finden richtige Arbeit für dich, wenn wieder Frieden, weiß ich bestimmt.« Trostversuche. Aber diesmal hatte Anna Jarosch richtig prophezeit. Es war keine Ewigkeit vorgesehen für Margot und die Bank im Kalender der Zukunft, nur noch ein Jahr, vierzehn Monate genauer, allerdings nicht des Friedens wegen, auch dann noch kein Frieden, noch immer nicht.

Anna Jarosch tupfte den Kaffee von der Decke und streute auch noch Salz über den Fleck. Draußen schien die Sonne, der Schnee auf den Simsen von Bäcker Manzigs Schaufenster glitzerte bläulich. Kuchen gab es bei ihm schon längst nicht mehr zu kaufen, nur klebriges Brot auf Marken, wie auch die Dobbertinsche Käseproduktion allmählich zum Erliegen kam in diesem vierten Kriegswinter. Mit Anna Jaroschs Wursthandel war es seit dem Herbst endgültig vorbei. Nur noch durch Kartenschlagen gelang es ihr, das Haushaltsgeld aus Rente und Margots Lehrlingslohn aufzustocken, immer in Angst um ihre Ersparnisse, die trotz der engen Verbindung zur Bank wie eh und je unter dem Dielenbrett versteckt lagen für die Zeit nach dem Krieg, womit sie nicht etwa den von der Propaganda schon im voraus bejubelten Endsieg meinte, sondern Zustände wie 1918, also Elend und Not.

Wann es freilich soweit sein würde, konnte niemand sagen, der Krieg schien ins Endlose zu laufen. Trotz der verlorenen Schlacht um Stalingrad tönten weiter Fanfaren aus dem Radio, Durchhalteparolen tagein, tagaus, wir werden siegen, wer anderes ahnte, schwieg, wenn ihm sein Leben lieb war, Stille im Land. Der Schrecken war alltäglich inzwischen, die Beschränkungen und Ängste, die verdunkelten Nächte, in denen der Luftschutzwart Wilhelm Maschulke, Bürobote tagsüber am Landratsamt, stündlich durch die Straßen patrouillierte und um den winzigsten Lichtschein in einem Fenster unverhältnismäßiges Geschrei erhob, alltäglich die wachsenden Zahlen der Verwundeten und Vermißten, die Seiten mit den schwarzen Anzeigen im Pyritzer Kreisblatt, die Meldungen von den zerbombten Städten.

»Macht Hitler ganze Welt kaputt vor Schluß«, sagte Anna Jarosch, die jeden Abend zusammen mit Frau Dobbertin unter dem Schutz einer dicken Decke den verbotenen Sender London hörte, »ist wie tolle Hund, soll man totschlagen.«

Aber was draußen geschah, berührte Margot nicht in diesem Winter. Selbst als im Pyritzer Kreisblatt stand, daß Dr. Möller, Lores Vater, hingerichtet worden war, weil er, so die Urteilsbegründung, einer schwangeren Frau gegenüber Zweifel am Führer geäußert und damit einen Angriff auf den Wehrwillen des deutschen Volkes unternommen habe, drang diese Nachricht nicht weiter als bis zu ihren Augen, verfangen in sich selbst, wie sie war. Und daß der Panzer endlich aufbrach, lag wieder an Lotte Lerche.

Nur einmal noch Lotte Lerche, zum letzten Mal, dann gibt es sie nicht mehr in Pyritz. Sie wird verschwinden, und kein Aufschrei deswegen in den Straßen, die Zeiten, heißt es bei den Überlebenden, das waren die Zeiten. »Ich bin ja auch still geblieben«, sagte Margot später. »Ich war erst siebzehn, und so hatte jeder seine Gründe.«

Es begann an einem Apriltag in der Kontokorrentabteilung, wo Lotte Lerche die Führung der Konten überwachte und das Hauptjournal hütete, unter dem dunklen Blick von Hanno Felt, dessen Foto auf ihrem Schreibtisch stand, seit Jahren, Jahrzehnten nun fast, jeder wußte, warum. Eine alte Geschichte, man amüsierte sich darüber, Lottchens Liebster, sagte Direktor Wimheuer augenzwinkernd. Er war ein jovialer Mensch, zwar Parteimitglied, aber eher von der Dobbertinschen Sorte. Vielleicht, daß er deswegen trotz seiner fünfzig Jahre plötzlich noch Soldat werden mußte, wenn auch nur Landsturmmann und Wache in dem Kriegsgefangenenlager bei Stettin. Eine schikanöse Maßnahme, Denunziation vermutlich, obwohl Genaues nie nach außen drang.

Als sein Nachfolger erschien Max Patschek, gebürtiger Pyritzer, der bei der Sparkasse gelernt hatte und 1933, nach Hitlers Machtergreifung, Leiter einer Stargarder Filiale geworden war, damals erst dreiundzwanzig, aber schon SA-Mann. In Stargard, wo er sich unter anderem bei der Arisierung jüdischer Vermögenswerte hervortat, fürchtete man seine politische Strammheit und sah ihn bei Kriegsbeginn gern davonziehen.

Jetzt also kam er nach Pyritz zurück, als Fliegerhauptmann ohne rechten Arm und entschlossen, wie er in seiner Begrüßungsansprache während der Mittagspause erklärte, nun an der Heimatfront seine Pflicht zu erfüllen. Er sagte es lächelnd, die linke Hand lässig in der Hosentasche, und fing sogleich damit an: ein Gang zu den Kundenschaltern, kurzer Aufenthalt beim Kassierer, schließlich die Wendung zu Fräulein Lerches Schreibtisch hinten in der Halle. Dort wies er auf Hanno Felts Foto und fragte, wer das denn sei.

Die Stimme klang angenehm, und er lächelte noch. Schlank und schlaksig stand er da, jungenhaft fast, und Fräulein Lerche sagte vertrauensvoll: »Hanno Felt, Herr Direktor, mein verstorbener Verlobter.« Sie wollte auch, ohne den warnenden Blick des Prokuristen Heese zu bemerken, gleich ausführlicher werden wie stets, wenn die Rede auf dieses Thema kam, und alle, die herumstanden, es war ja Mittagspause, warteten gespannt auf die bekannten Einzelheiten.

»In der Tat? Erzählen Sie keine Märchen. Diese Visage kenne ich von früher, das ist der Jude Rosenfeld«, sagte Patschek und befahl, das Bild zu entfernen, ungeheuerlich, dieser jüdische Gigolo, eine Beleidigung für jeden anständigen Volksgenossen, aber sein Vorgänger sei da wohl nicht so heikel gewesen, und er müsse sich wundern, daß bisher niemand Einspruch erhoben habe.

Dies galt offensichtlich dem Prokuristen Heese, einem alten, nur aus Kriegsgründen noch seinen Dienst ausübenden Herrn, der unter Asthma litt und vor Aufregung zu husten begann. Fräulein Lerche stand mit gesenktem Kopf an ihrem Schreibtisch, und keiner wagte sie anzusehen.

»Los!« Max Patschek wies mit dem linken Daumen auf Hanno Felts Foto.

»Nein«, sagte Fräulein Lerche, »das hier ist mein Platz seit fast dreißig Jahren, und das Bild bleibt stehen. Es ist auch keine Visage, und Herr Felt...«

»Halten Sie den Mund!« Max Patscheks Stimme wurde lauter, verlor jedoch ihren Wohlklang selbst dann nicht, als er von Rassenschande und Ehrvergessenheit sprach, ein ehrvergessenes, rassenschänderisches Verhältnis.

Fräulein Lerche hob den Kopf.

»Es war Liebe«, sagte sie leise, ein letztes, endgültiges Bekenntnis, »und Hanno Felt war mehr wert als manch einer im braunen Hemd.«

Stille rundherum, selbst Prokurist Heese hustete nicht mehr. Diese wahnwitzige Szene in der Schalterhalle. Büromöbel, Aktenreihen, Panzerschränke, Karteikästen und dazwischen Lottchen Lerche, eine Pyritzer Jeanne d'Arc mit ergrautem Pagenkopf, da stand sie und redete sich ins Verderben.

Margot sah vom Fenster aus, wie Fräulein Lerche ins Auto geschoben und fortgebracht wurde. Sie verschwand für immer, unbekannt, wohin.

An diesem Abend saß Anna Jarosch auf dem Sofa, schwarz und still. Margot rückte dicht an sie heran, zum ersten Mal wieder nach langer Zeit. Sie weinte, und endlich weinte sie nicht mehr um sich selbst.

Der Sommer, der kam, war voller Unruhe. Wie ein Zug, schien es Margot, der schneller wird von Station zu Station, als ob es Verspätungen aufzuholen gilt, und sie am Fenster, unersättlich nach neuen Ausblicken. So schweigsam sie früher ihre Arbeit verrichtet hatte, jetzt suchte sie Gespräche am Kundenschalter, und mittags blieb sie manchmal in der Bank, nur um sich von der abenteuerlustigen Frau Rudnik aus der Registratur, deren Mann im Polenfeldzug gefallen war, ihre neuesten Eroberungen schildern zu lassen, mit allen Vorzügen und Nachteilen. Manchmal kam auch der Kassierer Lose dazu, ein verwachsener, träumerischer Mensch voller Fernweh, und erzählte von seinen imaginären Reisen, die er abends unternahm, zu Lande und zu Wasser, Bali, Fräulein Margot, Bali.

Die Mädchen aus dem Lyzeum mied sie weiterhin, ging aber mit den Berufsschülerinnen, die wie sie kaufmännisches Rechnen, Buchführung und Maschinenschreiben lernten, zum Baden und ins Kino, sonnabends sogar ins Café Boese, wo es Kuchen auf Marken gab, ein Stehgeiger ungarische Weisen spielte von großer Traurigkeit und an den Marmortischen Soldaten aus dem Lazarett auf etwas Trost hofften, ein Umschlagplatz für mehr oder weniger vergängliche Gefühle. Frau Rudnik fand im Café Boese ihre wechselnden Abenteuer, manches Mädchen aus Margots Kreis jemanden, um den es bangen, eventuell auch weinen konnte, sogar überstürzte Trauungen kamen zustande in der allgemeinen Bedrängnis, die hier niemand wahrnehmen wollte. Margot spielte mit, aber keiner war ihr gut genug für eine Verabredung am Sonntag. Lieber nahm sie ihr Rad und fuhr aus der Stadt hinaus, Richtung Brietzig oder Raklitt, in die Ruhe des Weizackerkreises, dieses endlose, zum Horizont fließende Land, blaurot getupft die Kornfelder, grüne Wiesenmuster und dazwischen Dörfer mit Fachwerkhäusern, weißen Gänseherden und den Schlössern der Herren. Sie lag am Waldrand und spürte die Sonne auf der Haut, im Dölitzer Forst hörte sie den Habicht schreien, sonst Stille, wer war vor ihr hiergewesen, wer würde nach ihr kommen. Manchmal meinte sie, ganz allein mit der Erde im All zu kreisen.

»Daß das Kind noch gar keinen Freund hat. So ein hübsches Mädchen und bald achtzehn. Muß doch wohl mal der Richtige kommen«, sagte Frau Dobbertin besorgt, während Anna Jarosch, geschlagen mit ihren Erfahrungen, einem solchen Ereignis eher skeptisch entgegensah, der Folgen wegen, jenes Juchhe und Ade, über das sie mit Margot gern gesprochen hätte. Aber Margots Art, sich abzuwenden, verbot solche Direktheiten, »ich weiß schon, Großmutter«, obwohl sie nichts wußte außer Fakten, und Fakten lösten die Fragen nicht, aber sie wollte eigene Antworten finden. Sie stand vor dem Spiegel, das war sie, Margot Jarosch, helle Augen, die Haare immer noch blond, nur kein Zopf mehr, sondern kurz jetzt, wellig von Natur aus, und Frau Dobbertin behauptete, sie habe einen Gang wie mit drei Bibeln auf dem Kopf. Sie strich über ihre Brust, über die Hüfte, weiße Haut, schnell braun im Sommer, der Bauch flach, fast nach innen gewölbt und darin angeblich die nächste Generation, so jedenfalls die Worte ihrer ehemaligen Biologielehrerin, ihr tragt die nächste Generation in euch. Margot legte die Stirn an den Spiegel. Wo waren die Antworten?

Der Mann, der schließlich doch noch erschien in diesem Sommer, war, wie sich herausstellte, nicht der richtige, zumindest nicht im Dobbertinschen Sinne. Er kam und ging, Helmut Blumer, fünfundzwanzig. Sohn eines Kölner Professors für neuere Geschichte, zur Zeit Gefreiter bei der Infanterie und Insasse des Pyritzer Lazaretts. Margots erste Liebe, heftig von ihrer Seite, temperiert von seiner offenbar, ein temperierter Mensch prinzipiell, ordentlich und genau, der demnächst, da ihm ein russisches Geschoß das linke Schultergelenk zertrümmert hatte, an die Universität zurückzukehren hoffte, um dort eine Doktorarbeit in seinem Fach Paläontologie abzuschließen über die Vielfalt einer Spezies von Ammoniten im Mesozoikum.

»Wie viele Sorten gibt es denn?« fragte Margot und konnte sich, als er von Hunderten sprach, die es zu bestimmen, einzuordnen, zu tabellieren galt, nicht vorstellen, wie ein Mensch dergleichen über sich bringen könne, Muscheln tagaus, tagein, versteinerte dazu, war aber dennoch voller Bewunderung. Denkbar, daß sie sich hauptsächlich in diese Gelehrsamkeit verliebte, weniger in den Mann als in den künftigen Doktor mit seiner Welt aus geologischen Formationen. Paläozoikum, Mesozoikum, magische Worte, die sich durch ihn entschlüsselten. Und vielleicht war Helmut Blumer in diesem Sommer, als sie schon fast begonnen hatte, sich mit Zins und Zinseszins zu arrangieren, doch der Richtige, zumindest in gewisser Weise.

»Du bist so lernbegierig«, sagte er. »Warum hast du kein Abitur gemacht?«

Sie waren zum Madüsee gefahren mit den Rädern, langsam und vorsichtig, denn er konnte nur mit einem Arm die Lenkstange halten. Bei ihrer ersten Begegnung vor einem Monat hatte er den linken Arm noch auf einer Schiene tragen müssen, dick verbunden, weit von sich gestreckt, und Margot, die im Kino zufällig neben ihm saß, konnte Spuren des fauligen Wundgeruchs wahrnehmen. Sie hatte versucht, zur Seite zu rücken. Doch dann war ihm das Käppi von den Knien gerutscht, und weil sie seine hilflosen Versuche sah, sich zu bücken, hob sie es auf. »Vielen Dank, gnädiges Fräulein«, sagte er, eine in Pyritz, zumindest in Margots Umgebung so unübliche Anrede, daß sie ihm verblüfft ins Gesicht sah. Es war lang und schmal, intelligent, dachte sie, und später, als er wissen wollte, wie ihr der Film gefallen habe, auch gleich anfing, in wohlgeformten Sätzen seine Meinung zum Kino an sich darzulegen, vergaß sie den Geruch. Am nächsten Tag ließ er sich die Stadt von ihr zeigen, zum ersten Mal, daß sie das Innere der Mauritiuskirche, die Schönheit des Gewölbes im Nachmittagslicht, bewußt wahrnahm. Danach trafen sie sich, wenn er Ausgang hatte. Und nun der Madüsee. Nicht bei Werben, wo einst Fräulein Lerche so unbekümmert neben Hanno Felt gelegen hatte, sondern die Giesenthaler Seite mit dem schilfverwachsenen, brackigen Wasser und der Uferstreifen grün und still.

Sie saßen dicht nebeneinander, er küßte sie, ein Schauer, der von den Lippen durch ihren Körper lief, dann war es wieder vorbei, viel zu schnell, genau wie davor schon im Bürgerpark. Sie hatte es dort auf die Spaziergänger geschoben, die jeden Augenblick auftauchen konnten, und dann noch sein Arm. Aber jetzt benötigte er keine Schiene mehr, auch die Löcher in der Schulter waren fast verheilt, und dennoch nichts von dem, worauf sie wartete, keine Vertrautheit, er hier, sie dort. Warum küßt du mich überhaupt, hätte sie ihn gern gefragt. Doch Fragen dieser Art ließ ihre Beziehung nicht zu, in der alles vage blieb, die Berührungen wie die Worte, obwohl er unaufhörlich mit ihr redete. Über seine Geologie natürlich, auch gern über historische Themen, Napoleons Feldzüge vorzugsweise, das Spezialgebiet seines Vaters und Tischgespräch daheim. Und momentan beschäftigte ihn Schopenhauer, den er verführerisch fand, aber zu pessimistisch, man müsse vorwärts blicken und seine Pflicht erfüllen, Kant sei da ergiebiger. Ein gebildeter Diskurs, darüber schienen sie nicht hinauszukommen, so als habe das, was Margot bewegte und ängstigte, die gegenwärtigen Feldzüge etwa und wohin sie führen sollten, mit seiner Welt nichts zu tun. Kaum etwas vom Krieg, der ihm die Schulter zertrümmert hatte, sei still, ich will es aus dem Gedächtnis streichen. Sie wußte wenig von ihm, er wenig von ihr, Barrieren überall, aber vielleicht trug auch sie Schuld daran, die alte Furcht, einen Fremden in die Kleine Wollweberstraße zu lassen, den Sohn eines Professors noch dazu, und sie mit der polnischen Großmutter und dem Ingenieur Kremer. »Er ist tot«, hatte sie auf die Frage nach ihrem Vater geantwortet, beschämt über die Lüge und zornig, weil Helmut Blumer nicht mehr einsetzte, um die Wahrheit aus ihr herauszuzwingen. Sie sehnte sich nach Nähe, seelisch, nannte sie es, spürte dabei aber seine Hand und seine Haut, und das war es, was sie wollte.

Das Ufer des Madüsees war einsam und abgeschirmt an dieser Stelle. Margot hatte die Fahrt vorgeschlagen, das Rad für Helmut Blumer ausgeliehen, Tee in die Thermosflasche gefüllt, Brote bestrichen mit ihrer Leberwurstration. Der August ging dem Ende entgegen, ein Gesumm in der Luft, Enten streiften durch das Schilf, warum sie kein Abitur gemacht habe, wollte Helmut Blumer wissen. Margot lag auf dem Rücken, die Arme unter dem Kopf verschränkt. Es roch nach warmem Moos, Moor und Holz, auch Pilze dazwischen und das süßliche Aroma der letzten Himbeeren, Sommergeruch, und sie begann ihr Leben auszubreiten vor ihm, Hedwig und der Vater ohne Gesicht, Doris Hoppe und Dobbertins Käsekeller und ihre Großmutter im ersten Stock mit dem Vertiko und der Wursterei, die Schule und die Bank und nie eine Freundin, weil es nach Käse roch und Blutwurst, der Alptraum ihrer Kindheit, ein Alptraum immer noch. Sie sprach, ohne ihn anzusehen, machte eine Pause, wollte weitersprechen, doch dazu kam sie nicht mehr.

»Käse und Blutwurst«, sagte Helmut Blumer. »Großer Gott, Käse und Blutwurst.« Dann fing er an zu lachen, arglos sicher in seiner Belustigung, Margots Schuld, sie hatte die Geschichte zu gut erzählt, oder auch wieder nicht gut genug für einen wie ihn, der mit Tischgesprächen über Napoleon aufgewachsen war und dazu neigte, Widrigkeiten dem Gedächtnis zu entziehen. »Käse und Blutwurst«, sagte er, lachte immer noch, da fuhr sie schon davon, so verschwand er aus ihrem Leben. Sie hatte nicht gewußt, wie kurz ein Abschied sein konnte, auch nicht, daß der Schmerz wieder verging. Den Muschelzähler nannte sie Helmut Blumer in der Erinnerung, doch es roch nach Himbeeren dabei.

Von nun an verlangsamte sich das Tempo des Sommers. Margots Vergnügen an Allerweltsgesprächen nahm ab, sie fing an zu lesen, wiederum zum Mißfallen von Anna Jarosch, die glaubte, daß zu viele Buchstaben die Augen schwächten und das Hirn verstopften, doch was vermochte sie gegen diese Enkelin. Bücher also statt Café Boese, auch Schopenhauer, dessen skeptischer Pessimismus, von Helmut Blumer beklagt, zum Gefährten ihres Lebenswillens werden sollte. Immer etwas tun, und immer zweifeln, wenn es getan war, ein schwieriges Gleichgewicht. Sie sei stark, meinte man in späteren Jahren oft. »Vielleicht«, sagte sie dann, »aber nur am Tag.«

Die Kälte kam früh in diesem Jahr, ein schwieriger Winter, der schwierigste seit Kriegsbeginn, immer weniger Fleisch und die Feuerung so knapp, daß Anna Jarosch nur noch den Küchenherd richtig heizen konnte. In der Berufsschule wurde Margots Mantel gestohlen, ein Unglück, das sie schwerer traf als der Verlust Helmut Blumers, jedoch unerwartet gut endete. Frau Dobbertin nämlich, weil sie nicht mit ansehen konnte, wie Margot, nur Anna Jaroschs Tuch um die Schultern, in den eisigen Morgen hinauslief, opferte schließlich ihren schwarzen Diwanüberwurf, den Rosa Klingbeil zu einem neuen Mantel verarbeitete, auf Taille geschnitten, unten glockig, das graue Fell eines Bettvorlegers als Besatz und dazu die passende Kappe. Weit und breit fand sich nichts dergleichen, ein Stück wie im Frieden, sagte Frau Dobbertin, und Margot, wenn sie ihr Spiegelbild in den leeren Schaufenstern sah, meinte, es sei eine andere und alles müsse jetzt anders werden, irgend etwas müsse kommen, endlich, bald.

Was schließlich kam, im Frühling, als der Mantel schon wieder im Schrank hing, war die Einberufung zum Arbeitsdienst, nach Welsleben nahe bei Magdeburg, ein Name, der Anna Jarosch aus der Fassung brachte. Magdeburg lag, wie sie aus den deutschen und auch den englischen Nachrichten wußte, im Zielgebiet der feindlichen Bomber auf ihren Flügen nach Berlin.

»Geh zur Partei und sage, hast du alte kranke Großmutter«, beschwor sie Margot und war sogar bereit, sich die Beschwernisse in Gedärm und Kopf, von denen sie schon seit längerem gequält wurde, durch ein ärztliches Attest bestätigen zu lassen.

Krankheit, kein Wort für Anna Jarosch ein Leben lang, trotz Acker und Waschküchen und den Geburten dazwischen, von Fehlgeburten gar nicht zu reden. Doch nun, mit vierundsiebzig, wurde der Magen, so ihre Diagnose, immer enger und das Gehirn locker, Symptome, die sie selbst behandelte, mit Brennessel- und Schafgarbentee, außerdem, wie in ihrem Dorf üblich, heiße Heusäcke aus allerlei Kräutern, auch etwas Kuhdung beigemengt. Im übrigen neigte sie dazu, die Leiden als gottgegeben hinzunehmen, auch das Schwindelgefühl, das beim Kartenschlagen nun häufig die starken Worte vernebelte, auf denen ihr Renommee ruhte. »Kannst du nicht machen Kalb aus alte Kuh, und ist Sterben nicht schlimm nach viel Leben«, tröstete sie Margot, wenn wieder die Koliken kamen.

Was Anna Jarosch dagegen mit wachsender Sorge erfüllte, war der Himmel, ihr Platz dort, den sie sich verscherzt hatte, dem nichtswürdigen Heinrich Jarosch zuliebe. Immer öfter sprach sie davon, die Angst vor dem Fegefeuer in den Augen, so daß Margot den katholischen Pfarrer aufsuchte, entschlossen, Gnade für ihre Großmutter zu erstreiten. Es war noch derselbe, dem Anna Jarosch achtzehn Jahre zuvor die Enkelin verweigert hatte, ein alter Mann jetzt ebenfalls, müde und mild. Von Streit keine Rede, er kam gleich mit, aller Ordnung seiner Kirche zuwider, vielleicht weil er meinte, eine solche Sünde wiege wenig gegen den Sündenberg dieser Zeit, nahm Anna Jarosch die Beichte ab und gab ihr sein Ego te absolvo. Pater peccavi, flüsterte sie weinend, und bald darauf, ein Wunder fast, besserten sich ihre Leiden, die Beschwerden zumindest. Sie fürchtete schon, daß der Arzt, dessen

Attest Margot vor Magdeburg retten sollte, nichts mehr finden könnte, als sich der Gang zu ihm ohnehin erübrigte. Direktor Patschek nämlich schaltete sich ein.

»Sie sollen zum Chef kommen«, sagte der asthmatische Prokurist Heese, dem Margot ihre Einberufung vorgelegt hatte, atemlos. »Um Himmels willen, Sie haben doch nichts auf dem Kerbholz?«

Margots Hände begannen zu kleben. Kürzlich hatte sich Patschek, als er, wie es seine Art war, ganz unvermittelt neben ihr auftauchte, erkundigt, ob die polnische Kartenlegerin ihre Großmutter sei. Jude, Russe, Pole, die Reihenfolge der Untermenschen, darum ging es vermutlich. Patschek saß an seinem Schreibtisch, das Kinn auf die linke Hand gestützt, den leeren Ärmel in der Rocktasche, und lächelte ihr entgegen, dieses heiterspöttische Lächeln, das schon Lotte Lerche irregeführt hatte.

»Na, Fräulein Jarosch«, sagte er, »wollen Sie denn nun unbedingt beim Arbeitsdienst Kartoffeln buddeln?« Dann lachte er, komplizenhaft geradezu, als herrsche längst Einverständnis zwischen ihnen in dieser Frage, und sie suchte nach der Falle, die sich dahinter versteckte.

»Hübsche Mensch, Patschek«, hatte Anna Jarosch gesagt, »aber sind schlimmste Teufel, was haben keine Hörner.« Margot glaubte manchmal, daß in der Bank, mit Ausnahme des alten Heese vielleicht, sie als einzige noch Lotte Lerches Schatten hinter ihm sah. Ein scharfer Hund, hieß es zwar, aber schon nicht mehr ohne Anerkennung. Offenbar fand man Gefallen an seiner forschen Lässigkeit, mit der er das Arbeitstempo beschleunigte, und durchaus kollegial dabei, auch zu Scherzen bereit und das Wohl der Untergebenen im Auge, für die er sogar Vorteile herauszuschlagen verstand, eine Extralieferung Briketts etwa im letzten Winter, so daß niemand in der Bank zu frieren brauchte wie früher unter Direktor Wimheuer. Und nach einer der sogenannten Lagebesprechungen morgens vor Schalteröffnung, wenn er den Wehrmachtsbericht analysierte, stets mit dem Ergebnis, daß es sich bei den Rückzügen um strategische Maßnahmen handele, geniale Schachzüge des Führers, und die Angestellten aufforderte, in der Öffentlichkeit dies zu vertreten, hatte der

Kassierer Lohse geradezu dankbar geseufzt, daß man sich hinterher doch gleich viel besser fühle.

Sie habe die Einberufung bekommen, sagte Margot. Welsleben bei Magdeburg, und im April...

Er könne lesen, unterbrach Patschek sie ungeduldig, und wissen wollte er, ob sie bereit sei, mit dem Arbeitsdienst zu warten und erst noch die Prüfung zu machen.

Sie schwieg überrascht, und er fuhr fort, daß es schade sei, so ein tüchtiges Mädchen, er könne durchsetzen, daß man sie wie eine Abiturientin behandele, ein halbes Lehrjahr weniger also und ihre Prüfung als Bankkaufmann schon im September, dann sei immer noch Zeit für die Kartoffeln. »Und wenn Sie wiederkommen, ist der Krieg vorbei, und Sie können sich mit voller Kraft einsetzen für den Aufbau des Reiches, hier oder anderswo, in ganz Europa brauchen wir fähige Leute.« Margots Achselhöhlen wurden naß, Schweißfäden, die herunterliefen, was sollte sie sagen.

»Haben Sie Angst vor mir?« fragte Patschek.

Sie hob den Kopf und begegnete seinen Augen, strahlend blau laut Frau Rudnik, die ihn anhimmelte.

»Nein. Warum?«

»Na, wirklich, warum denn.« Er lachte fröhlich und jungenhaft. »Was geht in Ihrem Kopf vor, Jungfrau Jarosch. So blond und immer so allein, seit Ihr Freund weg ist.«

»Er ist nicht mein Freund«, sagte Margot gegen ihren Willen.

»Um so besser, dann können Sie sich ja in Ruhe auf die Prüfung vorbereiten.« Er nickte ihr zu und griff nach einer Akte. Doch als sie sich umdrehte, war er plötzlich hinter ihr. Sie spürte seine Hand im Nacken, sanft und spielerisch glitten die Finger über ihre Haut. Bewegungslos stand sie da, ließ es geschehen für einen Moment, wollte, daß es weiterginge, riß sich los und rannte aus dem Zimmer, weinend vor Wut.

Anna Jarosch, die von diesem Gespräch nur das Ergebnis zu hören bekam, versuchte in ihrer Freude sogar Patschek eine gute Seite abzugewinnen. »Tritt dich Teufel mit Huf«, sagte sie, »und fällst du in Butterfaß. Mach Prüfung, Malenka, und dann vielleicht Frieden.«

Wunschgedanken, das eine wie das andere, wobei die Prüfung vor der Handelskammer Margots Blinddarm zum Opfer fiel, aus heiterem Himmel und mit Vehemenz. Zehn Tage nach dem Vorfall in Patscheks Büro mußte sie operiert werden. Beinahe ein Durchbruch, dann Bauchfellentzündung, Anna Jarosch, an Hanno Felts plötzliches Ende erinnert, geriet wieder in Panik. Das Fieber wollte nicht fallen, tagelanges Pendeln zwischen Bewußtsein, Traum und Tod. Der Tod steigt durchs Fenster, hatte Margot ihre Großmutter sagen hören, und dort saß er, weiß und grinsend, der Schädel aus dem Biologieunterricht, der Knochenmann aus dem Lied, und als die Krise kam in der Nacht, kämpfte Margot mit ihm. Sie lag in einem Saal, dreißig Betten, und irgendwo röchelte eine alte Frau, das wurde die Stimme des Todes, komm mit, flüsterte er, komm mit, nein, ich will nicht, geh weg, cholera psa krew, verdammter Tod. Sie riß sich los, als er über ihr lag, schlug ihm ins Gesicht, es splitterte, das war die Blumenvase auf dem Nachttisch, und dort, wo der Tod gesessen hatte, klebten zwei Leukoplaststreifen über einer gesprungenen Fensterscheibe, kreuzweise, wie die Knochen auf der Salzsäureflasche, mit deren Inhalt Anna Jarosch Ausguß und Klosett reinigte. Ärzte standen um das Bett herum, eine Schwester wischte ihr den Schweiß ab, hinten im Saal röchelte die Frau.

Fast zwei Monate Krankenhaus, drei Wochen Genesungsurlaub. Und kein Arbeitsdienst mehr nach der schweren Operation, sondern Kriegshilfsdienst im Marinearsenal Mellenthin auf Usedom, wo, so wußte Emil Dobbertin zu berichten, Munition produziert und gelagert wurde.

»Kriegshilfe! Ist Verbrechen!« rief Anna Jarosch, als die Einberufung auf dem Tisch lag. »Willst du helfen für Hitlerkrieg? Daß noch mehr tot und kaputt? Verbiete ich dir.« Sie preßte die Hände gegen den Leib, in dem sich eine Kolik anzukündigen schien, und Margot fragte, was sie denn tun solle. Sich verstekken? Wo denn? Man konnte sich nicht verstecken vor dem Krieg.

»Soll ich mir die Hände abhacken?« fragte sie, worauf Anna Jarosch in Schweigen gefallen war und mehrere Stunden brauchte, bis sie eine Antwort fand.

»Gibt Spruch«, sagte sie, »wo ich Brot esse, muß ich Lied singen. Sollst du später in dein Leben singen gute Lied, Malenka, anständige Lied, und mußt nicht rot werden im Gesicht mit Scham.«

Danach hatte sie noch längere Zeit stumm dagesessen, den Rosenkranz zwischen den Fingern, wer weiß, was sie dachte, womit sie abrechnete, worin sie sich zu fügen suchte. Wes Brot ich ess', des Lied ich sing'. Usedom bot mancherlei Vorteile, nicht zu weit entfernt von Pyritz und immer noch Pommern, kannst du laufen zu Fuß nach Hause, wenn Krieg vorbei. Überhaupt schien sich alles zu regeln, selbst die Ersparnisse durften, da der Staat Ersatz für den Lohn der Enkelin leistete, unter dem Dielenbrett liegenbleiben. »Und wir«, sagte Frau Dobbertin, »sorgen schon für die Großmutter, wenn's nottut, was sonst wohl, nach so vielen Jahren.«

Die Wochen vor der Abreise vergingen schnell, freie Wochen, denn die Kreisbank war geschlossen worden. Es gab noch die Sparkasse, das mußte genügen in Zeiten wie diesen. Patschek habe man nach Stettin versetzt, erzählte der ehemalige Prokurist Heese, den Margot Ende Juni traf, am Tag, ehe sie Pyritz verließ, blaß noch, sehr dünn, aber auch innerlich leicht und ausgefiebert, nun konnte das Neue kommen, was immer es war. Sie hatte viel Zeit gehabt in diesem Sommer, zum Lesen, auch für Träume, die jedoch anders waren als früher, diffus und ziellos in der Enge des Krieges, wo man mit jedem Gedanken gegen Mauern stieß. Frau Dobbertin hatte ihr zum Geburtstag den gesamten, bei einer Kundin gegen Fett eingetauschten Fontane geschenkt, dazu noch einige Bände Thomas Mann, dessen geächteten Namen niemand im Haus kannte. Die Gerda Buddenbrook mit der Geige, Effi Briest, die schöne Melusine. Margot schlüpfte in sie hinein, aber es reichte nicht, dieses Spiel, auch fremde Häuser und Parks reichten nicht mehr. In Mellenthin war Krieg, derselbe Krieg wie überall. Dennoch, wenn sie die Augen schloß, sah sie ein Loch im Zaun. Usedom, die Insel, Wasser und Wald, Badeorte mit Namen wie Heringsdorf, Zinnowitz, Bansin, das Meer, sie würde endlich das Meer sehen.

»Fort von der lieben Vaterstadt?« hatte der alte, schon etwas tüdelige Heese gefragt. »Sind Sie da nicht traurig?«

Trauer? Nein, keine Trauer. Pyritz mit den tausend Augen und Ohren und den Fingern, die auf sie gezeigt hatten, endlich sollte es seine Macht verlieren, obgleich ihr bei diesem Abschied der Blick vom Wall, weit über die Tore, Türme und Giebel der Stadt, schöner erschien als jemals sonst. Doch als sie zum Markt kam, lag er wie eine ausgediente Kulisse da, verschwunden die Bäuerinnen mit ihren Eier- und Obstkörben, die bunten Buden, auch die Leierkastenjule und ihre Lieder. Einen Moment noch blieb sie vor dem Möllerschen Haus stehen, Möllers, die es ebenfalls hier nicht mehr gab. Lore war gleich nach dem Abitur mit ihrer Mutter nach Dessau gezogen, und dort, wurde erzählt, habe Frau Möller sich das Leben genommen, Näheres wußte man nicht. Margot wandte sich ab und ging zum Portal von St. Mauritius. Sie wollte etwas anderes mitnehmen für die Erinnerung, das Bild vom Langschiff und wie das Licht durch die Seitenfenster fiel. Doch die Kirche war verschlossen um diese Zeit.

Dann kam der letzte Abend. Vorläufig der letzte, meinte Margot, und Anna Jarosch gab vor, daran zu glauben, wenn auch anzunehmen ist, daß etwas in ihr es anders wußte. Der Tisch war abgeräumt, das Geschirr gewaschen, der Koffer, ehemals Eigentum des Kellners Ludwig Müller, Hedwigs bei Verdun gefallenem Ehemann, gepackt, Sommersachen, Wintersachen, darunter eine Lage Bücher. Sie saßen auf dem Sofa, dicht nebeneinander wie früher zur Dämmerstunde, bei den alten Geschichten von Geburt und Tod und Tausendundeiner Nacht. Auch heute brannte kein Licht, schon spät, aber es blieb lange hell in den Frühsommernächten.

»Gehst du nun«, sagte Anna Jarosch. »Und wer macht erste Schritt, macht auch zweite.«

»Ich komme bald wieder her«, sagte Margot. »Im September, zu deinem Geburtstag.«

Anna Jarosch sah aus dem Fenster, wo die Umrisse der Ziegel auf Bäcker Manzigs Dach sich allmählich auflösten.

»Wollte ich immer gut machen für dich, Malenka. Sollst du wissen.« Margot schlang die Arme um sie, der warme Körper ihrer Großmutter, Trost, Halt, Hilfe, und fing an zu weinen, weil sie die spitzen Schulterknochen spürte und den mageren Rücken und nichts mehr war wie früher und nie wieder so sein würde. »Ich hab' dich lieb, Großmutter«, viel zu lange hatte sie es nicht gesagt.

Anna Jarosch nickte. »Werde ich behalten in Herz. Bist du gute Mädchen geblieben und immer Freude für mich. Aber sollst du aufpassen vor Hochmut.«

»Mach dir keine Sorgen«, sagte Margot.

»Mache ich mir Sorgen, solange ich lebe«, sagte Anna Jarosch. »Und werde ich bitten Gott in Sterbestunde, soll er machen gut für dich.«

Eine Weile saßen sie noch da, bis zuletzt ohne Licht, weil die Verdunkelungsrolle einen Riß hatte und Wilhelm Maschulke, der Luftschutzwart, unten auf der Lauer lag. Dann gingen sie zu Bett, nebeneinander, so war es gewesen bisher, und jetzt war es vorbei.

Am nächsten Nachmittag, früher als angenommen, erreichte Margot das Dorf Mellenthin. Wenige Bauernhöfe, die Kirche, die Gastwirtschaft, ein Laden, mehr nicht, dreihundert Menschen höchstens, die dort wohnten, und etwas abseits, vom Park des ehemaligen Gutes umgeben, das Kriegshilfsdienstlager für hundertzwanzig Mädchen. Die Verwaltung, die Küche, der große Eßsaal, die Zimmer der Führerinnen befanden sich in dem alten Herrenhaus, immer noch Schloß genannt, mit der zerbröckelnden Freitreppe, den hohen Fenstern, der von Efeu überwucherten Fassade, während die Mädchen in eigens zu diesem Zweck errichteten Baracken schliefen, deren braune Farbe auch schon langsam verwitterte. Die Arbeitsstätte dagegen, das Marinearsenal mit den zur Tarnung im Wald verstreuten Fabrikationshallen und Munitionsbunkern, lag gute drei Kilometer vom Dorf entfernt.

Anna Jarosch und Frau Dobbertin hatten Margot zum Zug begleitet, ein heißer Morgen wieder, Pommernsommer, als sie das Haus verließ in einem blau-gelb gestreiften Kleid, von Rosa Klingbeil aus zwei Küchenvorhängen gefertigt, über der Schulter die neue Umhängetasche und das Haar kurz geschnitten, kürzer als sonst. »Vornehm sieht sie aus«, befand Frau Dobbertin,

»könnte direkt aus 'ner Villa stammen«, und Anna Jarosch, wie stets bei solchen Lobpreisungen, blickte mit zwiespältigen Gefühlen.

Der schwere Koffer lag auf Dobbertins Handwagen, der seit Eröffnung des Ladens im Jahre 1907 dazu diente, die Waren vom Bahnhof abzuholen, ein vertrautes Geräusch, wie die eisenbeschlagenen Räder über das Pflaster der Kleinen Wollweberstraße ratterten. Anna Jarosch war vor Aufregung noch schwindliger als sonst, und trotz des frühen Aufbruchs kamen sie fast zu spät. Der Zug stand schon da, einsteigen, drängte der Schaffner, kaum Zeit zum Abschied. Margot lehnte aus dem Fenster, ein letztes Mal die Gestalt ihrer Großmutter, schwarz und unbeweglich, kleiner, immer kleiner, verschwunden, nur der Weizacker noch, Felder, Wiesen, Waldstücke, ein See.

In Stettin wartete der Stralsunder D-Zug, mit dem sie bis Ducherow fahren mußte, dann über die Peenebrücke bis Dargen, und die restlichen Kilometer nach Mellenthin wären vermutlich zum Fußmarsch geworden, wenn Oberleutnant Wiethe, ihre Reisebekanntschaft, sie nicht im Wagen mitgenommen und zum Lager gebracht hätte.

»Gottverlassen, dieses Nest«, stöhnte er, »und lassen Sie sich bloß nicht kleinkriegen von der Weiberriege.« Er winkte, sie winkte. Dann drehte sie sich um und ging durch das Tor, angekommen, um wieder abzufahren, Mellenthin auf Usedom, der Übergang zwischen gestern und morgen, sonst ohne Bedeutung, kaum daß sie den Ort später erwähnte. Was blieb, war der Waldweg vom Lager zum Arsenal, Buchen und Birken im Wechsel des Jahres, das Munitionsbüro, der Panzerschrank, auch die Küche im Schloß mit dem eisernen Herd, die Hände, die das Kaninchen aus der Pfanne rissen. Die Fabrikationshalle jedoch, in der sie Signalraketen zusammengeschraubt hatte, verblaßte, und Gesichter und Namen verschwanden fast alle. Selbst die Lagerführerin, eine vom Arbeitsdienst delegierte Franziska Zink aus Iserlohn, der nachgesagt wurde, daß sie die Butterrationen der Mädchen für Cremetorten verbrauche und bei nächtlichen Orgien auffräße, verlor die Konturen. Nur ihre roten Haare geisterten durch den Nebel.

Franziska Zink, Fräulein Zink die offizielle Anrede, sah aus dem Fenster, als Margot sich bei ihr im Büro meldete, eins der großen Zimmer im Schloß, Stuck an der Decke, ein Wappen über der Flügeltür. Doch nun stand Franziska Zink am Fenster und sagte: »So, Sie sind die Jarosch? Wir haben Sie eigentlich später erwartet, aber wenn man sich einen anlacht, geht es ja schneller.«

Die Frechheit der Mächtigen. Aber Margot kannte Fräulein Zinks Macht noch nicht. Sie hatte Pyritz, wo sie ausgewichen und weggelaufen war, hinter sich gelassen, und vielleicht lag es auch an Wiethe, daß sie Frechheiten nicht mehr hinnehmen wollte.

»Ich habe mir noch nie jemanden angelacht«, erwiderte sie so ruhig, daß Anna Jarosch es schon hochmütig genannt hätte.

Fräulein Zink fuhr herum. Ihr Gesicht war weiß, etwas schwammig, von Sommersprossen gefleckt, und sie sagte: »Hier haben Sie den Mund zu halten, verstanden?«

Margot antwortete nicht.

»Sagen Sie gefälligst jawohl, Fräulein Zink.«

»Jawohl, Fräulein Zink«, sagte Margot, und wieder diese Ruhe, dazu die aufrechte Haltung, wie mit drei Bibeln auf dem Kopf, hatte Frau Dobbertin es genannt. Fräulein Zink dagegen fiel in den Schultern etwas ein, war auch schon dreißig und konnte überhaupt als unansehnlich gelten.

»Ein bißchen hochnäsig?« fragte sie, die Augen zusammengekniffen, was auf Kurzsichtigkeit beruhte, ihr aber einen Schuß Tücke verlieh. »Hochnäsig?« wiederholte sie, und Margot hielt dem Blick stand, bis die Zink sich wieder zum Fenster drehte.

Am folgenden Tag, als Margot von der Arbeit kam, wurde sie zum Küchendienst beordert, servieren, abwaschen, saubermachen, und am Sonnabend mußte sie in den Freistunden die Flure schrubben. Schikanen, schmerzhaft damals, doch nicht wichtig für die Erinnerung. Sie hatte trotzdem gewonnen, das haftete, Fräulein Zink dagegen verschwand wie die anderen.

Drei Menschen nur aus der Mellenthiner Zeit nahm Margot mit: Lore Möller, jene Lore Möller, die so oft in Pyritz an ihr vorbeigegangen war, jetzt aber blieb. Dann Liesbeth Domalla vom Wedding. Und Wiethe, Oberleutnant Berthold Wiethe, ihre Reisebekanntschaft, getroffen, kennengelernt, angelacht, wenn auch nicht im Sinne von Fräulein Zink.

Wiethe hatte im Gang des D-Zugs gestanden, der auf dem Bahnhof in Stettin wartete und, als Margot einsteigen wollte, schon so von Soldaten überquoll, daß der Schaffner, ein rotgesichtiger Mensch mit blassen, weißbewimperten Augen, keine Zivilisten mehr zulassen wollte und Margot erst nach längerer Debatte in einen fast leeren Erster-Klasse-Wagen brachte. »Aber nur auf dem Gang!« befahl er. »Wenn ich Sie im Abteil erwische, schmeiße ich Sie aus dem Zug.«

Ein Stichwort für Wiethe, er liebte solche Stichworte, und Margot hörte nie auf, darüber nachzudenken, ob das Stichwort des Schaffners, der darauffolgende Dialog und was sich schließlich aus der Begegnung mit Wiethe ergab, die Richtung ihres Lebens bestimmt hatten, oder ob auf jeden Fall, Wiethe hin, Wiethe her, alles so gekommen wäre, wie es kam. Müßige Fragen, denn so oder so, das Spiel beginnt und geht weiter, Auftritt Schaffner, und Wiethe – noch nicht Wiethe für Margot, vorerst nur ein Marineoffizier, der im Gang am Fenster steht und raucht – drehte sich um und fragte: »Wie machen Sie das eigentlich immer?«

Der Schaffner nahm Haltung an. »Was, Herr Oberleutnant?«

»Rausschmeißen. Aus der Tür? Oder finden Sie das Fenster praktischer?«

Das rosa Gesicht des Schaffners färbte sich dunkler. Er wandte sich abrupt zur Tür.

Wiethe holte ein Oktavheft nebst Bleistift aus der Tasche. »Was meinen Sie, könnte man ihn als Schweinskopf bezeichnen?« fragte er. Und Margot, auf diese Anrede nicht gefaßt, sah ihn erstaunt an, nickte dann aber. »Doch, das stimmt.«

Er lehnte sich an die Wand und begann zu schreiben, hastig, ohne aufzublicken. Margot klappte den Notsitz herunter. Sie griff nach ihrem Buch und versuchte zu lesen, merkte jedoch nach einer Weile, daß er sie musterte, mit aufmerksamen braunen Augen.

Irritiert drehte sie den Kopf zur Seite.

»Nein, nicht doch, ich brauche Ihr Gesicht!« sagte er, kam näher und erklärte in schnellen, jedoch präzise formulierten Sätzen, daß er Journalist sei und später, wenn dieser ganze Mist vorbei wäre, eine große Reportage schreiben wolle über Menschen im Krieg. Dafür sammle er Gesichter, die Menschen hätten nämlich ganz spezielle Gesichter unter der Kriegsglocke, Angst, Resignation, Verzweiflung, Wut, Kraft, Verwegenheit, auf jeden Fall anders als sonst, so vis-à-vis de rien, zum Beispiel dieses Würstchen von Schaffner, soviel Macht plötzlich, ein ganzer Zug mit Soldaten, die er abliefern müsse zum Sterben, na, das sei doch phantastisch, und ihr Gesicht, das könne er ebenfalls gebrauchen, wenn sie doch bitte noch einmal lachen würde, in ihrem Lachen, da sehe er so eine seltsame Mischung von Abwehr und Erwartung, und es interessiere ihn natürlich, warum, vor allem was die Erwartung angehe, denn eigentlich gäbe es ja nicht viel Gutes zu erwarten momentan, oder?

»Also wirklich«, sagte sie fast erschlagen vom Tempo der Rede, »ich bin doch keine Sammeltasse«, eine Bemerkung, die er albern nannte und ob sie etwa ein Puttchen sei.

Margot fing an zu lachen. »Klar bin ich ein Puttchen. Und einen Journalisten habe ich auch noch nie gesehen. Bei welcher Zeitung waren Sie denn?«

»Zeitung? Na, Sie gefallen mir.« Er tippte mit dem Zeigefinger auf seine linke Brustseite, Verwundetenabzeichen, U-Bootabzeichen, EK I, Deutsches Kreuz in Gold, der reine Weihnachtsbaum, sagte er, und Zeitung, so ein Witz, er sei fünfundzwanzig und habe nach dem Abitur noch gerade volontieren können in der schönen Stadt Buxtehude, wo der Hund und so weiter, und dann ab zur Marine, U-Boot ausgerechnet, freiwillig sogar in jugendlichem Wahnsinn, und dann gleich der Krieg und abgesoffen und gerettet und wieder abgesoffen und gerettet und schließlich verwundet bei Nacht und Nebel, ein Flugzeug und ich auf der Brücke, pengpengpeng, wirklich nett von dem Tommy, aber von wegen Zeitung. Trotzdem, das würde noch kommen, jeder Schrecken hätte ja mal ein Ende, und seine Überlebenschancen stünden, dem Tommy sei Dank, nicht schlecht.

Ein Sprachgalopp und Sätze, die man in Pyritz nur hinter geschlossenen Türen zu äußern gewagt hätte. Margot konnte ihn sich trotz Orden und der blauen Uniform mit den beiden goldenen Ärmelstreifen weder als Wachoffizier auf einem U-Boot vorstellen noch abgesoffen, was immer dieser Ausdruck beinhalten mochte, auch nicht verwundet, obwohl, wie sie ebenfalls erfuhr, er vier Monate Lazarett hinter sich hatte, nur noch auf einer halben Lunge pfeife und nun den Rest des Krieges friedlich als Schreibstubenhengst zu verbringen gedenke. Im übrigen hieße er Wiethe, Berthold Wiethe. Und Sie?

Margot nannte ihren Namen und fragte, ob er aus Buxtehude sei.

Er hob abwehrend die Hände. »Aus Hamburg, Gott sei Dank.«

»Warum Gott sei Dank?«

»Weil diesen Kleinstädtern immer das letzte Stückchen Draht fehlt«, sagte er, worüber sie sich ärgerte.

»Ich bin aus Pyritz. Und der Führer stammt aus Braunau.«

»Selbstverständlich bringen Kleinstädte manchmal fabelhafte Genies hervor«, sagte Wiethe. »Aber mein Sohn soll trotzdem lieber in Hamburg aufwachsen.«

»Sie haben einen Sohn?« Margot lachte. Wiethe, mittelgroß, schlank, muskulös, erinnerte sie mit seinen flinken Bewegungen, immer auf dem Sprung sozusagen, und den krausen dunklen Haaren an Steppke, den Terrier von Rosemarie Hamel, der einmal ein ganzes Schulfest durcheinandergebracht hatte.

»Lachen Sie nicht, young Lady«, sagte Wiethe. »Mehr Respekt vor einem deutschen Offizier, wenn ich bitten darf«, und Margot sagte, daß sie ja zum Glück nicht sein Rekrut sei.

»So?« Er grinste. »Man kann nie wissen. Haben Sie dem Schweinskopf nicht irgendwas von Mellenthin erzählt? Da fahre ich nämlich auch hin, und hoffentlich freut Sie das.«

»Ich weiß nicht«, sagte Margot, ein Geplänkel, das hin und her ging, und bei »ich weiß nicht« sollte es bleiben, auch später, als von Plänkelei keine Rede mehr war.

»Warum so zögernd?« fragte Wiethe.

»Abwarten«, sagte sie. »Ein Spruch von meiner Großmutter...«

»Was für ein Spruch?«

»Man kann vorher nie wissen, ob am Weg Dreck liegt oder

Gold«, zitierte Margot zu ihrer Verwunderung, denn bisher hatte sie anderen gegenüber ihre Großmutter lieber aus dem Spiel gelassen.

Wiethe zog sein Heft heraus. »Gleich noch mal.«

Margot zögerte. »Wollen Sie es richtig hören?«

»Nur«, sagte er, »immer nur richtig.«

»Kannst du nie wissen, Malenka, ob Haufen am Weg ist von Pferd oder von Gold«, murmelte sie und fügte hinzu, daß ihre Großmutter sie immer Malenka genannt habe und aus einem polnischen Dorf stamme und nie gelernt habe, fehlerfrei Deutsch zu sprechen.

»Mein Großvater stammt aus Hamburg und hat das auch nie gelernt«, sagte Wiethe. »Ob Haufen am Weg ist von Pferd oder von Gold. Fabelhaft. Hat Ihre Großmutter noch mehr Sprüche auf Lager? Wo genau kommt sie her?«

»Aus dem Bezirk Posen. Und hat mit achtzehn meinen Großvater geheiratet, Heinrich Jarosch...«

Die Geschichte. Zum zweiten Mal, daß ein Fremder sie hörte, zum ersten Mal eigentlich, denn so weit in die Vergangenheit hatte Margot sich bei Helmut Blumer nicht gewagt. Ein Notsitz im D-Zug, da saß sie und erzählte, ohne zu wissen, warum, von den Waschküchen und Marie Asmussens Rezeptbuch, von Heinrich Jaroschs spätem, aber noch rechtzeitigem Tod, von Hedwigs Juchhe und Ade, von Robert Kremer und Anna Jaroschs Gang zum Standesamt, und dann ihr eigenes Kapitel, Doris Hoppe und der Käsegeruch, das Lyzeum und die Bank und Lotte Lerche, und kein Lachen diesmal, das sie unterbrach, nur der Zug hielt plötzlich, »Ducherow«, rief der Schaffner, noch bevor die Geschichte zu Ende war.

»Schade«, sagte Wiethe. »Ich könnte glatt durchfahren bis nach Sibirien.«

Vor dem Bahnhof wartete der Wagen auf ihn, und Margot brauchte nicht zu Fuß nach Mellenthin zu gehen, angenehm im Moment, aber Ursache auch für den Neid der Zink, für abendliche Küchendienste und Putzarbeiten am Wochenende. Dreck oder Gold am Weg, die Frage blieb.

Im Auto, Wiethe saß vorn neben dem Fahrer, schwiegen sie.

Nur einmal drehte er sich um und sagte: »Ich weiß, worauf Sie warten. Sie wollen es Pyritz zeigen. Und Ihre Großmutter muß ich unbedingt kennenlernen. Nehmen Sie mich mal mit, Malenka?«

»Ja«, sagte sie und meinte es auch. Wiethe, vor dem sie sich nicht schämte. Ihm hätte sie die Kleine Wollweberstraße gezeigt, das Haus von Dobbertins, das Vertiko samt Hedwig als Braut und Hedwig im Sarg. Aber es ergab sich keine Gelegenheit mehr dazu. Wiethe schien verschwunden nach ihrer Ankunft im Lager, acht Wochen ohne ein Wort von ihm. Und dann erhielt Margot ein Telegramm mit der Nachricht, daß Anna Jarosch gestorben war.

Sie fand es auf ihrem Bett, als sie abends aus dem Arsenal zurückkam, müde von dem langen Tag. Vierzig Minuten Weg morgens und abends und dazwischen acht eintönige Arbeitsstunden. Immer wieder die gleichen Griffe: die Hülsen einer Signalrakete nehmen, Pulver einfüllen, zusammenschrauben, weglegen, die nächste. Und immer die gleichen Reden dazu, Männer und Essen. Worüber sonst auch sollten sie reden, lauter Mädchen um die zwanzig, Arbeiterinnen zumeist aus dem Ruhrgebiet, mit Verlobten, Freunden, Erfahrungen und nun so lange schon im Lager kaserniert.

Margot war auch an diesem Abend wieder mit Liesbeth Domalla ins Lager zurückgegangen, Liesbeth Domalla, die bei der Arbeit und beim Essen neben ihr saß und überhaupt allgegenwärtig schien. Sie stammte aus dem Berliner Wedding, 'ne Proletin vonne Ackerstraße, ihren eigenen Worten nach, und war vor dem Arbeits- und Kriegshilfsdienst Küchenmädchen in einem Hotel gewesen, Kochhilfe vielmehr, darauf legte sie Gewicht, mit dem Platz am Herd, wo es jedoch zuletzt nur noch wenig zu kochen gegeben hatte. Fischsuppe höchstens, wie sie angewidert berichtete, aus einer sogenannten Heringspaste undefinierbarer Herkunft, oder Bouletten, die statt Fleisch durchgedrehtes Geschlinge enthielten. »Schmeckt nach ollen Hund«, sagte sie, »aber von nüscht kommt nüscht«, ein Ausdruck, den sie mit Vorliebe gebrauchte.

Liesbeth Domalla gehörte zu den fünf Mädchen, mit denen

Margot die Stube teilte, Stube Nummer zwölf in Baracke Nummer zwei, weißgekalkte Wände, drei doppelstöckige Betten, ein schmaler Spind und ein Hocker für jede, mehr nicht. Sie war die älteste von zahlreichen Geschwistern, groß, starkknochig, mit breitem, verpickeltem Gesicht und fettigem Haar, aber von einer robusten, ihr überall im Lager Respekt verschaffenden Selbstverständlichkeit, die Margot bereits am ersten Tag zugute kam. Nach ihrer verfrühten Ankunft nämlich, als sie allein vor den sechs Betten stand, eins wie das andere mit den karierten, strammgezogenen Bezügen, hatte sie sich einfach auf das erste beste gelegt, eine Tabuverletzung im Lager, wo es sonst kaum persönlichen Besitz gab, die nach der Rückkehr der Mädchen fast zur Hysterie führte. »Mein Bett!« schrie die Besitzerin, auch sonst war Feindseligkeit rundherum, bis Liesbeth Domalla erschien, in ihrer Kittelschürze, das Haar am Hinterkopf mit einem Schnürsenkel zusammengebunden. »Wat denn«, sagte sie, »hat se etwa uffe Decke jepinkelt?« Dann wies sie auf das freie Bett, fragte nach Margots Namen, stellte sich und die anderen Mädchen vor, und alle gingen versöhnt zum Essen in den sogenannten Speisesaal – »Speise is jut«, sagte Liesbeth – drüben im Schloß, wo man zwischen einigen Salons die Wände herausgebrochen und lange Tische aufgestellt hatte. Es gab Graupenbrei mit ein paar Backpflaumen drin und zuviel Saccharin, Lagerpampe nannte Liesbeth Domalla dieses aschfarbene Gericht, riet Margot jedoch, trotzdem ihre Portion herunterzuschlucken, denn die in der Küche machten aus allem Pampe, und sie wolle ja wohl nicht noch mehr vom Fleische fallen. »Nu mal ran anne Buletten, von nüscht kommt nüscht, und lieber schlecht jejessen als jut vahungert.«

So hatte es begonnen, so sollte es bleiben mit Liesbeth Domalla, die fortan ihre großen, kräftigen Hände über Margot hielt: morgens, wenn sie noch schnell die Bettdecke glattzog, bevor Fräulein Zinks Kontrollauge Falten entdecken konnte; während der Arbeit, wenn Margots ungeübte Finger nicht schnell genug die Raketen verschraubten, so daß der Hallenmeister drohte, sie zur Putzkolonne zu schicken; beim Umgang mit den Mädchen aus dem Ruhrgebiet, die anders dachten, redeten und reagierten als ein Mädchen aus Pyritz. Und selbst die Schikanen der Zink am Wochenende wurden, weil Liesbeth mit Schrubber und Lappen helfend eingriff, erträglicher.

Was die Wege durch den Wald betraf, so hatte sie sich auch hier gleich von Anfang an eingefunden. Etwas nach vorn gebeugt, stapfte sie neben Margot her, ohne zu fragen, sie war da. Allmählich jedoch kam sie ins Erzählen, von zu Hause vor allem, »'ne Masse Kinder und keen Jeld, aber immer jemütlich«. Und dann ihre vielfältigen Erfahrungen in den Hotelküchen, die Zustände dort, die Eigenheiten der Chefs, der Ober- und Unterköche und ihre Tricks am Herd. »Mir macht keener wat vor, ooch nich mit'n Frack«, sagte sie, gab Tips, welche Speisen im Restaurant getrost zu verzehren, welche dagegen zu meiden seien wie Fliegenpilze, und berichtete von Kellnern, die aus Wut über einen Gast in die Suppe spuckten, daran müsse man denken, wenn es wieder was zu essen gäbe.

»Fall ick dir uffn Keks?« wollte sie einmal nach solchem Diskurs wissen, ängstlich fast, und erst bei dieser Gelegenheit wurde Margot klar, wie sehr Liesbeths Berliner Witz und Zungenschlag ihr die langen Wege verkürzten. Im übrigen hatte auch sie inzwischen längst zu reden angefangen, Schulerlebnisse, Bankgeschichten, über Bücher sogar, von einzelnen Figuren und Episoden bis zum gesamten Inhalt der Buddenbrooks, wobei Liesbeth wortlos vor sich hinblickte, ohne Zeichen besonderer Anteilnahme, aber, sobald eine Pause eintrat, »nu mal weiter« murmelte.

»Wieso?« Margot schüttelte den Kopf und stellte dann ebenfalls eine Frage: »Warum tust du eigentlich dauernd was für mich?«

Liesbeth schwieg. »Wat willste denn machen, wenn eener zwee linke Hände hat«, sagte sie schließlich. Später irgendwann wird sie hinzufügen: »Is interessant mit dir. Ich bin ja bloß 'ne Proletin von'n Wedding, aber wat Interessantes hör ick ooch jerne.«

Liesbeth Domalla, die mehr brauchte, als man in Hotelküchen für eine wie sie in Vorrat hielt. Ob Margot es begriff? Nicht so bald, unerfahren noch mit fremden Gefühlen, verfangen im Spiel der eigenen Erwartungen, und alles andere nur Wände, gegen die sie die Bälle warf. Sie nahm, was Liesbeth Domalla zu geben hatte, gab auch etwas zurück, die Buddenbrooks im Überfluß, wenig dagegen von sich selbst. Hochmut, hätte Anna Jarosch vielleicht gesagt.

Es war ein Dienstag, als das Telegramm von Dobbertins kam, Ende August, aber schon Herbst in der Luft, zwei Wochen noch bis zum fünfundsiebzigsten Geburtstag ihrer Großmutter. Margot hatte bereits Urlaub beantragt und den Besuch in Pyritz angekündigt. Vor zwei Tagen erst war die Antwort eingetroffen, nur wenige Zeilen wie stets. »Liebe Enkelin, freue ich mich es geht dir gut. Mußt du essen alles was gibt, in schlechte Zeiten kann man nicht aussuchen. Mir geht so wie alle Tage, Magen und Kopf. Wenn du kommst für Geburtstag ist beste Geschenk und warte ich. Soll Gott dich beschützen. Gruß deine liebe Großmutter Anna Jarosch.«

Und nun das Telegramm. Beerdigung am Donnerstag.

Margot warf sich auf ihr Bett, und es war Liesbeth Domalla, die tat, was nötig war. Sie schickte die anderen Mädchen aus der Stube, versuchte dann bei der Zink drei Wochen Urlaub herauszuschlagen, weil der Haushalt aufgelöst werden mußte, erreichte zwei, womit sie gerechnet hatte, lief durch das Dorf, um einen Wagen aufzutreiben, der zum Frühzug fuhr, und packte auch noch den Koffer, so daß Margot am nächsten Morgen abreisen konnte und am Nachmittag in Pyritz eintraf.

Anna Jarosch lag noch in ihrem Bett, gelblich die Haut, Watte auf den Augen. Sie war in der Nacht gestorben, allein, niemand bei ihr, der die Lider hätte schließen können. Aber das Gesicht zeigte keinen Schrecken, ein Lächeln eher, ist wohl hinübergeschlafen, vermutete Frau Dobbertin, die ihr Astern unter die Hände gelegt hatte und den Rosenkranz. »Großmutter«, flüsterte Margot, und als ihre Lippen die Stirn berührten, fuhr sie zurück. Wie ein Stein im Winter. Erst jetzt begriff sie den Tod. Sie saß da und weinte, und diesmal war es ein Schmerz, der blieb.

Bei der Beerdigung auf dem Friedhof hinter dem Füllenort, wo Margot als Kind so oft mit ihr spazierengegangen war, regnete es. Dennoch folgten fast alle Bewohner der Kleinen Wollweberstraße dem Sarg, auch einige frühere Wurstkunden und Anhängerinnen von Anna Jaroschs Kartenkünsten, und weil die Vorgärten voller Herbstblumen standen, verschwand der Sarg unter Astern und Dahlien, eine Pracht ganz zum Schluß, prächtiger, als das Leben der Toten jemals gewesen war. Der alte katholische Pfarrer las die Messe, befremdlich für die meisten, dieser lateinische Singsang, und daß er in seiner kurzen Predigt immer wieder von dem reuigen Sünder sprach, der im Himmel freudiger empfangen werde als zehn Gerechte, fand ebenfalls wenig Verständnis, denn wer wußte schon etwas von Anna Jaroschs notdürftig bereinigtem Konflikt mit Gott. Trotzdem sagten alle, nachdem am Grab das Vaterunser gesprochen war, das Gebet für den nächsten Toten aus der Runde und der letzte Segen, es sei eine schöne Beerdigung gewesen, nur schade, daß es keinen Kaffee gäbe hinterher.

Aber für eine angemessene Kaffeetafel zu Ehren der Verstorbenen fehlten die Produkte, und so saßen nur Emil und Else Dobbertin mit Margot zusammen oben in der Stube, wo Anna Jarosch weiterhin anwesend zu sein schien. »Eine wie sie«, sagte Frau Dobbertin, »verschwindet nicht so schnell« und nahm Margot in die Arme, die es geschehen ließ, dankbar an diesem Tag für alles, was ihre Großmutter und sie empfangen hatten an Güte. Vielleicht ist es zum letzten Mal, auch das dachte sie, obwohl Dobbertins darauf bestanden, daß Margot die Wohnung behalten solle, mietfrei sogar, man bekäme ohnehin kaum noch etwas fürs Geld, und sie müsse wissen, wo sie hingehöre.

Nichts also war aufzulösen und nur wenig zu ordnen. Die schwarzen Kleider, das unablässig geflickte Bettzeug. Margot strich mit den Händen darüber, unfaßbar noch, wie nur die Dinge übrigblieben. Versteckt hinter den Nachtjacken aus Barchent, die ihre Großmutter bis zum Schluß getragen hatte, fand sie einen zierlichen Schlüssel, der obere Teil wie Filigran. Er gehörte zu der Schublade des Vertikos, Anna Jaroschs Geheimfach. Braucht jeder Mensch Geheimnis, hatte sie gesagt, und Margot schämte sich, als sie es nun brach. Außer Urkunden, Marie Asmussens Rezeptbuch und allerlei Krimskrams von unbekannter Herkunft und Bedeutung enthielt die Schublade Feldpostkarten der gefallenen Söhne Erich und Johann sowie einen Liebesbrief

Heinrich Jaroschs an die damals offenbar noch unentschlossene junge Anna, wohlgesetzt, voll flammender Verlogenheit und sicherlich nicht von ihm selbst verfaßt. Auch eine Fotografie lag dabei, die ihn neben dem Gespann, Anlaß für so viel Betrug und Unglück, zeigte, Peitsche in der Hand, Mütze verwegen auf dem Kopf, was kostet die Welt. Sogar die überhellen Augen ließen sich ausmachen, jene Augen, die er seiner Tochter vererbt hatte, wie ein weiteres Bild bestätigte, auf dem Hedwig, Arm in Arm mit einem hochgewachsenen, schlanken Mann, verliebte Blicke warf. Robert Kremer und ich, las Margot auf der Rückseite.

Das Gesicht ihres Vaters, auch eins von Anna Jaroschs Geheimnissen. Margot trat vor den Spiegel und sah die Ähnlichkeit mit ihm, die Nase, die Backenknochen, ein fremder Mensch, von dem sie das Gesicht bekommen hatte. Wer war Robert Kremer? In einem Umschlag fand sie einen handgeschriebenen Brief, flüssige, schnell laufende Zeilen, die Unterschrift mit einem großen, kunstvoll verschlungenen K. versehen. Ich, Robert Kremer, wohnhaft in Hannover, Heinrichstraße 21, erkenne hiermit an, daß ich der Vater des von Hedwig Müller, geb. Jarosch, Pyritz, erwarteten Kindes bin, und verpflichte mich, von dessen Geburt bis zur Vollendung des sechzehnten Lebensjahres monatlich RM 20,– zu zahlen.

Das Gesicht, die Schrift, das war alles, was sie von ihrem Vater besaß. Sie schnitt den Kopf aus dem Foto und steckte ihn hinter Hedwigs Bild in ihr Medaillon, das sie immer am Hals trug. Die Anerkennung der Vaterschaft legte sie zu den Papieren und Zeugnissen in die Umhängetasche, ebenfalls alle restlichen Fotografien mitsamt Heinrich Jaroschs Liebesbrief und, als wichtigsten Besitz ihrer Großmutter, das Rezeptbuch. Schließlich noch der Griff nach den Ersparnissen, die unter dem Dielenbrett auf ihre Stunde gewartet hatten, siebzehn saubere, glattgestrichene Hundertmarkscheine. Margot konnte nicht umhin, Zins und Zinseszins zu errechnen, die die Summe durch die Jahre erbracht hätte, dachte jedoch an Anna Jaroschs Grundsatz: »Trägst du Geld nach Bank, und wenn du brauchst, hat Bank zu«, und verwahrte ihr Erbe in einem Brustbeutel unter der Bluse. Sonst nahm sie nur einen Koffer voller Wintersachen mit, alles übrige blieb zurück. »Du hast ja hier dein Zuhause«, sagte Else Dobbertin. Aber es war kein Zuhause mehr ohne Anna Jarosch, eine leere Hülse, sonst nichts.

Die Rückfahrt nach Mellenthin verging Margot im Schlaf, endlich Schlaf nach den letzten Nächten, in denen sie immer wieder die Stimme ihrer Großmutter gehört hatte, ist gut, Malenka, bist du jeden Tag Freude für mich gewesen. Aber was Anna Jarosch auch vorbrachte an Tröstlichem, es wog nicht schwer genug gegen die Versäumnisse und Unterlassungen auf Margots Seite, und Versprechen nützten nichts mehr, zu spät.

Am Bahnhof wartete Liesbeth Domalla mit einem Handwagen. Sie legten den Koffer darauf und gingen stumm nebeneinander her, die Apfelbaumchaussee entlang, ins Dorf und zum Lager. Erst vor dem Tor fing Liesbeth an zu sprechen. »Mußte drüber weg«, sagte sie. »Kommste ooch, kommen alle, will ja keener jerne hintern Sarch her inne Jrube springen.« Es war eine Übersetzung der Redensarten, die Margot viel zu oft gehört hatte in diesen Tagen, das Leben geht weiter, Zeit heilt Wunden. Diesmal jedoch mußte sie mitten im Weinen lachen und spürte dabei, wie das Leben tatsächlich weiterging.

»Sie sollen ins Munitionsbüro zu Inspektor Kleinert kommen«, sagte der Hallenmeister am nächsten Morgen zu Margot.

»Wieso?« fragte sie, und er meinte, vielleicht weil sie aus dem Bankfach sei, so was brauche man wohl im Büro.

Die Mädchen blickten neidisch hinter ihr her. Das Munitionsbüro, eine Baracke, in der die Bestände des Arsenals verwaltet wurden, galt als begehrenswerter Arbeitsplatz, nicht zu vergleichen mit der im Sommer überhitzten und im Winter eiskalten Halle. Vor allem aber mußten sich dort die Matrosen der Swinemünder Schnellboote und Zerstörer melden, wenn sie, bevor ein Schiff wieder auslief, neue Signalraketen in Empfang nahmen, die wegen ihrer ständig wechselnden Zusammensetzung nur unter besonderen Sicherheitsmaßnahmen ausgegeben werden durften. Und wo im Arsenal sah man sonst schon Matrosen.

Die Baracke lag etwas abseits zwischen Buchen und Kiefern, ein freundlicher Anblick in der Vormittagssonne, und hinter Schlehdorngebüsch halb verdeckt gab es sogar einen Kaninchenstall. Man schickte Margot zu Inspektor Kleinert, einem dürren, älteren Mann, grauhaarig, in einem grauen Kittel und von ihrer Erinnerung als eine Art Nebelschwade konserviert, der kaum hörbar »zum Chef« vor sich hin murrte.

Wiethe saß auf dem Schreibtisch, mit sämtlichen Orden bestückt und ein Buch in den Händen. Sie hatte ihn schon an seinem »Herein« erkannt, und nun sah er sie an und sagte fröhlich: »Na, da sind wir ja endlich wieder vereint, young Lady.«

»Leben Sie noch?« fragte Margot, und Wiethe erklärte ihr in dem schon bekannten Tempo, es sei in der Tat fast ein Wunder, er hier lebendig auf dem Schreibtisch. Irgendein Granatsplitter habe nämlich in seinem Brustkasten zu wandern begonnen, ganz knapp noch erwischt, den Bruder, danach Genesungsurlaub in Hamburg und beinahe eine Bombe aufs Haupt, na ja, Unkraut vergeht nicht, und zumindest habe er Frau und Sohn noch in Sicherheit bringen können, am Plöner See, den würden die Tommies hoffentlich in Ruhe lassen, und da sei er wieder. »Es freut Sie doch hoffentlich?«

»Meine Großmutter ist gestorben«, sagte Margot.

»Verdammt. Und ich wollte sie doch noch kennenlernen.«

Wiethe rutschte von seinem Schreibtisch herunter und strich über Margots Arm. »Tut mir leid, Malenka. Es müssen so viele Junge sterben, da könnte der liebe Gott wenigstens eine alte Frau übriglassen.«

»Ist doch Quatsch«, sagte Margot, und er sagte, daß er immer Blödsinn rede, wenn er eigentlich sprachlos sei, und ob sie Lust hätte, hierher ins Büro zu kommen. Nicht gleich, aber Mitte Oktober, bei dem großen Wechsel im Lager, würden Plätze frei, da könne er sie anfordern.

»Fräulein Jarosch ist das Bankmädchen«, erklärte er dem grauen Kleinert. »Perfekt in Buchführung, können wir doch brauchen, wie?«

»Jawohl, Herr Oberleutnant«, sagte Kleinert mißmutig, wie er prinzipiell einen Groll hegte gegen die ständig wechselnden Offiziere im Chefbüro, die, so hörte Margot ihn bei späterer Gelegenheit schimpfen, nur pro forma dort herumsäßen und einen Mist nach dem andern bauten, den er dann auszubaden habe.

Aber Kleinert ist ohne Belang, ein Statist nur für das Spiel, das im Stralsunder D-Zug angefangen hat. Umbau, Szenenwechsel, der nächste Akt beginnt. Nicht sofort allerdings. Noch fehlt eine Hauptperson. Und auch der September muß erst vorüber sein.

Als Liesbeth Domalla erfuhr, daß Margot ins Munitionsbüro wechseln sollte, sagte sie: »Is ejal. Ick wer sowieso in Oktober entlassen, und 'n Krieg hacken se ooch bald 'n Schwanz ab.«

Es stimmte, der Krieg näherte sich dem Ende, sechs Monate nur noch, wenn auch sechs Monate Krieg mehr bedeuten als sonst sechs mal dreißig Tage. Die Engländer und Amerikaner rückten auf die westlichen Grenzen zu, die Ostfront zerfiel, wollt ihr den totalen Krieg, hatte Goebbels schreiend gefragt, nun war es soweit. September 1944, ein schöner Frühherbst, sonnig und klar, gute Sicht für die feindlichen Flieger. Nacht für Nacht fielen Bomben auf die Städte, und Mitte des Monats erfuhr Liesbeth Domalla, daß es die Mietskaserne in der Ackerstraße, wo sie aufgewachsen war, Stube, Kammer, Küche und Klosett und Ausguß draußen im Treppenhaus, nur noch als Schutthaufen gab. Sie stand da und starrte auf das Telegramm, ihre Hand zitterte, »Jott sei Dank sind ja alle lebendig«, sagte sie, »aber keen Bett, keen Herd, keen Topp, wat soll dat bloß werden.«

Liesbeth erhielt von der Zink, ohne daß sie darum bitten mußte, vierzehn Tage Sonderurlaub, und diesmal war es Margot, die das Nötige tat. Sie ging von Stube zu Stube, um Kleidungsstücke zu sammeln für die Ausgebombten, und zog am nächsten Morgen mit Liesbeth den Handwagen zum Bahnhof. Bevor der Zug kam, griff sie nach ihrem Brustbeutel, den sie immer bei sich trug, seitdem Fräulein Zink angefangen hatte, nach Unordnung in den Spinden zu fahnden, und gab Liesbeth einen von Anna Jaroschs Hundertmarkscheinen.

Liesbeth fing an zu weinen. »Hat mir noch nie eener wat jeschenkt«, sagte sie, »vajeß ick nich«, mit soviel Ergebenheit im Blick, daß Margot erschrak, ähnlich wie in der Kleinen Wollweberstraße, wenn Frau Dobbertin die Arme ausgebreitet hatte. Sie wollte etwas sagen, nur fiel ihr nicht das richtige ein. Der Zug fuhr auch schon ab, und bald darauf wurde ohnehin alles anders. Liesbeth kehrte zwar zurück, blieb auch, als die meisten Mädchen im Oktober entlassen wurden, weiterhin im Lager, weil ihre Eltern keinen Platz mehr für sie hatten. Aber die Zink beorderte sie zum Küchendienst, in verantwortlicher Stellung sogar, ihr Wunsch seit langem. Doch mit den gemeinsamen Wegen durch den Wald war es vorbei.

»Mußte alleene jehn«, sagte sie traurig zu Margot, »wird schon 'ne andere kommen.«

Eine andere. Sie kam bald, Lore Möller, die Person, die noch fehlte im Spiel.

Plötzlich stand sie im Speisesaal, größer als früher, fast so groß wie Margot, die hellen Haare an den Seiten hochgekämmt, auch sonst verändert. Margot hatte sie nach Dr. Möllers gewaltsamem Ende nie mehr in den Straßen von Pyritz getroffen, und es dauerte eine Weile, bis sie begriff, wer da stand. Lore Möller, die Freundin, die sie sich immer gewünscht hatte, der sie immer ausgewichen war.

Auch diesmal zögerte sie, ein Augenblick der Balance, alles in der Schwebe, noch kann sie sich abwenden. Aber es gibt keine Gründe mehr dafür, die Gewichte haben sich verschoben. Mellenthin ist nicht Pyritz. Und so geht sie auf Lore Möller zu, der Raum zwischen ihnen schrumpft, das Spiel kann seinen Lauf nehmen. Wie soll es heißen?

Nein, nicht mehr von Spiel reden. Es ist kein Spiel, es ist Wirklichkeit, die Toten stehen nicht wieder auf, um sich vor dem Vorhang zu verbeugen. Vielleicht, daß die Fäden gezogen werden, aber die Puppe muß auch tanzen. Schluß mit dem Spiel.

Es blieben noch fünf Monate bis zur Flucht. Flucht, was für ein Wort, Flucht vor den Feinden, den Rächern, dem Tod, bei der Flucht gefaßt, auf der Flucht erschossen, verhungert, verschollen. Ein Wort aus der Tiefe, keines für gute Bürger und junge Mädchen, dennoch in aller Munde damals, ich bin auf der Flucht.

Als es Margot traf, im März 1945, waren die Bewohner von Pyritz längst unterwegs, jene zumindest, die nicht in den Trümmern lagen. Die Toten von Pyritz. Sie hätten weiterleben können, fliehen zur rechten Zeit, aber es war ihnen verboten worden, nach

Pyritz kommen die Russen nicht, Pyritz wird gehalten. Russische Panzerspitzen nur zehn Kilometer vor der Stadt, beim Wall rodelten noch die Kinder, so ging die Stadt zugrunde. Am ersten Februar stürzte der Turm der Mauritiuskirche zusammen, die Kleine Wollweberstraße verschwand, und Dobbertins starben in ihrem Käsekeller, wo sie Schutz gesucht hatten.

Margot erfuhr durch Gottlieb Thieme, ehemals Altgeselle von Bäcker Manzig und nun in Mellenthin bei Verwandten untergekrochen, daß sie endgültig keine Bleibe mehr besaß, auch niemand mehr auf sie wartete. »Kaputt«, sagte er, »alles kaputt, unsere Stadt gibt es nicht mehr«, und Margot hatte geglaubt, davonlaufen zu müssen, sofort, als könnte Pyritz auch sie noch unter sich begraben.

Zum ersten Mal der Gedanke an Flucht. Aber es war Winter, »wer jeht denn in'n Winter uffe Straße, wenn er nich muß«, sagte Liesbeth Domalla, »wat eener hat, weeß er, wat eener kriegt, weeß er nich«, und auch Lore Möller, die einzige eigentlich, auf die es Margot inzwischen ankam, wollte lieber bis zum Frühling warten. Usedom sei sicher, hieß es, die Front wieder stabil. Zwar trug der Wind Anfang März aus östlicher Richtung, wo die Insel Wollin lag, dumpf dröhnende Geräusche herüber, Stalinorgeln meinten manche. Die Zink jedoch erklärte, es handele sich um die Erprobung der neuen Peenemünder Vergeltungswaffen, und die Bauern begannen so unverdrossen ihre Felder zu bestellen, als kämen die Flüchtlingstrecks auf dem Festland, gleich hinter der Karniner Brücke, von einem anderen Stern. Mit Recht, Usedom wurde erst im Mai erobert, später auch nicht den Polen zugeschlagen, wer gesät hatte, konnte bleiben und ernten. Daß Margot trotzdem früher als die anderen Mädchen aus dem Lager floh, lag nicht am Krieg. Es lag an Wiethe, Oberleutnant Wiethe, ihrem Chef.

Eine lange Geschichte, die Ursache dieser Flucht. Eine Geschichte von Gefühlen und wie sie benutzt werden. Aber auch die Geschichte von einem, der auszog, das Fürchten zu lernen, und schließlich genug hatte von der Lektion trotz U-Bootabzeichen, EK I und Deutschem Kreuz in Gold. Die Geschichte also von Margot und Wiethe, deren Beziehung man im Arsenal, im Lager vor allem, für ein Verhältnis hielt, fälschlicherweise, obwohl manches dafür sprach. Denn kaum hatte Wiethe Margot angefordert unter dem Vorwand, Inspektor Kleinert brauche eine zusätzliche Kraft in der Buchhaltung, stellte sich heraus, daß er sie hauptsächlich für seine persönlichen Belange haben wollte, zur Unterhaltung, obwohl auch damals schon offiziell von Arbeit die Rede war. Privatsekretärin, schimpfte Kleinert, erst recht, als Margot nach Weihnachten einen ständigen Platz im Chefzimmer bekam und die Gerüchte brodelten. Wiethe, der einzige jüngere Offizier weit und breit, und ausgerechnet die Jarosch.

Ob an dem Gerede was dran sei, wollte Liesbeth Domalla wissen.

»Unsinn«, sagte Margot. »Er ist doch verheiratet und hat einen Sohn«, kaum stichhaltige Argumente für eine wie Liesbeth Domalla mit den vielfältigen Küchenerfahrungen, schon gar nicht, nachdem ihr Wiethe zu Gesicht gekommen war. Sie hielt ihn für einen Filou, und Margot solle aufpassen.

Zutreffend in gewisser Weise, die Einschätzung, nur nicht dort, wohin Liesbeths ganz spezielle Befürchtungen zielten. Wiethe verhielt sich Margot gegenüber eher brüderlich, mehr als ihr lieb war, wenn sie es auch nicht eingestand, um keinen Preis, nicht einmal sich selbst. Aber es ärgerte sie, wenn er den Arm um sie legte oder ihr im Vorbeigehen übers Haar strich, flüchtige, ungefähre Gesten, wie bei einem Kind, kam es ihr vor.

»Nicht so bange, Malenka«, hatte er einmal gesagt, als sie zurückgezuckt war, »ich tu' Ihnen nichts, für einen alten Eheknochen sind Sie zu schade«, ebenfalls irritierend für sie, besonders deshalb, weil er dauernd unterwegs war nach Swinemünde zu einer Freundin namens Annelie, so daß Margot gegen ihren Willen fragte, ob Annelie ebenfalls zu schade sei.

Ein schneller, erstaunter Blick. »Nein«, sagte er, »die nicht«, und auch das ärgerte Margot auf ihrem vielbeneideten Platz neben seinem Schreibtisch, wo sie aus ganz anderen Gründen saß, als die Mißgunst vermutete, Gründe, die Kleinert nicht für möglich gehalten hätte. Kein wahres Wort jedenfalls an den Gerüchten. Wiethe amüsierte sich darüber, wozu die Aufregung, die Leute brauchen ihren Spaß, und es sei doch egal.

»Sie haben es gut«, sagte Margot, »Ihnen ist alles egal«, ohne zu ahnen, wie nahe sie der Wahrheit damit kam. Denn im Moment war es noch dahingesagt, halb lachend und nur gemünzt auf das, was Wiethe ihr als seine Dienstauffassung zu erläutern suchte, derzufolge er sich hier endlich erholen müsse nach den ganzen Strapazen für Führer und Vaterland. Eine ruhige Kugel schieben, erklärte er, sei das Gebot der Pflicht, und so beschränkte sich seine Tätigkeit im Munitionsbüro, von den Fahrten zur Swinemünder Annelie abgesehen, auf drei Gebiete: englische Kriminalromane, seine Oktavhefte und die Kaninchen draußen im Schlehdorngebüsch, eine mümmelnde, sich unablässig vermehrende Schar, gleich nach Amtsantritt beschafft und von Kleinert heftig bekämpft, erfolglos allerdings. Denn das anfängliche Mißfallen auch der übrigen Offiziere war mit den ersten Braten auf dem Kasinotisch in Sympathie umgeschlagen, und da der Kommandant persönlich Befehl gegeben hatte, sämtliche Küchenabfälle fortan für die Tiere bereitzustellen, konnte ihr Status als gesichert gelten. Nur Kleinert, obwohl hin und wieder mit einem Exemplar bedacht, das abzulehnen sich niemand leisten konnte beim derzeitigen Ernährungsstand, blieb zumindest geistig unbestechlich, Kaninchen im Marinearsenal, wenn das Admiral Dönitz wüßte.

»Kleinerts Dolchstoßlegende«, spottete Wiethe. »Falls wir den Krieg verlieren, hat es an meinen Mümmelmännern gelegen.«

Im übrigen bekam Margot ebenfalls ein Kaninchen von ihm, ein großes graues, das, wie sie glaubte, immer besonders freudig mit den Ohren gewackelt hatte beim Anblick frischen Futters. Es gehörte zu ihren Aufgaben, während Wiethes häufigen Abwesenheiten die Tiere zu versorgen, und weil sie die meisten von ihnen inzwischen nicht nur kannte, sondern auch, ein Irrtum sicherlich, etwas wie Vertrauen in den Augen zu spüren meinte, mußte Liesbeth Domalla kommen, um das frischgeschlachtete und abgezogene Geschenk zu holen, jene Gelegenheit, bei der sie Wiethe zum ersten Mal sah, prüfte und für zu leicht befand.

»Hier ist ein Lorbeerblatt«, sagte er, »nicht vergessen, das gibt erst den richtigen Geschmack. Und ordentlich Pfeffer, Kaninchen brauchen Pfeffer.«

»Weeß ick allet«, sagte sie.

»So, Sie wissen schon alles?« Aufmerksam musterte er ihr Gesicht, sein Sammlerblick, bis Liesbeth Domalla rot wurde und sich abwandte. »Na, dann mal los, hoffentlich schmeckt's.«

Aber es schmeckte nicht, konnte ihnen nicht schmecken, Margot ebensowenig wie Liesbeth Domalla und Lore Möller, die gemeinsam den Braten zubereiteten und bewachten in der an jedem Sonntagnachmittag freigegebenen Küche unten im Schloß. An den Wänden standen noch die alten Schränke, auch der mächtige Herd stammte aus freiherrlichen Zeiten, und Liesbeth Domalla, vertraut mit den Örtlichkeiten, hatte in irgendeinem Winkel sogar eine eiserne Bratrein gefunden. »Is jut for so'n Tier«, sagte sie. »Da kann's janz friedlich schmorn.«

Es war der zweite Advent, Weihnachtslieder kamen aus dem Radio, O du fröhliche, etwa zwanzig Mädchen umdrängten den Herd mit ihren Töpfen und Kasserollen. Die armseligen Gerüche mischten sich, Kartoffeln hauptsächlich, Nudeln, Mehlsuppen, Sauerkraut, sogar ein kleiner Fisch. Und über allem das Kaninchen, pfeffrig und mild zugleich, bittersüß der Hauch des Lorbeerblatts und dann die Würze von Fleischsaft und gebräunten Zwiebeln. Eine Provokation. Kein Wunder, daß es aus der Pfanne gerissen wurde.

Der Ansturm kam schnell und plötzlich. Margot, allein am Herd für einen Moment, versuchte noch, die ersten Hände abzuwehren, doch selbst Liesbeths Autorität hätte den Kaninchenbraten nicht retten können vor soviel Gier. Eben war er noch da, dann schon verschwunden, nur die herumliegenden Knochen zeigten an, daß es ihn gegeben hatte.

Liesbeth schien sich nicht weiter zu wundern, »een Karnickel und der janze Hunger, muß ja in Eimer jehn«. Und dann: »Is ooch keen Sejen druff, wat von da kommt«, von Wiethe nämlich, denn wie der einen anstarre, das kenne sie schon, der französische Koch im Metropol sei von derselben Sorte gewesen, und der hätte zwei Kinder gleichzeitig gemacht, eins dem Spülmädchen und das andere der kalten Mamsell, und dann zack, ab nach Paris.

Wiethe sammle Gesichter für ein Buch, versuchte Margot ihr

klarzumachen, umsonst, Gesichter klauen, das sei ja noch schlimmer, und Margot solle sich in acht nehmen um Himmels willen.

Aber Liesbeth Domallas Meinung, obwohl Margot manchmal gewisse Ähnlichkeiten mit Anna Jarosch in ihr zu sehen glaubte, eine Anna Jarosch in jung, war nicht so wichtig. Was zählte, war Wiethe. Und Lore Möller, hauptsächlich Lore Möller, weil sie mit ihr über Wiethe reden konnte und nicht nur über Wiethe. Lore Möller, Margots Begleiterin jetzt im Wald, eine Freundin, zum ersten Mal.

Diese Wege morgens und abends, endlos in der Erinnerung und endlos ineinanderfließend auch, wie sie miteinander redeten über das, was sie wußten und wissen wollten, was sie fürchteten, hofften, wünschten. Ein unverlierbares Bild, rotgelb der Oktober, Nebel und Regen im November, dann Schnee, und sie gehen nebeneinander her, vom Lager zum Arsenal, vom Arsenal zum Lager, und der Weg wird niemals zu lang. Bis ein zweites Bild, jenes, von dem Margot noch nichts wußte damals, kommt und sich darüberlegt, das Schlußbild, und alles, was schön war, zudeckt mit seinem Schrecken.

Dabei schien Margots Versuch, die schützende Distanz, die zwischen ihnen lag, zu überwinden, fast aussichtslos am Anfang. Ein paar Worte, ein abweisendes Lächeln, mehr kam nicht zurück bei der Begegnung im Speisesaal, auch nicht während der nächsten Tage, wenn sie morgens vor dem Tor wartete, genau wie Liesbeth Domalla früher, und neben Lore herlief.

»Ich würde so gern einmal mit dir reden«, sagte Margot schließlich, als sie fand, daß es an der Zeit war, und Lore Möller wandte sich ab, ein Moment, in dem Margot sie noch hätte stehenlassen können, der letzte, warum tat sie es nicht.

»Ich dachte, weil wir beide aus Pyritz sind«, sagte sie statt dessen.

»Pyritz?« Lore Möller fing an zu lachen, aber nicht fröhlich. »Aus Pyritz haben sie uns rausgeprügelt.«

»Doch nicht alle«, sagte Margot.

»Von den anderen habe ich nicht viel gesehen. Von dir auch nicht.«

»Ich war wie vernagelt damals«, sagte Margot. »Aber ich will nicht, daß du denkst, ich bin eine von denen.«

Lore Möller blieb stehen und sah sie an. »Was für eine bist du denn?«

Sie standen sich gegenüber, niemand war in der Nähe, auch sonst Stille, und wenn Laub geraschelt, das Unterholz geknackt, ein Vogel gerufen hätte, die Stille wäre geblieben.

»Ich will nicht, daß wir...« Margot schwieg, eine Lästerung, was sie sagen wollte, der endgültige Verrat, so kam es ihr vor, doch wen verriet sie, Max Patschek vielleicht? Sie dachte an Anna Jarosch – »mußt du aufpassen, wo trittst du hin mit Fuß, Malenka« – und sagte: »Ich will nicht, daß wir den Krieg gewinnen, es soll anders werden, reicht dir das?«

Das war der Anfang, die Maske gefallen, und woher auch hätten sie wissen sollen, daß es besser gewesen wäre, weiterhin getrennte Wege zu gehen, nirgendwo schlug eine Glocke an, um sie zu warnen, alles kam, wie es kam.

Anfang März begann jenes Dröhnen hinter Wollin, das Fräulein Zink lächerlicherweise irgendwelchen Wunderwaffen zuschreiben wollte.

»Die hat sie wohl im Traum gesehen«, sagte Wiethe, mit gedämpfter Stimme diesmal und erst, nachdem er die Tür geöffnet und wieder geschlossen hatte. »Wunderwaffen! Soll ich Ihnen sagen, was für Wunderwaffen wir haben? Unsere zwei Füße. Und wenn ich Sie wäre, würde ich mir mal überlegen, wie ich damit am schnellsten nach Westen komme. Ihnen geht's doch gut, Sie müssen nicht auf die Russen warten wie ich.«

»Haben Sie Angst?« fragte Margot erschrocken.

Wiethe setzte sich auf den Schreibtisch. »Man sollte Kindern verbieten, solche Worte überhaupt in den Mund zu nehmen. Arbeiten Sie lieber, young Lady, sonst ist der Krieg aus und unsere Liste nicht fertig. Was wird denn da der Führer sagen?« Er griff nach seinem Kriminalroman, und Margot, über die Zahlen gebeugt, die sie eigentlich nicht kennen durfte, spürte einen hohlen Druck unterhalb der Brust. Fast wäre sie aufgestanden und zu Wiethe gegangen, mit ihrer Angst zu seiner, vielleicht wartet er sogar darauf, dachte sie. Aber Wiethe sah wieder aus wie immer, wenn er las, und als er den Kopf hob unter ihrem Blick, sagte er etwas ganz anderes als das, worauf sie wartete: »Wissen Sie eigentlich schon, was Sie machen wollen, wenn dieser ganze Zauber vorbei ist?«

Sie zuckte mit den Schultern. »Ich kann bei Lore Möller wohnen.«

»Haben Sie nicht irgendwann mal von Studieren gesprochen? Lehrerin, war's das nicht?« fragte er, und Margot erinnerte sich an ihren fünfzehnten Geburtstag, Anna Jarosch im schwarzen Kleid, und sie tragen das gute Geschirr in die Küche, bist du Tochter von Hedwig und heißt Jarosch, ist so, bleibt so. »Das geht ja nicht«, sagte sie. »Ohne Abitur.«

»Wenn Sie Ihre Zeit nicht verplempern, geht alles.« Er hielt seinen Roman hoch. »Englisch wäre gut, das braucht man nach dem Krieg vermutlich nötiger als Deutsch. Agatha Christie liest sich wie Butter, damit hätten Sie schon längst anfangen sollen.«

»Neben Ihnen auf dem Schreibtisch vielleicht?« fragte sie zornig, und Wiethe lachte. »Nicht so aufsässig, Malenka, weitermachen.«

»Sie sollen mich nicht so nennen«, sagte sie und konnte sich jetzt noch weniger konzentrieren.

Als sie mit Lore Möller ins Lager zurückging, schneite es wieder. Grauer Schlappschnee lag auf den Wegen, die Luft war wie nasses, kaltes Tuch, kein Fluchtwetter, immer noch nicht, und dazu die Drohungen der Zink, wir bleiben hier, der Führer vertraut uns, für Feiglinge ist kein Platz in unserer Volksgemeinschaft. Patscheks Sprache. »Wenn wir flüchten«, sagte Lore, »bringen sie uns um, genau wie meinen Vater.«

Liesbeth riet ebenfalls zum Abwarten, als Margot nach dem Abendessen bei ihr in der Küche saß, dam einzigen warmen Ort im Lager, ein verbotener allerdings, KEIN ZUTRITT FÜR UNBEFUGTE. Es gab kaum noch Kohlen in diesem Winter, eisig die Schlafbaracken, man mußte im Mantel ins Bett gehen. Sogar der Speisesaal konnte nur noch sonntags geheizt werden, und ein Dauerstreit kreiste um die Frage, was schlimmer sei, Kälte oder Hunger.

Liesbeth mußte das Frühstück vorbereiten. In der Küche roch

es nach dem Brot, das sie vom Dorfbäcker geholt hatte, ihr täglicher Weg. Frisches Brot, ein Duft, der Margot das Wasser in den Mund trieb. Sie hatte ihre nassen Schuhe ausgezogen, preßte die Füße gegen den Herd und spürte, wie die Wärme allmählich zurückkehrte.

»Frieren ist am schlimmsten«, sagte sie. »Findest du nicht auch?«

»Eens so schlimm wie's andre.« Liesbeth, einen Marmeladeeimer im Arm, ging an den Tellerreihen entlang, um sogenannte Vierfruchtkonfitüre – ihrer Ansicht nach Zuckerrüben, Kartoffelschalen und toter Hund – auf die Ränder zu klecksen. »Und uffe Flucht jibt's sowieso bloß Eisbeene ohne Sauerkohl. Falls de nich oben inne Pappel landest wie diese janzen armen Schweine«, womit sie die Deserteure meinte, von denen, so erzählte man sich im Dorf, neuerdings immer mehr an den Chausseebäumen hängen sollten, mit Schildern um den Hals, ich bin ein Feigling. »Inne Pappel. Keen jutet Jefühl, nehm ick an.«

Auf dem Festland würde einen bestimmt niemand mehr finden zwischen den vielen Trecks, sagte Margot, doch Liesbeth winkte ab, da müßte man erst mal hinkommen, aufs Festland, »und wie willste hier raus? Is doch zujeschlossen inne Nacht.«

»Aus dem Fenster springen.« Margot zögerte, bevor sie weitersprach. »Und wenn Lore nicht solche Angst hätte, könnten wir morgen weg sein.«

Sie senkte den Kopf bei den letzten Worten, blickte aber aus den Augenwinkeln zu Liesbeth, die jetzt am Tisch stand, einen Brotlaib in der linken Hand, von dem sie dicke Scheiben herunterschnitt, schnell und präzise, eine wie die andere. »Da«, sagte sie und gab Margot den Kanten, »merkt ja keener, und die Zink, wat die allet klaut, die soll man bloß kommen.«

Dann legte sie das Messer hin. »Wer is det nu eigentlich, der aus'n Fenster springt?«

Margot, den Mund voll Brot, antwortete nicht.

»Bin ick da ooch noch bei?« fragte Liesbeth, und nun war es endlich ausgesprochen, was zwischen ihnen hing, nicht erst seit der Fluchtdebatte.

»Na ja«, hatte Liesbeth gesagt, als Lore Möller gekommen und an ihren Platz getreten war, »nun mußte wenigstens nich mehr alleene loofen«, sonst nichts. Sie hatte weiterhin im Speisesaal neben Margot gesessen, ihr geholfen, wenn es nötig war, und auch die Freizeit mit ihr verbracht, aber immer war Lore dabei und Liesbeth die Dritte.

»Natürlich kannst du mitkommen, wenn du nach Berlin willst«, sagte Margot. »Aber zusammenbleiben, das geht nicht, Liesbeth.«

Sie schluckte das Brot herunter, viel zu schnell, der Klumpen setzte sich in der Speiseröhre fest, so daß sie kaum sprechen konnte. »Ich weiß doch selbst nicht, wo ich hin soll, und Lore will mich mitnehmen nach Dessau.« Sie holte tief Luft und wartete, bis der Brotklumpen sich gelöst hatte. »Was soll ich denn tun, Liesbeth?« fragte sie dann, so, als gäbe es diese Frage noch, als sei nicht längst alles besprochen und beschlossen zwischen Lore Möller und ihr, zwei, die allein waren und nun zusammengehörten und keinen Platz hatten für die Dritte.

»Hab' ick mir schon jedacht.« Liesbeth Domalla griff wieder nach dem Messer, gleichmäßige Brotscheiben, die vom Laib fielen. »Und vasteh ick ja ooch, ich pass' nu mal nich so richtig zu euch, vasteh ick ja.«

»Ist doch Quatsch!« rief Margot.

»Keen Quatsch«, sagte Liesbeth. »Und nehm' ick dir ooch nich übel. War jut mit dir, so richtig interessant, wenn de dat vastehst, wat ick meene. Ick bin ja bloß ne Proletin von'n Wedding, aber wat Interessantes hör' ick trotzdem jerne. Und nu bleib' ick lieber hier, wat man hat, weeß man, wat man kricht, weeß man nich, hab' ick schon immer jesacht.«

Es klang gelassen, und auch ihre Augen, auf das Brot gerichtet, verrieten nichts. Aber in der Nacht konnte Margot trotzdem nicht einschlafen. Hochmut, hörte sie Anna Jaroschs Stimme, bist du hochmütig, Malenka, ich weiß, Großmutter, ich weiß. Doch schon der Morgen vertrieb die Zweifel wieder. Lore Möller besaß noch die Wohnung ihrer Mutter in Dessau, auch Geld und Wertsachen. »Und wenn der Krieg vorbei ist«, hatte sie gesagt, »können wir verreisen und die Welt sehen.« Hoffnungen, Pläne, Ziele. Ich bin doch erst achtzehn, Großmutter, es fängt doch erst an. Anna Jarosch, wenn sie noch lebte, hätte einen Spruch zur Hand gehabt für diese Gelegenheit: Sitzt Mensch in Wagen, aber Gott lenkt Pferde.

Am nächsten Tag brachte Wiethe zwei Dosen Schweinefleisch mit ins Büro, als eiserne Ration für Margot, falls sie vorhabe, seinem Rat zu folgen, und gab ihr auch eine Landkarte.

»Eilt es denn so?« fragte sie erschrocken.

Er lachte. »Keine Angst, erst muß unsere Liste fertig werden. Ich sage Ihnen Bescheid.«

Aber dazu kam es nicht. Daß Margot sich so bald auf den Weg machte, schon zwei Tage später, Hals über Kopf, bei Nacht und Nebel, geschah nicht mehr auf Wiethes Rat, sondern durch seine Schuld. Verrat nannte es Margot, ein Wort, das Wiethe, als sie sich schließlich wieder gegenüberstanden viele Jahre später, nicht annehmen wollte. Wieso Verrat, er habe niemanden verraten, er habe seine Haut retten müssen, hätte er sich denn noch verheizen lassen sollen so kurz vor Schluß? »Bin ich etwa deswegen dem Tod dauernd von der Schippe gesprungen?« fragte er, und Margot, des ersten Gesprächs im Stralsunder D-Zug eingedenk – abgesoffen und gerettet und wieder abgesoffen und gerettet –, ließ es im nachhinein als Argument gelten. Es habe, meinte sie, ohnehin zu viele Helden gegeben.

Also kein Filou?

Doch, behauptet Liesbeth Domalla und ist nicht davon abzubringen. Aber kein Verrat, das wenigstens nicht. Im Stich lassen genügt. Sagen wir: Wiethe hat Margot im Stich gelassen.

Was den Anfang betrifft, der Anfang war Vertrauen. Erst das Vertrauen, dann der Panzerschrank. Aber wer hätte dergleichen voraussehen können auf der Fahrt nach Mellenthin, damals, als sie sich zum ersten Mal begegneten. Ein Blick genügte, da vergaß Wiethe schon, seine Worte zu wägen, so wie Margot bedenkenlos alle Türen der Pyritzer Verliese öffnete. Vertrauen, das Geschenk und der Köder, Gold und Dreck am Weg. »Ich vertraue Ihnen«, sagte Wiethe vor dem offenen Panzerschrank, als er ihre Hilfe brauchte, »tun Sie es für mich«, und Margot, weil sie ihm vertraute, tat es.

Der Panzerschrank stand gegenüber von Wiethes Schreibtisch, ein mächtiges, stahlgraues Rechteck, verbotenes Terrain, nur ihm als diensthabendem Offizier zugänglich. Selbst Inspektor Kleinert, dem Faktotum, blieb es verwehrt, einen Blick in das Innere zu werfen, das geheime Herz des Arsenals, wie der Kommandant, Korvettenkapitän Rottenbuch, es jeweils bei der Schlüsselübergabe zu nennen pflegte, nicht ohne Ironie. Denn der Koloß, nunmehr Wiethe anvertraut und von ihm notfalls mit dem Leben zu verteidigen, barg in seiner Höhle einzig und allein eine schwarz eingebundene Kladde, schwarzes Buch genannt, mit den Formeln für die Pulvermischungen sämtlicher bisher produzierter und inzwischen längst verpuffter Signalraketen. Ein Archiv, in das seit Bestehen des Arsenals noch nie jemand Einblick begehrt hatte, wozu auch, Pulvervariationen für Signalraketen gab es wie Sand am Meer, genug für den jetzigen Krieg und die fünf nächsten. Aber Ordnung mußte sein.

Und so erschien an jedem Morgen Punkt acht ein Bote aus der Zentrale, um eine Tasche mit braunen, versiegelten Umschlägen zu überbringen, sechs oder acht, manchmal mehr, auf jedem einzelnen der rote Stempel GeKaDos, Geheime Kommandosache. Der Bote wurde von Kleinert zur Tür des Chefbüros geleitet, wo Wiethe, streng nach Reglement, die Tasche in Empfang zu nehmen, die Tür zu verschließen, die Umschläge aus der Tasche zu holen, den Panzerschrank zu öffnen, die Umschläge dort zu deponieren, den Panzerschrank wieder zu verschließen, die Bürotür zu öffnen und die Tasche dem Boten zurückzugeben hatte. Eine feierliche Prozedur, der sogleich die nächste folgte. Es mußte nunmehr der Panzerschrank neuerlich geöffnet, jedem Umschlag das inliegende Blatt entnommen und die darauf vermerkten Formeln für die Produktion des Tages handschriftlich in das schwarze Buch übertragen werden. Den Abschluß bildete die Verbrennung sämtlicher Originalblätter über einer eigens zu diesem Zweck installierten eisernen Schüssel, ein Vorgang, der, insgesamt sieben Umschläge als Durchschnitt zugrunde gelegt, etwa achtzig Minuten dauerte, Wiethes tägliches Pensum, gerade noch zu schaffen, soll er nach seinem ersten Mellenthiner Tag zufrieden geäußert haben.

Daß er dennoch an dieser Aufgabe scheiterte, war dem wandernden Granatsplitter in seinem Brustkasten zuzuschreiben, der ihn gleich nach Amtsantritt zurück ins Lazarett brachte. Zwei Monate Abwesenheit, wonach er in der Tiefe des Panzerschranks einen Stapel von etwa vierhundert versiegelten Umschlägen vorfand, die Ausbeute dieser Zeit, während der an jedem Morgen ein Fregattenkapitän von der Zentrale sich stellvertretend in dem Büro eingeschlossen hatte, um wenigstens Teile des Zeremoniells zu vollziehen, nämlich die Staatsgeheimnisse des Tages zu den bereits vorhandenen zu werfen.

Eine Farce, wie Wiethe von Anfang an gewußt hatte, das Ritual, das schwarze Buch, alles eine Farce. Er begann zu rechnen, dann schlug er die Tür des Panzerschranks zu und entschied, unter keinen Umständen fast fünfundsiebzig Stunden seines Lebens an die Aufarbeitung von soviel Mumpitz zu vergeuden, überhaupt keine Zeit mehr, auch nicht mehr achtzig Minuten für die täglichen Quoten.

Dies der Stand im September. Nach Weihnachten jedoch, inzwischen waren es an die zwölfhundert Umschläge geworden, ein gigantisches Chaos unten im Panzerschrank, wurde die Revision des gesamten Arsenals angekündigt. Und da Wiethe zwar das baldige Ende des Krieges voraussah, nicht aber den genauen Zeitpunkt, und da er außerdem der Bürokratie alles zutraute, selbst einen so wahnwitzigen Akt amtlicher Ordnung inmitten der Auflösung, ließ er Margot rufen.

»Na, young Lady«, sagte er nachdenklich, als sie vor ihm stand, in ihrem grauen Rock und dem roten Pullover, die kurzen hellen Haare frisch gewaschen, weil Montag war, aber sie hätte, erklärte er ihr später, immer so frischgewaschen ausgesehen, ich hatte Angst, einen Fleck auf deine Bluse zu machen, »na, young Lady«, und Margot wartete auf die üblichen Worte: »Also quatschen wir ein bißchen«, Einleitung zu Monologen, Dialogen, Streitgesprächen. Nichts historisch Unverbindliches wie zu Helmut Blumers, des Muschelzählers Zeiten, sondern dicht am Gegenwärtigen, an ihm und an ihr, fast zu dicht, gemessen an der äußeren Distanz, auf die er hielt, Oberleutnant Wiethe und Fräulein Jarosch, young Lady allenfalls, so daß sie abends vor dem

Einschlafen auch ihn wieder zu sich heranträumen mußte und in den Armen eines Phantoms zur Ruhe kam.

Diesmal jedoch fehlte die gewohnte Begrüßung. Er sah sie nur an.

»Sammeln Sie mein Gesicht?« fragte Margot, worauf er vom Schreibtisch rutschte und die Tür zum Panzerschrank aufschloß.

Da lagen sie, eintausendzweihundert Umschläge oder mehr, mit dem roten Stempel GeKaDos. Margot wandte sich erschrokken ab, aber Vertrauen gegen Vertrauen. »Ich vertraue Ihnen«, sagte Wiethe, »ich weiß, Sie reden mit niemandem darüber, nirgendwo, ist sowieso alles Quatsch, Schnee von gestern, das schwarze Buch hätten wir ebensogut den Tommies zu Weihnachten schenken können, doch wenn die ganze Erde bebt, der Führer verlangt Ordnung, und der Führer hat recht.« Sprachgalopp, doppelte Geschwindigkeit, die Verantwortung trage ich, Befehl sozusagen, Sie bekommen auch mein Deutsches Kreuz in Gold.

Er lachte, und am nächsten Tag zog Margot um in Wiethes Büro, zu Inspektor Kleinerts Empörung, obwohl Kleinert nichts ahnte von den geheimen Umschlägen, die sie öffnete, von den geheimen Formeln, die sie schrieb, daß sie Zugang zum Panzerschrank besaß und, als Wiethes Techtelmechtel mit der Swinemünder Annelie begann, sogar den Schlüssel, damit das schwarze Buch auch ohne ihn abends an seinen Platz zurückgelegt werden konnte. »Berichte«, hatte Wiethe erklärt, »Fräulein Jarosch schreibt Berichte für mich, bitte keinesfalls stören«, und was immer Kleinert hielt von der Arbeit im Chefbüro, Offizier war Offizier. Eine Farce, wie gesagt, nur das Ende war aus anderem Stoff.

Der Schluß, zugleich auch der Schluß dieser Mellenthiner Zwischenphase, kam im März durch Wiethes Schuld, sofern überhaupt von Schuld gesprochen werden kann angesichts der allgemeinen Verwirrung.

»Wir sind Kriegsmenschen«, hatte Wiethe irgendwann gesagt in einem seiner Monologe auf dem Schreibtisch, »ich zum Beispiel, meinen Sie etwa, ich würde üblicherweise Juhu brüllen, wenn ein Haufen Leute absäuft im Atlantik? Habe ich aber getan, wenn unser Torpedo gesessen hat. Oder nehmen Sie die russischen Soldaten, wie sie auf die Frauen hier losgehen, kaum zu fassen so was, und zu Haus in ihrem Dorf, da sind sie bestimmt ganz manierlich, und wenn du zu Besuch kommst, bringen sie dir Brot und Salz. Und was wir bei denen veranstaltet haben, na, das ist doch auch nicht gerade die edle deutsche Art. Und dann mein Kommandant auf dem vorletzten Boot, eine Seele von Mensch, wie ein Vater, richtig liebevoll, hätte Pastor sein können im normalen Leben oder einer von den guten alten Lehrern. Aber was macht er? Schippert mit seinen Jungs direkt den Wasserbomben entgegen und weiß genau, daß sie irgendwann draufgehen. Dabei hätte er doch eigentlich nur einen einzigen Gedanken haben müssen, wie rette ich die, und nichts wie Kurs auf England und in die Gefangenschaft. Aber nein, Kurs auf den Tod, und das seltsamste, die finden es sogar richtig. Also manchmal denke ich, es gibt außer dem Großhirn und dem Kleinhirn noch ein Kriegshirn, das schaltet sich ein bei der Mobilmachung, klick, und du bist ein Kriegsmensch. Fragt sich bloß, ob man da hinterher wieder ein anständiger Friedensmensch werden kann.«

Wiethe, der Friedensmensch, nachdenklich im Reden, gedankenlos im Tun, nur auf seine ruhige Kiste versessen, obwohl er sich durchaus Gedanken gemacht hatte über Margots Aktion. Acht Stunden Büro, so seine Rechnung, davon etwa anderthalb für die Neueingänge. Bleiben gute sechs übrig. »Wenn Sie fünf davon pinseln«, sagte er, »gibt es eine Tagesquote von fünfundzwanzig Umschlägen, hundertfünfzig pro Woche, also könnten wir glatt um den zwanzigsten Februar herum fertig sein.«

Wir, sagte er. Doch abgesehen davon, daß sein Anteil sich mit dieser Redensart erschöpfte, er ferner vergessen hatte, das morgendliche Zeremoniell einzukalkulieren, bei dem nur der Chef sich im Büro aufhalten durfte, außerdem noch die Kaninchen zu füttern waren und seine Lust am Gespräch sich ebenfalls nicht eindämmen ließ, war es vor allem Margot, die nicht nach Plan funktionierte. Vier Stunden täglich, mehr blieb ihr nicht für die Aufarbeitung der Masse im Panzerschrank, Zahlenketten ohne Sinn für sie, eine wie die andere, mit kaum merklichen Abweichungen 31678... 49123... 15736, so lief es in endloser Monotonie. Die Zahlen begannen vor ihren Augen zu tanzen, verwirrten sich im Kopf, schreiben, radieren, schreiben, wieder radieren, die Zeit rannte davon, Mitte Februar schon, kein Ende abzusehen.

»Schreiben Sie einfach drauflos«, sagte Wiethe beunruhigt, »Hauptsache, es steht irgendwas da«, aber diese Unbekümmertheit brachte sie nicht auf. Und als er sich endlich bequemte und wenigstens die Umschläge öffnete, die Papiere über der eisernen Schale verbrannte, vormittags allerdings nur, ehe es ihn nach Swinemünde trieb, war März, und wenn Wiethe etwas vorzuwerfen ist, dann, daß er Margot, obwohl bereits russische Granaten einschlugen hinter Wollin, mit dem Schlüssel allein ließ, gedankenlos, bedenkenlos.

»Bis bald, young Lady«, sagte er beim letzten Mal, die Mütze schräg auf dem Kopf, unterm Arm eine Flasche Wein, und fuhr zu Annelie. Den Befehl, sich am nächsten Tag zum Fronteinsatz in Stettin zu melden, fand er erst nach seiner Rückkehr um Mitternacht vor, nahm sogleich, wie geplant für diesen Fall, den Koffer mit Zivilkleidung und rettete seine Haut.

Wiethes Flucht, die gelungene Flucht, eine Geschichte für sich. Aber sie ist nicht mehr wichtig an diesem Punkt von Margots Geschichte, wichtig ist nur, daß er verschwand, und weil man Wiethes, des Deserteurs, nicht habhaft werden konnte, griff man nach ihr.

»Warum mußten Sie überhaupt von dem Schlüssel reden?« wird er fragen, sehr viel später, am Tag der Abrechnung in einer anderen Zeit, an einem anderen Ort. »Es würde Ihnen nichts passieren, dachte ich damals.«

»Man hat mich verhört«, sagte Margot.

Das Verhör fand im Zimmer des Kommandanten, Fregattenkapitän Rottenbuch, statt, und er selbst stellte die Fragen.

»Welche Berichte waren in Oberleutnant Wiethes Büro zu schreiben?«

»Gar keine Berichte.«

»Was sonst?«

»Zahlen.«

»Was für Zahlen?«

»Pulverformeln für die Signalraketen.«

»Wo kamen die her?«

»Aus den Umschlägen im Panzerschrank.«

»Was haben Sie in Oberleutnant Wiethes Zimmer gemacht, wenn er nicht da war?«

»Die Formeln in das schwarze Buch eingetragen.«

»Wie sind Sie ohne Oberleutnant Wiethe an den Panzerschrank gekommen?«

»Mit dem Schlüssel.«

»Auch gestern?«

»Ja.«

»Wo befindet sich der Schlüssel jetzt?«

»Ich habe ihn. Hier.«

Vielleicht hätte sie leugnen sollen. Aber wie macht man das in dieser Angst, unvorbereitet, und keine Kenntnis von den Strategien der anderen Seite.

»Mit wem haben Sie über das schwarze Buch gesprochen?«

»Mit niemandem. Oberleutnant Wiethe hat es verboten.«

»Wußten Sie, daß es sich um geheime Kommandosachen handelte?«

»Ja. Es stand auf den Umschlägen und auf den Papieren.«

»Warum haben Sie sich nicht geweigert?«

»Es war ein Befehl von Oberleutnant Wiethe. Ich dachte, ich müßte ihn befolgen.«

»Sie hätten es der Zentrale melden müssen.«

»Das wußte ich nicht.«

»Hatten Sie ein Verhältnis mit Oberleutnant Wiethe?«

»Nein.«

»Es wird behauptet.«

»Das stimmt aber nicht. Er ist verheiratet und hatte eine Freundin in Swinemünde.«

»Hat jemand versucht, über Sie an das schwarze Buch heranzukommen?«

»Nein, niemals. Keiner wußte, daß ich den Schlüssel hatte.«

Der Kommandant war ein freundlicher Mensch, in seinen Augen lag Mitleid.

»Hat Oberleutnant Wiethe denn niemals Bedenken geäußert, daß er Ihnen Zugang zu geheimen Kommandosachen läßt?«

»Nein. Er hat gesagt...«

»Was hat er gesagt?«

»Es sei sowieso alles Quatsch, kein Mensch interessiert sich noch für die Formeln, und man hätte das Buch auch den Engländern zu Weihnachten schenken können.«

Das Büro des Kommandanten lag im ersten Stock, ein großer, heller Raum, von den Fenstern ging der Blick auf eine Lichtung mit verschneiten Fichten, und während Margot ihre Antworten gab, fiel ihr ein, daß irgendwo hinter dem Wald die Ostsee beginnen müsse, und nie war sie sonntags dorthin gekommen, müde, immer viel zu müde, und vielleicht würde sie sterben, ohne das Meer gesehen zu haben, eine Überlegung nur, ohne Ansturm von Gefühlen. »Ich bin doch keine Spionin«, sagte sie, seltsam ruhig, es haftete noch an der Oberfläche, was geschehen war.

Er glaube ihr, versicherte Korvettenkapitän Rottenbuch, doch frage er sich, ob andere ihr ebenfalls glauben würden. Sie sei in eine dumme Sache hineingeraten, sehr dumm, und leider müsse er die Sache melden, es wüßten bereits zu viele davon. Aber vielleicht ließen die da oben alles auf sich beruhen, das läge ja nahe, nur wisse man es nicht, und sie solle erst einmal ins Büro zurückkehren, morgen werde man weitersehen. Er gab ihr die Hand und sah sie eindringlich an. Ich an Ihrer Stelle wäre morgen nicht mehr da, stand in seinem Gesicht.

Am Spätnachmittag, beim Weg durch den Wald, schneite es wieder, schneite immer noch, der Schnee knirschte unter den Sohlen, dabei war es schon der 5. März. Margot hatte sich weinend gegen einen Baum gelehnt, Verräter, verfluchter Hund, cholera psa krew, und Lores Hand weggestoßen, laß mich in Ruhe, sich dann aber an ihrer Schulter getröstet, warum ich, warum immer ich, und, als sie wieder ruhiger atmen konnte, sagte sie, daß sie weg müsse, in dieser Nacht noch.

»Ich komme mit«, sagte Lore Möller.

»Du nicht«, sagte Margot. »Es ist noch kalt, und du hast Angst, und deine Schuhe sind kaputt, und vielleicht suchen sie mich, das ist viel zu gefährlich, bleib lieber hier.« Sie sagte es wieder und wieder und fragte sich ein Leben lang, warum sie versucht hatte, so vehement etwas zu verhindern, was sie sich so sehr wünschte. Aber Lore ließ sich ohnehin nicht beirren, »wenn wir zusammenbleiben wollen, müssen wir auch zusammen fliehen«, und keine Stimme, die sie warnte, geh nicht nach Neustrelitz an jenem Tag.

»Ja, nu isset wohl soweit«, befand auch Liesbeth Domalla, »und immer noch so'n Hundewetter. Mal sehn, ob ick noch 'n Happen orjanisieren kann.«

»Liesbeth...« sagte Margot, »wenn du...«

Liesbeth Domalla schüttelte den Kopf. »Schon jut. Hauptsache, dat du durchkommst.«

Eine Stunde nach Mitternacht stiegen sie aus dem Flurfenster der Baracke, Margot zuerst, dann Lore, und Liesbeth verriegelte es hinter ihnen, so daß niemand die Flucht bemerken konnte bis zum Morgen. Margot trug zwei Pullover unter ihrem Mantel, die Trainingshose unter dem Rock, um Kopf und Schultern Anna Jaroschs großes, schwarzes Tuch. In eine Wolldecke hatte sie Wäsche gerollt, die gelbe Strickjacke, das zweite Paar Schuhe, Strümpfe, Brot und Margarine von Liesbeth Domalla, Wiethes Schweinefleisch und zum Schluß noch ihr Lieblingskleid, das blau-gelb gestreifte von Rosa Klingbeil. Ihre sechzehn Hundertmarkscheine steckten in dem Brustbeutel, die Papiere in der Umhängetasche, so ging sie über den Rest der Brücke zwischen gestern und dem, was auf sie wartete.

Es hatte aufgehört zu schneien. Eine helle Nacht, die Konturen der Häuser mit ihren Giebeln verwischten sich im Mondlicht, und das Kopfsteinpflaster der Apfelbaumchaussee, die nach Westen führte, glitzerte wie fließendes Wasser.

»Vollmond«, sagte Margot zu Lore, »da ändert sich das Wetter.« Sie sah sich noch einmal um, doch wozu eigentlich, ein fremder Ort, keinen der Höfe hatte sie je betreten, nichts zu erinnern, nur diese Nacht vielleicht und der Mond.

»Wir kommen wieder zurück nach Usedom, im Frieden«, sagte Lore. »Vor dem Krieg waren wir schon einmal hier. Das Hotel lag dicht beim Meer. Morgens gab es ganz knackige Brötchen, und bei einem Fischer haben wir Makrelen gegessen und Aale, frisch aus dem Rauch, noch warm.« Sie blieb stehen, ihr Bündel fiel auf die Erde. »Essen und ein Haus und keine Angst haben, dann kann man leben, hat mein Vater immer gesagt«, und Margot, für eine Sekunde, den Bruchteil einer Sekunde, nicht meßbar, so lang und so kurz, trat aus der Zeit heraus und saß neben ihrer Großmutter auf dem Sofa, roch Majoran, Zwiebeln, Lorbeerblatt, spürte den glatten Schürzenstoff, die rauhe Haut an den Fingerkuppen, den Atem. »Braucht Mensch gute Brot, warme Bett und kein Knüppel über Kopf«, sagte Anna Jarosch, »mußt du immer suchen Brot und Bett, Malenka, und weglaufen vor Knüppel.« Und dann wieder Lores Stimme: »Ich habe geglaubt, ich schaffe das nicht mehr, weiterleben, meine Mutter, die konnte es auch nicht. In Pyritz wollten sie uns kein Brot mehr verkaufen, wir backen nicht für Verräter, hat die Klitzow geschrien, und jeden Morgen Dreckhaufen vor der Haustür, und Rosemarie Hamel wollte in der Schule nicht neben mir sitzen.«

Margot legte den Arm um sie. »Wir sind zusammen. Und überhaupt, alles wird anders.«

»Ja«, sagte Lore. »Wir sind Schwestern.«

Sie brauchten sieben Stunden bis zu der großen Chaussee auf dem Festland, dreißig Kilometer fast ohne Pause. Erst beim Anblick der Pferdewagen, die an ihnen vorüberrollten, ließen sie sich fallen und schliefen trotz der Morgenkälte ein, in die Decken gewickelt, dicht aneinandergedrängt.

Als sie gegen Mittag aufwachten, lagen sie in der Sonne. Das Wetter war tatsächlich umgeschlagen, blauer Himmel statt Schneewolken, Vorfrühling, die Wälder am Horizont schimmerten schon grünlich. Sie schnitten Brot ab, dicke Scheiben, bestrichen sie mit Margarine und holten Wasser aus einem Haus in der Nähe. Dann gingen sie weiter, neben dem Treck her, Neustrelitz entgegen. Neustrelitz, ein Punkt nur, so dachten sie, auf der Linie, die Margot in Wiethes Landkarte gezogen hatte. Neubrandenburg, Neustrelitz, Pritzwalk, von dort nach Dessau, in einem Bogen um Berlin herum, und weshalb, fragt man sich, mußte es dieser Weg sein, ausgerechnet dieser, der zur einen Hälfte den Flüchtlingen aus dem Osten gehörte, zur anderen dem Militär, aber auch noch den Tieffliegern, vor allem ihnen, eine Straße des Schreckens, niemand wählte sie ohne Not. Endlos die Reihe der

Fuhrwerke mit Hausrat, Nahrung, Saatgut, Ackergerät, darauf die Alten, die Kranken, die Schwangeren, die Kinder, und wer keinen Platz mehr bekam, lief nebenher, und wer starb, blieb liegen, wohin mit den Toten, wenn man, eingekeilt in die drängende Kolonne, nicht halten konnte, auch nicht ausweichen nach rechts oder links auf einen der schmalen Sandwege zwischen den Dörfern, in denen sich alles leichter finden ließ, eine Scheune zum Schlafen, ein Becher Milch, notfalls ein Grab.

Margot war es nicht, die auf der Chaussee beharrte. Sie hatte sich an die Böschung gesetzt und eine neue Linie in Wiethes Karte gezeichnet, von Dorf zu Dorf, an Wäldern und Seen entlang, quer durch Mecklenburg. Doch Lore weigerte sich, den Schutz der überfüllten Straße zu verlassen, geh, wenn du willst, ich nicht, hier sind wir sicher. Und müßig die Frage, ob sie wirklich daran glaubte, ob die Angst sie trieb oder etwas in ihr andere Ziele verfolgte, fest steht, daß beide beim Treck blieben bis Neustrelitz. Sie aßen Liesbeth Domallas Brot und Wiethes Büchsenfleisch, bekamen, wenn die Wagen stockten und am Weg gekocht wurde, hin und wieder Suppe von einer Bäuerin, schliefen in der ersten Nacht neben einem verschlossenen Heuschober, in der nächsten auf dem Linoleum einer Dorfschule und bewegten sich nach kurzer Ruhe weiter, alle bewegten sich weiter.

Am dritten Tag, nach neunzig Kilometern schon, erreichten sie kurz vor der Dunkelheit Neubrandenburg und suchten eine Schule zum Schlafen. Eine Schlafschule, das wußten sie inzwischen, gab es überall, in Neubrandenburg sogar eine Turnhalle mit Strohsäcken, und das Rote Kreuz verteilte Pfefferminztee und Suppe, in der Kohlstreifen schwammen, Kartoffeln und der weiche, süßliche Gallert von Schweinepfoten. Mit ihren Näpfen auf den Knien hockten sie da und aßen. »Diesen Fraß hätten wir bei uns auf dem Hof nicht mal den Hunden gegeben«, schimpfte eine Frau, aus Ostpreußen der Sprache nach, immer noch rotbackig und der Scheitel in dem dünnen weißen Haar ohne Tadel, »nicht mal den Hunden«, worauf eine andere sich umdrehte. »Jetzt habt ihr aber keinen Hof mehr«, sagte sie, »jetzt müßt ihr fressen, was ihr kriegt.«

In der Nacht trieb das Mondlicht den Schlaf aus der Turnhalle. Unerbittlich strich es über die Gestalten am Boden, Menschenbündel, preisgegeben auf ihren Strohsäcken. »Für uns«, sagte Lore, »ist alles nicht so schlimm. Irgendwann kommen wir nach Dessau und haben Betten und warmes Wasser und wissen, wo wir hingehören, und dann wird alles anders. Muß es doch. Es muß doch wieder schön werden.«

Das war die letzte Nacht, noch dreißig Kilometer bis Neustrelitz, und obwohl ihr Tagesplan am nächsten Morgen aus der Ordnung geriet, sahen sie schon am Nachmittag die Türme der Stadt. Verspätet aufgebrochen, doch vorzeitig angekommen, seltsam, wie eins ins andere griff, um sie zu dieser Stunde an diesen Ort zu bringen. Timing, wird Margot es einmal nennen, alles ist Timing, schlafe länger, und du mußt sterben.

Daß sie nicht so früh wie sonst auf die Straße kamen, lag nur zum Teil an der gestörten Nachtruhe. Vor allem brauchten sie neue Lebensmittel und vergaßen, weil die Geschäfte erst um acht öffneten, unter der Dusche die Zeit. Zum ersten Mal Wasser, das den Schmutz der Tage und Nächte wegschwemmte, immer wieder kaltes Wasser in scharfen Strahlen, bis die Muskeln sich zusammenkrampften und die Haut rot wurde. Sie lachten, ließen das Wasser über die Haare laufen, rieben sich trocken, tranken den Milchkaffee vom Roten Kreuz, auch Grießsuppe gab es, süß und dick. Es war fast halb neun, als sie endlich die Schule verließen.

Auf dem Neubrandenburger Marktplatz, vor einer Bäckerei, nahm Margot ihre Konfirmationsuhr ab, die kleine silberne, »für dich, Herzchen«, hatte Frau Dobbertin gesagt. Warum habe ich damals eigentlich geweint, dachte Margot und öffnete die Ladentür.

»Eine Uhr?« Die Frau im weißen Kittel blickte mißtrauisch. »Brot kann ich nur für Marken hergeben.«

Margot wies auf die Straße, wo Lore mit den Deckenbündeln wartete. »Wir sind schon so lange unterwegs, von Usedom.«

»Großer Gott, Usedom.« Die Frau, die begonnen hatte, braune, mehlbestaubte Brotlaibe in die Regale zu legen, fuhr herum. »Sind da etwa die Russen?«

Usedom, ein Schlüsselwort offensichtlich. Margot zog den

Brotgeruch ein, frisches Brot, und spürte den Geschmack der süßen, malzigen Kruste. »Nein, noch nicht«, sagte sie, »aber bei Wollin schießen sie schon, Tag und Nacht, und wir wollten lieber rechtzeitig weg, wir stammen aus Pyritz, da ging das von einer Minute zur andern, alles kaputt, da können wir nicht mehr hin.«

Sie hätte noch länger geredet um einen Laib Brot, doch die Frau fiel ihr ins Wort. »Meine Tochter ist in Swinemünde, bei der Flak. Wißt ihr was von Swinemünde?«

Margot schwieg. »In Swinemünde ist alles in Ordnung«, sagte sie dann. »Ich kenne jemanden, der ist jeden Tag hingefahren, noch vor...« Sie überlegte, wie lange war es her? »Vor sechs Tagen noch«, sagte sie.

»Meint ihr, daß es da losgeht?«

Margot, die mit den Schultern zucken wollte, was wußte sie von Swinemünde, sah das verängstigte Gesicht der Frau, auch das Brot. »Nein«, sagte sie, »bestimmt nicht. In Swinemünde sind so viele Flüchtlinge, die ganze Stadt ist voll, da kann man doch nicht einfach reinschießen.«

Lachhaft, die Begründung, wenn man an Dresden dachte. Doch die Frau wickelte ein Brot ein, holte auch noch eine Büchse. »Schmalz«, sagte sie und weinte dabei, »vielleicht schicken sie meine Tochter bald nach Hause. Die ist ja erst siebzehn.« Sie wischte mit der Hand über die Augen, Mehlspuren zwischen den Tränen, daran mußte Margot denken, als der Wehrmachtsbericht eine Woche später am 13. März die Zerstörung Swinemündes durch amerikanische Bomber meldete.

Es war bereits neun, da stießen sie endlich zum Treck, schliefen lange nach der Mittagspause, und kein Gedanke mehr an Neustrelitz, wie es schien. Doch plötzlich hielt ein Lastwagen neben ihnen, lachende, winkende Soldaten, kommt her, fahrt mit, so holten sie die verlorene Zeit ein, erst vier Uhr, und schon sahen sie die Stadt.

Dort, wo sie ausstiegen, lag ein Birkenwäldchen links von der Straße, rechts eine Wiese und im Hintergrund, zwischen Bäumen und Büschen, ein See, Mecklenburg, Land der Seen. Der Treck hatte gerade angehalten, wieder ein Stau. Niemand wußte, wie lange, und die Hektik der Rast begann.

»Gleich wird gekocht«, sagte Margot. In der Nähe stand ein Planwagen, eine Frau sprang vom Bock, ein alter Mann hängte den Pferden Futtersäcke um, freundliche Leute offenbar. Als der Mann auf die Wiese zuging, gab Margot Lore ein Zeichen. Sie folgten ihm und beobachteten, wie er in einem Rechteck von Ziegelsteinen Feuer anlegte, Papier, Späne, Holzstücke. Die Frau brachte den Suppentopf und holte dann ein Kind vom Wagen, drei Jahre mochte es sein, die braunen Zöpfe wippten, als es vor der Mutter hersprang.

Margot schob sich näher heran. Sie roch Erbsen und Rauchfleisch, fing den Blick der Frau auf und lächelte entschuldigend, wie immer bei diesem Geschäft, für das Lore nicht taugte.

Die Frau rührte mit einem Holzlöffel in der Suppe. »Wollt ihr mitessen?«

Jetzt kam auch Lore und setzte sich ans Feuer, und Margot ging noch einmal zurück, um ihr Bündel zu holen.

In diesem Augenblick stieß das Flugzeug herunter, zwei glitzernde Flügel im Sonnenlicht. »Tiefflieger!« kreischte eine Stimme, da hämmerten schon die Schüsse. Margot ließ sich zu Boden fallen, Großmutter, hilf mir, schrie es in ihren Ohren, sie war es selbst, die schrie, Schüsse, noch einmal Schüsse, dann Stille, nichts mehr. Margot hob den Kopf. Der Himmel spannte sich klar und glatt, ihre Beine waren noch da, die Arme, sie bewegte die Finger, ich bin da.

Langsam stand sie auf, ein Schritt, noch einer, dann ging sie zu der Feuerstelle. In dem Topf brodelte die Suppe, es roch nach verkohltem Holz, Lore lag über ihrem Bündel. »Du brauchst keine Angst mehr zu haben«, sagte Margot. Sie berührte die Schulter, fühlte, wie ihre Hand feucht und klebrig wurde, sah das rotverfärbte Nackenhaar und, als sie den Kopf anhob, die leeren Augen. Daneben lag die Frau. »Mama«, rief das Kind, ein Pferd wieherte, das war die Welt zu dieser Stunde. Und Jahre danach, als Margot, alt geworden inzwischen, zurückkam an den Ort, alles unverändert, die Wiese, der von braunen Büschen umkreiste See, das Birkenwäldchen, da kam auch die Stunde zurück, und wieder spürte sie die Starre durch ihren Körper kriechen, und Lores Augen sagten: »Es sollte doch anders werden, erinnerst du dich?« Ein langer Weg bis zu diesem Tag, zu früh vielleicht, jetzt schon davon zu sprechen. Doch gestern, heute, morgen, wie kann man eins vom anderen lösen im Nachdenken über diese Geschichte, hier am Knotenpunkt von Neustrelitz, März 1945.

»Kommen Sie«, sagte der Offizier. »Wir können Sie ein Stück mitnehmen.«

Der Treck hatte sich wieder in Bewegung gesetzt. Das Kind war verschwunden. Am Straßenrand stand ein Kübelwagen.

»Ist es Ihre Schwester?«

Margot nickte mechanisch, und der Offizier nahm Lore die Umhängetasche von der Schulter. Vorsichtig, als könnte er ihr noch weh tun, zog er das Bündel unter ihr weg, ließ den Inhalt ins Gras fallen und breitete die Decke über sie.

»Gehört das da Ihnen?« Margot nickte wieder, und er kniete sich neben ihr Bündel, um Lores Tasche hineinzuschnüren. Auf dem Weg zum Auto spürte sie, daß ihr Schlüpfer und die Trainingshose naß waren. Der Widerwille gegen den kalten, feuchten Stoff zwischen den Beinen war das einzige, was sie empfand.

Langsam schlängelte sich das Auto an dem Treck vorbei. Durch die Seitenplanen schnitt der Wind. Margots Zähne schlugen aufeinander, und der Offizier, der vorn beim Fahrer saß, wollte ihr seinen Mantel reichen. Margot hob die Hand, da sah sie das dunkle, harte Blut. Sie starrte darauf, den Arm mit den gekrümmten Fingern von sich gestreckt, als sei er aus Holz.

Der Offizier schwang sich über die Lehne auf den Sitz neben Margot. Mit seinem Taschentuch versuchte er, die Kruste abzuwischen, und goß, weil sie sich nicht lösen wollte, ein paar Tropfen Schnaps darüber. »Wird alles gut«, murmelte er, bog Margots Kopf zurück und schob ihr die Flaschenöffnung zwischen die Lippen. Die scharfe Flüssigkeit brannte in der Kehle, Margot schüttelte sich, und er ließ sie nochmals trinken. Danach begann er, Speck aufzuschneiden, dünn, fast durchsichtig. »Speck muß dünn sein«, sagte er, »dann fasert er nicht zwischen den Zähnen.« Er legte den Speck auf zwei Scheiben Schwarzbrot, gab eine dem Fahrer, brach von der anderen kleine Stücke ab und steckte sie Margot in den Mund. »Kauen«, befahl er. Sie tat, was er sagte, ohne zu merken, was sie tat und wie die Zeit verging, wie die Straßen wechselten und die Dunkelheit kam. Ein Niemandsland, aus dem sie erst heraustrat, als das Auto in einem Dorf hielt. Der Hauptmann sei drinnen beim Bürgermeister, sagte der Fahrer, sie würden hierbleiben über Nacht.

Ein Bauernhof, ein kleines Haus hinter den Scheunen. »Das Altenteil«, sagte die Frau, die ihnen eine Kanne Milch brachte und Holz. »Ist gerade leer geworden. Oben liegt Bettzeug.« Sie musterte Margot abschätzig. »Es sind zwei Kammern.«

Der Fahrer ging mit den Eimern zur Pumpe, füllte die Wassertöpfe auf dem Herd und das Schiff, während der Offizier Feuer machte.

»Setzen Sie Milch auf«, rief er Margot zu.

Die Küche war grün gestrichen, ein Tisch, Stühle, ein Schrank, hinter den Glasscheiben noch das Geschirr der letzten Bewohner, braun-blau geflecktes Bunzlauer, auch eine große Tasse mit einer Rose darauf und verblichenen Buchstaben: Für die Silberbraut. Margot goß Milch in einen Emailletopf und stellte ihn zum Wärmen an den Herdrand. Als das Wasser summte, kochte der Fahrer Tee. Auf dem Tisch lag Brot und Speck, die Männer sprachen miteinander, ihre Worte flogen an Margot vorbei. Aber die warme Milch war gut.

»Sie können sich hier in der Küche waschen«, sagte der Offizier. »Wir gehen zur Pumpe.«

Noch einmal Wasser an diesem Tag, heiße Rinnsale aus der Rosentasse über Rücken und Brust. Danach wusch sie ihren Schlüpfer, das Hemd, die Trainingshose, hängte alles zum Trocknen auf die Herdstange. Als sie nach der frischen Wäsche griff, fühlte sie Lores Tasche, und sie erinnerte sich an das Bild vom Nachmittag, den Mann, der vor ihrem Bündel kniete. Sie zog den Rock an, die gelbe Strickjacke, dann trug sie den Eimer mit Schmutzwasser vors Haus.

Der Mond hatte abgenommen, aber die Nacht war immer noch hell. Im Türrahmen lehnte der Offizier, und es geschah erst jetzt, daß sie ihn wirklich wahrnahm: kein junger Mann mehr, groß, hager, das Haar schon dünn oberhalb der Stirn. Dreiunddreißig Jahre, auch das wird sie bald wissen, die Falten kennenlernen, die sich zwischen Nase und Mund abzuzeichnen beginnen, mit den Fingerspitzen daran entlang tasten. Aber noch steht er an der Tür und blickt ihr entgegen. »Der Mond hat einen Hof«, sagt er.

Plötzlich fing sie an zu weinen, es fiel wie ein Krampf über sie her. Er brachte sie nach oben, und als sie immer noch weinte, legte er ihren Kopf an seine Schulter. »Ich habe es zuerst auch nicht begreifen können«, sagte er. »Vorbei, von einer Sekunde zur anderen. In drei Tagen muß ich wieder an die Front, vielleicht bin ich dann an der Reihe.«

»Das Leben ist nichts wert«, sagte sie. »Was so schnell kaputtgeht, ist nichts wert.«

»Es kann sehr schön sein.« Er strich ihr das feuchte Haar aus der Stirn. »Wie heißt du eigentlich?«

»Malenka«, sagte sie. »Nein, Margot.«

»Malenka.« Er küßte sie, seine Hände waren sanft und warm, und der Himmel mit dem Mond fiel durchs Fenster, und sie schwammen mit dem Mond auf der Nacht, bis er zerplatzte und in gelben Funken auseinanderstob. Dann kam die Kammer zurück, der Schattenriß seines Gesichts, sie glitt mit den Fingern darüber hin, und während sie in seinem Arm lag, unter den muffelnden Federbetten des Altenteils, kurz vor dem Schlaf, und von ihm hörte, wie er hieß, woher er kam, wohin er wollte, dachte sie, das sei die Liebe. »Ach Gott, Liebe«, hatte Frau Rudnik von der Pyritzer Bank geseufzt, wenn sie in den Mittagspausen ihre wechselnden Abenteuer zum besten gab, »du glaubst gar nicht, wie oft man sich verlieben kann, jedesmal anders«, und Anna Jarosch mit ihren Erfahrungen mißtraute dem Gefühl, »weil Verstand rutscht in Bauch, und siehst du weiße Pferd statt Esel«. Aber dies hier, in dieser Nacht, hatte den Tod vertrieben. Sie wollte es ihm sagen, zu spät, er schlief schon, und es war auch nicht so wichtig, wie sich zeigen sollte im nachhinein. Für den künftigen Lauf der Dinge zählte einzig Lore Möllers Tasche in Margots Bündel und für den Moment nur, daß er da war.

Es dämmerte, als sie den Hof wieder verließen und in Richtung Stendal fuhren, wo er sich melden mußte. Zwei Stunden noch. Sie saßen nebeneinander hinten im Wagen. »Das nächste Mal«, sagte er, »frühstücken wir zusammen, dann ist Frieden, und wir liegen auf einer Wiese, und abends tanzen wir irgendwo.«

»Tanzen«, sagte Margot.

»Alle werden wieder tanzen«, sagte er, »alle, die übrigbleiben.«

Sie fuhren durch Kiefernwälder, über die Elbe, endlos an Spargelbeeten vorbei. »Von Stendal kommst du mit dem Zug weiter bis Dessau«, sagte er. Dessau, das Margot als Ziel genannt hatte, aus Gewohnheit noch, so schnell, wie alles gegangen war, keine Zeit, ihm und sich selbst zu erklären, daß sie kein Ziel mehr besaß.

Am Stadtrand trennten sie sich. Margot stand am Weg und winkte, in der Hand den Zettel mit seinem Namen, Dipl. chem. Ulrich Jensch, Berlin-Charlottenburg. Es war Sonnabend, fast eine Woche vergangen seit der Flucht aus Mellenthin. Am Tag darauf fuhr sie nach Hannover.

Wann hatte Margot gewußt, wo ihr Ziel lag? Gewiß nicht bei dem Abschied am Morgen, auch nicht am Nachmittag im Stendaler Bürgerpark, als sie das Brot der Bäckersfrau aus Neubrandenburg aß, unter einer Kastanie, dem einzigen freien Platz offenbar in dieser Stadt voller Flüchtlinge. Immer noch Sonnenschein, ein See, über den lautlose Schwäne zogen, die Trauerweiden im Wasserspiegel friedlich und schön. Aber es war kein Strohsack mehr aufzutreiben, nicht einmal ein leeres Hotelbett, und die Häuser an den Straßen, proper und unversehrt, gehörten mit ihren weißen Gardinen in eine andere Welt. Ich will ein Bett, dachte Margot unter der Kastanie, ein eigenes Bett. Sie blickte hinter den Spaziergängern her, wie sie dem Sonntag entgegenwandelten, aus Wohnungen kamen, in Wohnungen zurückkehrten, ein Bett, dachte sie, da stand die Frau vor ihr, klein und zierlich, braune Augen in dem bräunlichen Gesicht, auch der Mantel, der Hut, die Haare braun, und fragte, ob sie eine Unterkunft brauche, Fräulein Susanne Roth. Ein kurzer Auftritt nur für sie in der Geschichte, jemand, der den Weg kreuzt, man trifft ihn und geht weiter. »Zwischenmahlzeiten«, wird Margot Begegnungen dieser Art später nennen, »und manchmal weißt du gar nicht, was du da gegessen hast.«

Susanne Roth, Zeichenlehrerin der Stendaler Oberschule für Mädchen, wo sie ihrer farblichen Fixierung wegen nur Susi Braun hieß, war in den Park gekommen, um den Schwänen Küchenabfälle hinzuwerfen, doch nun sah sie das Mädchen auf der Bank, das Bündel daneben, das Brot im Packpapier und die Schmalzbüchse. »Eine Unterkunft«, wiederholte sie, denn Margot begriff nicht gleich, daß sich Anna Jaroschs Grundsatz, wer etwas finden will, darf nicht lange suchen, wieder einmal bewahrheitete. »Wenn Sie mitkommen wollen, ich habe ein Sofa frei.«

Sie gingen über den Markt, am Roland vorbei und an den Rathauslauben, und bogen rechts in die Hallstraße ein. Vor einem Fachwerkhaus mit geschnitzter Tür und Messingbeschlägen blieben sie stehen. Fräulein Roth wohnte im Erdgeschoß, polierte Möbel, Mullgardinen vor den Fenstern und an den Wänden ein Blumenreigen, Pastellbilder von schwebender Anmut, gelb und braun. Unterwegs schon hatte sie von ihrem Beruf erzählt. Malerin, aber der Mensch müsse leben, und jetzt wartete sie auf Margots Reaktion.

»Gefallen Ihnen meine Bilder?«

»Doch, ja.« Margot sah die Lilien an, die Forsythienzweige, Teerosen, Dahlien, Dotterblumen. »Auch die Farben, immer die gleichen und trotzdem so verschieden.«

»Sonne und Erde«, sagte Fräulein Roth, »seit eh und je meine Lieblingsfarben«, und Margot mußte lachen. »Haben Sie mich mitgenommen, weil meine Jacke gelb ist?«

»Kann sein.« Fräulein Roth lachte ebenfalls. »Aber hauptsächlich, weil Sie... Oder darf ich du sagen wie zu meinen Schülerinnen? Du sahst aus wie eine von ihnen, da konnte ich dich doch nicht auf der Bank sitzenlassen. Wie alt bist du eigentlich?«

»Achtzehn«, sagte Margot, verwundert, daß die Zahl noch zutraf nach der Wanderung durch solche Tage und Nächte. »Malen Sie nur Blumen?«

»Meistens. Am liebsten. Findest du das langweilig?«

»Ich weiß nicht.« Margot zögerte, Feen und Elfen, wo gab es die noch. »Ich weiß nicht«, sagte sie, »ob es die Zeit ist, nur für Blumen.«

Fräulein Roth schien nachzudenken. »Komm mit«, sagte sie

und ging in das Nebenzimmer, wo über ihrem Arbeitstisch ein Druck hing, Sonnenblumen.

»Kennst du das?«

Margot nickte.

»Van Gogh war der unglücklichste Mensch von der Welt«, sagte Fräulein Roth, »und hat die schönsten Sonnenblumen gemalt.«

»Damals«, sagte Margot. »Entschuldigen Sie, könnte ich vielleicht etwas Wasser bekommen?«

Fräulein Roth lief aus dem Zimmer und kam mit einem gefüllten Glas zurück. »Ich habe auch gleich Teewasser aufgesetzt. Und was die Blumen betrifft...«

Margot trank, stellte das Glas hin, war plötzlich müde, mit ganz anderen Bildern im Kopf, doch Susanne Roth ließ sich nicht beirren. »Blumen sterben in jedem Herbst und kommen im Frühling wieder, so schön wie vorher. Blumen sind Hoffnung. Tod und Hoffnung, hat das etwa nichts mit uns zu tun? Stell dir vor, dieser Moment, wenn nicht mehr geschossen wird, und dann die Hoffnung, wunderbar. Das ist es, was ich malen will.«

»Bis es wieder losgeht«, sagte Margot, der diese Art Hoffnung angst machte.

»Nach diesem Krieg nicht.« Fräulein Roth hob die Hände, eine beschwörende Geste geradezu, und etwas von der Emphase sprang auf Margot über. Ich will daran denken, dachte sie, versprach es Anna Jarosch und Lore Möller, versprach es Lotte Lerche und Dobbertins und Liesbeth Domalla, wenngleich die sanfte Blumenwelt des Fräulein Roth ihr weiterhin verdächtig blieb. »Van Goghs Sonnenblumen«, sagte sie, »sind eigentlich nicht nur schön, sie können einem auch angst machen.«

Susanne Roth lächelte, machte das Bett für Margot in ihrem Arbeitszimmer zurecht und teilte am Abend die Kartoffeln mit ihr, den Quark und die eingelegten Gurken. Sie hatte den Tisch gedeckt, und während sie aßen, meldete der Wehrmachtsbericht einen Luftangriff auf Hannover.

»Schon wieder Hannover!« rief Fräulein Roth erschrocken. »Hoffentlich nicht die Heinrichstraße. Dort wohnt meine Schwester.«

Es war wie eine Klingel, die anschlug. Plötzlich kannte Margot ihr Ziel. In dieser Nacht, als sie versuchte, auf Susanne Roths Sofa einzuschlafen, dachte sie an Ulrich Jensch, lag in seinem Arm, hörte seinen Atem, nur das Gesicht ließ sich schon nicht mehr ganz wiederfinden. Ein anderes Gesicht schob sich darüber. Sie stand auf, machte Licht und öffnete den Deckel des Medaillons. Robert Kremer, Hannover, Heinrichstraße. Ihr Vater. Sie war nicht allein. Sie hatte einen Vater. Er stand vor einem großen Haus und wartete auf sie, endlich, warum bist du nicht früher gekommen.

Es bestand kein Grund für solche Euphorien, eine Fata Morgana könnte man es nennen, falsche Spiegelungen der Seele, Wolkenhäuser, und die Begrüßung durch den leibhaftigen Ingenieur Kremer glich Margots Phantasiebild so wenig wie die meisten Träume der Wirklichkeit. Kein Gedanke daran, daß er mit ausgebreiteten Armen vor der Haustür wartete, schon deshalb nicht, weil dieses Sündenkind, dessen Existenz er durch die Zahlung von runden viertausend Mark für abgebüßt hielt, völlig überraschend auftauchte. Er war neunundvierzig Jahre, in guter Position bei der Hanomag und Parteimitglied, sah zudem der Silberhochzeit entgegen, und wäre ihm Margots Plan, sein Leben zu stören, rechtzeitig bekannt gewesen, hätte er sie vermutlich schon am Bahnhof abgefangen. Eine Illusion, dieser Vater, Margot sollte es merken.

Von den wenigen noch intakten Kirchtürmen schlug es gerade fünf, als sie in Hannover eintraf, mit zwei Stunden Verspätung wegen der vielen Truppentransporte, die durchgelassen werden mußten. Fräulein Roth hatte Margot zum Zug begleitet und immer wieder versichert, das Sofa stünde weiterhin bereit. »Nasse Füße brauchst du nicht zu bekommen, Kind«, eine Anspielung auf das Wetter, denn der Himmel war grau geworden. Schon während der Fahrt fielen die ersten Tropfen, und in Hannover regnete es so heftig durch das hölzerne Notdach der Bahnhofshalle, daß die Passanten im Wasser schlurften. »Heinrichstraße? Ausgang Raschplatz!« rief man Margot zu. Der Weg führte an Ruinen vorbei, ausgebrannte Fensterhöhlen, zwischen den Trümmern wühlten Menschen mit bloßen Händen im Schutt.

Doch dort, wo die Heinrichstraße sich dem Grün der Eilenriede näherte, gab es eine Reihe unbeschädigter Gebäude, unter ihnen auch die Nummer, die sie suchte: ein imposantes dreistöckiges Mietshaus aus roten Ziegeln, die Balkone und Erker, Simse und Friese mit grauen Stuckornamenten geschmückt, herrschaftlich hätten es die Pyritzer genannt, die dergleichen nur auf Reisen in größere Städte zu sehen bekamen. Es gefiel Margot, daß ihr Vater so wohnte. Sie nahm Anna Jaroschs großes Tuch vom Kopf, kämmte sich, stieg die Treppe hinauf, atemlos vor Spannung oder auch Furcht.

Die Tür wurde von einer Frau mittleren Alters geöffnet. Ihr Lächeln verschwand beim Anblick des Bündels. »Hier ist kein Platz mehr. Wir haben schon zwei Zimmer an Ausgebombte abgeben müssen.«

»Ich heiße Margot Jarosch, ich möchte gern mit Herrn Kremer sprechen«, sagte Margot, und hätte das Halbdunkel im Treppenhaus nicht ihr Gesicht verschattet, wäre die Frau vielleicht stutzig geworden. So jedoch sagte sie nur: »Jarosch? Kennen wir nicht«, und wollte die Tür schließen.

»Aber er!« rief Margot, stand schon in der Wohnung, und die Frau kreischte: »Robert! Robert!«

»Es war grotesk«, pflegte Margot später diese Situation zu schildern, eine Geschichte ohne Stachel inzwischen, freigegeben für das Gelächter im Freundeskreis, »grotesk, wie mutig er heranstürmte, mit meiner Nase, meinen Backenknochen, und dann plötzlich die Vollbremsung.« Aber in dem Augenblick, als sie ihn wirklich auf sich zukommen sah, der Mann von dem Foto, hochgewachsen, schlank, sogar das Gesicht noch das gleiche unter den Altersschäden, konnte keine Rede sein von Erheiterung, und daß sie lächelte, geschah eher aus Unsicherheit: Hier bin ich, willst du mich haben? Hedwigs Lächeln, wie man weiß, und trotz der schlechten Beleuchtung schien ihn eine Erinnerung zu streifen, vage nur, nicht einzuordnen. Jedenfalls blieb er stehen, abrupt, mitten im Laufschritt, einer, der etwas sieht und sicher ist, daß er es kennt, nur nicht weiß, woher, von welchem Ort, aus welcher Zeit.

»Wer sind Sie?«

Margot nannte ihren Namen und sah, wie er erschrocken die Hand hob. »Hedwigs Tochter«, fügte Margot hinzu.

»Was soll das denn alles«, sagte seine Frau irritiert, mit einem Griff nach Margots Arm, um sie wieder aus der Wohnung zu drängen. Margot stemmte sich dagegen, ein stummer Kampf, bis im Treppenhaus Stimmen und Schritte hörbar wurden.

»Kommen Sie herein«, sagte Frau Kremer hastig und schlug die Tür zu.

Margot legte das nasse Bündel hin.

»Um Gottes willen, mein Parkett«, rief Frau Kremer, »wir gehen in die Küche.«

»Ins Herrenzimmer«, sagte ihr Mann und nahm Margot Bündel und Mantel ab. Herrenzimmer, etwas, das Margot bisher nur aus Romanen geläufig war, ein gekachelter Rauchtisch, über dem Schreibtisch Adolf Hitler in schwarzem Rahmen, Polstersessel, Bücherschrank, ein Vater mit einem Herrenzimmer. Sie hatte Hunger, aber wenig Hoffnung, daß man ihr hier etwas zu essen geben würde.

»Was wollen Sie von mir?« fragte Robert Kremer.

Margot sah auf den Teppich, rote und blaue Ornamente, die ineinanderflossen unter ihrem Blick. Sie schämte sich, aber nun sollte er wenigstens wissen, warum sie gekommen war, dieser Vater, der Sie zu ihr sagte. »Meine Mutter und meine Großmutter sind tot, und in Pyritz die Russen, und ich...« Sie stockte, wußte nicht weiter. »Und ich habe gedacht...«

»Was haben wir denn damit zu tun, Fräulein?« fiel die Frau ihr ins Wort. Sie sah so ordentlich aus, das graue Haar frisiert, die Bluse sorgsam gebügelt, auch auf dem Anzug des Mannes kein Stäubchen. »Wir erwarten Besuch«, sagte sie, und Margot holte das Schreiben aus der Tasche, die Anerkennung der Vaterschaft, ich, Robert Kremer, Hannover, Heinrichstraße.

Frau Kremer begann zu lesen, den Arm von sich gestreckt, weitsichtig offenbar. »Großer Gott, Robert«, flüsterte sie und ließ das Blatt sinken, hob es aber gleich wieder vor die Augen und las alles noch einmal. »Das hast du getan? Etwas so Unglaubliches?« Fassungslos starrte sie auf ihren Mann, dann in Margots Gesicht. »Natürlich, sie sieht dir ja ähnlich. Belogen und betrogen...«

Robert Kremer hockte mit hängenden Schultern da, die Hände zwischen die Knie gepreßt. »Das Schreiben nützt Ihnen gar nichts«, murmelte er mühsam. »Ich habe meine Pflichten Ihnen gegenüber erfüllt, Sie können keinerlei Ansprüche mehr an mich stellen.« Er dachte nach, hob dann entschlossen den Kopf. »Nach dem Gesetz sind wir nicht mal miteinander verwandt«, sagte er jetzt laut und deutlich, und Margot sah sich wieder in der Kleinen Wollweberstraße, sechs Jahre alt, das Mädchen mit der großen roten Schleife am Kleid, »Baster«, rief Doris Hoppe. Dieses Wort, das sich eingekapselt hatte über die Jahre, nun brach es auf.

»Ich will auch gar nicht mit Ihnen verwandt sein«, sagte sie, wollte gehen, aber die Füße klebten auf dem Teppich.

Frau Kremer beugte sich vor. »Möchten Sie vielleicht etwas zu trinken haben, Fräulein? Und wissen Sie überhaupt schon, wo Sie heute nacht bleiben?«

Margot antwortete nicht, und die Frau sagte zögernd: »Es ist ja schon fast dunkel draußen.«

Margot nahm das Schreiben vom Tisch, riß es in der Mitte durch und gab es dem Mann, der ihr Vater gewesen war. Dann verließ sie den Raum.

»Aber Fräulein!« rief die Frau, und Robert Kremer lief hinter ihr her, um die Sachen aus der Küche zu holen. Im Flur standen sie sich gegenüber, nur durch die Glastür des Herrenzimmers kam Licht.

»Glauben Sie mir, es tut mir leid«, sagte er. »Eine Tochter... Haben Sie denn auch einen Beruf?«

Margot knöpfte den Mantel zu.

»Wann ist Ihre Mutter eigentlich gestorben?«

Sie sah ihn an, jener Blick, der schon Fräulein Zink in Verlegenheit gebracht hatte, und nahm ihm das Bündel aus der Hand. »Hoffentlich denken Sie nicht zu schlecht von mir«, sagte Robert Kremer, aber das hörte Margot schon nicht mehr.

Draußen auf der Straße, vor dem Haus mit den Erkern, Balkonen und Simsen, löste sie das Bild aus dem Medaillon, und während die Fetzen in die Nässe fielen, gab sie sich ein Versprechen: nie wieder ohne Heimat und ohne Haus. Nie wieder betteln, nie wieder davongejagt werden. Nie wieder. »Fehlt Kind gute Vater, muß es haben gute Kleid«, hatte Anna Jarosch einmal gesagt, vor hundert Jahren zu Frau Dobbertin.

Die folgende Nacht verbrachte Margot in der Studierstube des Pastors Martinus Schaper, dessen Dreifaltigkeitskirche in der Bödeckerstraße ihr vor einem neuerlichen Regenguß Schutz gegeben hatte, gerade als der sonntägliche Abendgottesdienst zu Ende ging. Sie hörte noch das Schlußgebet, in das er neben den Oberen von Staat und Kirche, den Soldaten an der Front, den Kranken und Ausgebombten in der Heimat auch alle Flüchtlinge aus dem Osten des Reiches einbezog. »Gib ihnen ein Dach, Herr, gegen Regen und Kälte, ein Bett, darin sie Ruhe finden können, und stärke sie durch deinen Trost.«

So, wie er da vorn am Altar stand, mit dem weißen Spitzbart, dem Bäffchen darunter, sah er aus, als habe ein alter Meister ihn gemalt, und Margot, nur halbherzig auf Fräulein Roths Sofa erpicht, fragte ihn am Kirchenausgang, wo man in Hannover eine Unterkunft fände.

»So spät noch?« Pastor Schaper schüttelte bekümmert den Kopf. »Da finden Sie gewiß nichts mehr. Wer gehört denn noch alles dazu?«

»Niemand.«

»Und die Eltern?«

»Ich habe keine Eltern mehr«, sagte Margot, worauf Pastor Schaper »O Herr« murmelte und sie mitnahm ins Pfarrhaus, das allerdings, wie er sagte, voll sei wie seinerzeit Bethlehem und eigentlich kein Platz mehr in der Herberge.

»Um Himmels willen, noch jemand?« protestierte die abgehetzte Pastorin, aber ihr Mann fragte so eindringlich, ob man dieses junge Mädchen etwa schutzlos der Nacht preisgeben dürfe, daß sie in die Studierstube rannte, den Teppich vierfach zusammenlegte, ein Laken darüberwarf und eine wollene Tischdecke. »Das ist alles, aber in der Not frißt der Teufel Fliegen«, sagte sie, kurz angebunden vor Eile. »Oben gibt's gleich was zu essen, Marken mitbringen.«

Sie habe keine Lebensmittelmarken, sagte Margot, worüber sich die Pastorin verwunderte. Ob sie denn nicht als Flüchtling registriert worden sei, aber in Gottes Namen, ein Teller Suppe wäre wohl übrig.

»Herr, segne unsere Speisen«, betete Pastor Schaper in der großen Diele des Pfarrhauses, wo sich an die dreißig Menschen um den Tisch drängten. Frauen, Kinder, alte Männer, und ein ernster Martin Luther von der Wand auf diese Zustände blickte, »vergib uns unsere Schuld und hilf uns auch fürderhin weiter, siehe, wir sind gestraft genug«, Worte, bei denen einige Frauen in Tränen ausbrachen, mancher aber auch, wie Margot bemerkte, die Stirn runzelte. Es gab eine dicke Milchsuppe, und Margots Nachbarin erklärte ihr mit starkem ostpreußischem Zungenschlag, wo man sich registrieren lassen müsse und welche Papiere man dafür brauche.

»Ich habe meine Papiere verloren«, sagte Margot, entschlossen, die Behörden zu meiden. Jarosch, wer konnte wissen, ob nicht nach diesem Namen gefahndet wurde.

Viele hätten keine Papiere mehr, sagte die Frau, und was man in diesem Fall brauche, sei ein Bürge. Wo sie denn herkäme?

»Aus Pyritz.« Eine unüberlegte Antwort, denn sogleich rief die Frau: »Pyritz! Ist hier wer von Pyritz?« Niemand meldete sich zu Margots Erleichterung. Pyritz, auch diesen Namen durfte sie vorerst nicht mehr erwähnen.

»Herr, wir danken dir, daß du uns gesättigt hast«, betete Pastor Schaper nach dem Essen, »und schenke uns die Gnade eines ruhigen Schlafes ohne Fliegeralarm und Bomben und allen Menschen auf dieser Erde, die genauso bangen wie wir.«

Wahrscheinlich hatte er schon seit langem jeden Abend um diese Gnade gefleht, nicht immer mit Erfolg, wie die Ruinen draußen und anderswo bezeugten.

In dieser Nacht jedoch heulten zumindest in Hannover keine Sirenen, und als das Haus schlief, tat Margot, was sie schon davor in Fräulein Roths Arbeitszimmer versucht und nicht über sich gebracht hatte: sie öffnete Lores Tasche mit der gleichen Scham wie seinerzeit Anna Jaroschs Geheimfach, verzeih mir, es kann dich ja nicht mehr kränken. Ein Schal lag darin, Handschuhe, Taschentücher, das Portemonnaie, ein winziger Teddybär aus braunem Plüsch. Dann ein Umschlag mit Lores Geburtsurkunde, Familienfotos, ihrem Abiturzeugnis und jenem schauerlichen Dokument, das Margot schon einmal gesehen hatte, den amtlichen Bescheid nämlich von Dr. Möllers Hinrichtung, eine Abschrift des Urteils nebst Kostenabrechnung für die Todesstrafe, Gebühr gemäß §§ 49, 52 d. GKG, insgesamt 782,92 Reichsmark, davon 132,18 für die Strafvollstreckung, zahlbar sofort. Außerdem enthielt die Tasche sieben Hundertmarkscheine, deren Existenz Margot ebenfalls bekannt war. Eine Adresse von Verwandten war nicht zu finden, kein Brief mit einem Absender, dem Lores Tod mitgeteilt werden konnte. Was die Dessauer Verwandtschaft betraf, so hatte Lore sie Nazis genannt, ihnen die Mitschuld am Selbstmord der Mutter gegeben und jede Verbindung abgebrochen. Margot kannte nicht einmal die Namen, ein Erbe ohne Erben, und allmählich, während die Nacht verging, nahm sie diese Hinterlassenschaft in Besitz. Recht? Unrecht? Es gab zwei Argumente, denen Margot vertraute: »Wir sind Schwestern«, hatte Lore am Anfang der Flucht gesagt. Und das zweite rief Anna Jarosch ihr zu: »Wenn kein Brot in Haus, Malenka, kann Mensch nicht nur beten.«

Möglich, daß es dieser Spruch war, der sie dazu trieb, Lores Abiturzeugnis in der Hand zu behalten, als sie die übrigen Papiere in den Umschlag zurücklegte. Leonore Margret Louise Möller – Margret, davon hatte sie nichts gewußt bisher – Deutsch gut, Geschichte gut, Französisch befriedigend, Englisch gut, Mathematik ausreichend, Physik und Chemie ausreichend, Erdkunde befriedigend. Ich hätte ein besseres Zeugnis bekommen, dachte Margot, ein viel besseres. Aber ich habe kein Zeugnis, keinen Vater, keinen Namen mehr, was soll werden. Noch weiß sie es nicht, aber die Gedanken sind da, Gedanken in der Studierstube von Pastor Schaper, gute oder schlechte, wer will das beurteilen. Es hat niemandem weh getan, wird Margot einmal sagen, höchstens mir selbst.

Den Ereignissen am nächsten Tag brauchte sie nicht hinterherzurennen. Alles kam beinahe von selbst, obwohl sie später, wenn auch ironisch, meinte, sie habe das alles wohl herbeigedacht. Aber vielleicht könnte man auch sagen, daß sie dem, was geschah, nicht auswich, oder treffender: Sie ging ihm entgegen.

Den Anfang machte ihre Tischnachbarin vom Abend zuvor, die nun beim Frühstück, als in der Diele Malzkaffee ausgeteilt wurde, plötzlich wieder neben ihr saß, mit begehrlichen Blicken auf das Neubrandenburger Schmalz.

»Soll wohl schmecken, wie?« Sie beugte sich vor, um daran zu riechen. »Wacholderbeeren! Ich bin aus Elbing, da tun wir auch Wacholder ans Schmalz.«

»Nehmen Sie sich doch etwas«, sagte Margot, und die Frau fuhr mit ihrem Messer in die Büchse. »Wollen Sie da nun hin?«

»Wohin?« Margot, übermüdet und lustlos, streute sich Salz auf ihr Brot. »Was meinen Sie denn?«

»Na, was wohl, zum Registrieren natürlich«, sagte die Frau. »Ich kann ja für Sie bürgen, wenn Sie wollen. Geht alles für ein paar Zuckermarken. Wie heißen Sie eigentlich?«

Die Frau war etwa fünfzig, mager, die Haut von der Arbeit im Freien ledern und eingekerbt. Mit ihren flinken Augen sah sie aus wie jemand, der Blößen schnell erkennt und Vorteile zu nutzen weiß, und Margot, unter dem Zwang, Auskunft zu erteilen, sagte, was ihr gerade einfiel, vielleicht auch schon im Kopf saß: »Möller. Margret Möller. Und Sie kennen mich doch gar nicht.«

»Aber gewiß doch.« Die Frau griff noch einmal nach dem Schmalz. »Wo ich doch früher Dienstmädchen war bei euch in Pyritz. Marjellchen.« Sie ließ ihre Blicke über Margot wandern. »Sieht doch jeder, daß du von besserer Herkunft bist. Was hat denn dein Vater gemacht?«

Diesmal zögerte Margot. Doch der erste Schritt war getan und forderte den zweiten. »Arzt.«

»Na also«, sagte die Frau. »Und kein einziges Papierchen zum Vorzeigen? Kann auch ein Brief sein, sind ja mit allem zufrieden da auf dem Amt.«

»Nur die Geburtsurkunde«, sagte Margot, »und das Abiturzeugnis.« Und damit war es eigentlich schon geschehen.

Die Registrierung im Rathaus, von einem überlasteten und zu schnellen Schlüssen neigenden Beamten vorgenommen, erwies sich tatsächlich als unkompliziert, auch deshalb, weil Margot, ohne Kalkül zwar, jedoch zur rechten Zeit, in Tränen ausbrach.

»Keine weiteren Papiere? Wieso haben Sie die denn verloren?«

»Tiefflieger«, sagte Margot stockend. »Ich bin weggerannt, und dann waren die ganzen Sachen verschwunden.«

»Halunken«, sagte der Mann. »Und Ihre Eltern?«

Margot senkte den Kopf, zuviel, was über sie gekommen war in einer einzigen Woche, und nun sollte sie sich auch noch ein neues Leben zusammenlügen.

»Aber Fräuleinchen, weinen Sie doch nicht«, sagte der Beamte mitleidig. »Schlimme Sache, ich weiß, ich weiß, und noch so jung. Also Möller?« Er blickte auf die Geburtsurkunde. »Vorname? Hier ist keiner unterstrichen.«

»Margret.«

»Und Sie?« wandte er sich an die Frau aus Elbing, »können Sie das alles bezeugen?«

»Aber ja doch, hab' sie ja schon als Kind gekannt, die Margret, und so eine gute Herrschaft, ach Gottchen ja.« Sie stieg in ihre Geschichte ein, nämlich daß sie, von Elbing kommend, bei Möllers Unterschlupf gefunden habe und dann wieder mit ihnen zusammen auf die Flucht gegangen sei, doch der Mann wollte Einzelheiten gar nicht hören. »Dein Zeugnis von der Schule, Margretchen!« konnte sie schnell noch anbringen, auch das unnötigerweise, er begann bereits, sich die Fakten zu notieren. Lores Namen, Lores Geburtstag, Lores Eltern.

»Und wann war der Tieffliegerangriff?«

»Am vorigen Freitag. Bei Neustrelitz.«

Der Beamte sah auf den Kalender. »Beide Eltern sind also am 9. März verstorben?«

Margot nickte, erleichtert fast über diesen fiktiven Tod, durch den die usurpierten Eltern ebenfalls etwas Unwirkliches bekamen. Im übrigen hatte der Beamte das Datum bereits zu Papier gebracht, keine Fragen mehr, die Bescheinigung wurde ausgestellt: Es meldet sich hier Fräulein Leonore Margret Louise Möller, geboren am 22. 3. 1926 in Pyritz, daselbst wohnhaft bis zum 25. 2. 1945, Tochter des am 9. 3. 1945 verstorbenen Arztes Dr. Georg Möller und seiner ebenfalls am 9. 3. 1945 verstorbenen Ehefrau Louise Möller, geb. Reimann (beide durch Kriegseinwirkung zu Tode gekommen, deshalb keine Totenscheine vorhanden), unter Vorlage der Geburtsurkunde, und erklärt, bei einem Tieffliegerangriff im Raume Neustrelitz alle weiteren Dokumente verloren zu haben. Sämtliche Angaben werden bezeugt und bestätigt von Frau Mathilde Kalischke aus Elbing, ehemalige Hausgehilfin bei Dr. Möller. Diese Bescheinigung gilt als vorläufiger Ausweis und berechtigt die Inhaberin zum Bezug von Lebensmittelkarten und sonstigen Bezugsscheinen.

Unterschrift, Stempel, zwei Mark Gebühr. Die Lebensmittelkarten gab es einen Stock höher, somit war alles getan. Margret Möller, ein neuer Name, mit dem sie das Rathaus verließ, und die Welt schien verändert, roch anders, klang anders, hielt ihr andere Farben entgegen.

»Meine Zuckermarken«, verlangte die Kalischke, »und ein bißchen Schmalz, schmeckt mir so gut.«

Margot gab ihr die ganze Büchse, sie hätte alles hergegeben, was sie besaß, nur weg von dieser Person, und auch zukünftig sollte sie angesichts eines Typs dieser Art jedesmal in Panik geraten. Aber zum Glück war es nie die Frau aus Elbing.

Bevor Margot am Nachmittag ihr Bündel wieder zusammenschnürte, nahm sie das Medaillon vom Hals und legte es in den Umschlag zu den Papieren und Fotos. Dann ging sie in die Studierstube. Das Dienstmädchen, das gerade den langen Flur schrubbte, hatte ihr zwar verdrossen und nach Landesweise über den spitzen Stein stolpernd erklärt, eine S-törung würde Frau Pastor bes-timmt nicht freuen, die hätte nämlich ihre Freis-tunde, aber Margot wollte nicht ohne Abschied das Haus verlassen.

Der Pastor und seine Frau saßen beim Tee. Draußen regnete es wieder, und erst jetzt bemerkte Margot, wie gemütlich es war in diesem altväterischen Zimmer mit dem gedrechselten Sekretär und dem Ohrenbackensessel, gemütlich auch die bauchige Kanne, das bunte Geschirr, der grüne Kachelofen. Und die Bilder an den Wänden, Dürers Apostel, zwei Ikonen, ein Stich von Hannover, verursachten ihr kein Unbehagen wie die Stendaler Blumenidyllen, zu denen zurückzukehren sie sich fast schon entschlossen hatte, schlechten Gewissens, weil es so widerwillig geschah und Fräulein Roth das nicht verdiente.

Das Pfarrhaus hatte sich geleert inzwischen, Ruhe vor dem Sturm, nannte es Frau Schaper, bald würde der nächste Schub anrücken, ab vier ginge das Gedränge los. »Der reine Auszug aus Ägypten«, sagte sie, »nur, daß es kein Manna regnet«, ein Vergleich, den der Pastor ihr verwies: Damals habe Moses die Flüchtigen geführt, und heutzutage...

»Martinus, ich bitte dich«, unterbrach ihn seine Frau, und er wandte sich an Margot. Wo sie denn hinwolle? Zu Verwandten?

Sie legte ihre Lebensmittelkarten auf den Tisch und einen Zehnmarkschein. »Ich habe niemanden mehr.«

»Keine Seele?«

Nein, sagte sie, und wenn es in Hannover irgendwo ein Zimmer gäbe, würde sie am liebsten bleiben. Bezahlen könne sie es, und sie sei schon so lange unterwegs.

»Ein Zimmer in Hannover? Bei den vielen Ausgebombten?« winkte Frau Schaper ab, und der Pastor fragte, wie alt Margot denn sei.

»Achtzehn.«

»So ein Kind noch und kein Schutz mehr in der Familie!« Er sah seine Frau an, die mit den Schultern zuckte, man wisse das doch, zahllose Menschen stünden auf der Straße und brauchten Hilfe, womit er sich nicht zufriedengab. »Dieses junge Mädchen steht aber in meiner Studierstube!« rief er ärgerlich, ein alter Streit offenbar, der hier ausgetragen wurde: sie, die sich abhetzte für die Menschheit an sich, während ihn die Last des einzelnen bekümmerte.

»Sodom und Gomorrha«, murmelte er. »Herr, du läßt es fürwahr über uns kommen«, und beide schwiegen.

»In Gottes Namen also.« Frau Schaper stand auf.

»Kommen Sie. Vielleicht können Sie uns ja ein bißchen im Haus zur Hand gehen.«

Das Zimmer oben im zweiten Stock blickte zum Garten. Der Voile vor den Fenstern war mit blauen Punkten bedruckt, der Schrank blau gestrichen, auch die Kommode und das Bett. Auf dem Fußboden lagen dicht nebeneinander drei Matratzen.

»Unsere Tochter hat hier früher geschlafen. Sie wohnt jetzt in Aachen.« Frau Schaper zog das Laken von einer Matratze und faltete es zusammen. »Ja, da können ab heute wohl drei Menschen weniger im Haus unterkriechen.«

Sie war eine große, knochige Frau, nichts Überflüssiges an ihr, und das Gesicht so streng, daß Margot schon wieder begann, Susanne Roths Angebot in Erwägung zu ziehen. Doch da lächelte Frau Schaper ihr zu. »Mögen Sie sich wohl fühlen bei uns, Margret«, sagte sie. Ihr Gesicht wurde weich für einen Moment, das genügte.

Noch an diesem Nachmittag brachte Margot die Anmeldeformulare zum Polizeirevier. Ein Wohnsitz, der letzte Schritt in die neue Identität. Wie gesagt, alles war wie von selbst gekommen. Sie hätte weglaufen können. Aber weggelaufen war sie schon. Nun wollte sie bleiben.

Verlier deinen Namen, und du verlierst dich selbst – einer der Sätze, die Margot später finden wird, älter geworden und mit den Erfahrungen hinter sich, die zu machen sie sich gerade anschickt, ins Blaue hinein. Woher sollte sie im März 1945 wissen, daß sie mit dem Namen auch die Biographie wegwarf und fortan, das Haus ihrer Erinnerungen versiegelt, ohne Vergangenheit vor die Welt treten mußte. Anna Jarosch, Dobbertins, die Kleine Wollweberstraße, für immer getilgt diese Spuren, Lotte Lerche verstummt, und wer wird noch von Patscheks Schuld sprechen. Der Madüsee schwindet und die Weizenfelder der Kindheit, und Pyritz, obwohl vorhanden in dem offiziellen Lebenslauf, darf nicht mehr erstehen in Bildern und Worten, denn jedes Wort zuviel kann eine Frage hervorrufen, und Fragen sind die Feinde der Lügen. Kein Mellenthin mehr, weder Liesbeth Domalla noch Wiethe, und von der Flucht nichts als ein Satz, ich war auf der Flucht. Die Toten sterben noch einmal im Schweigen, nur Lemuren bleiben dem Gedenken, jene von Tieffliegern erschossenen Eltern, die es nie gegeben hat. Margot Jaroschs Erinnerungen, die Margret Möller nicht kennen darf, ein Zwischenreich, in dem sie sich bewegte mit dieser halb gestohlenen, halb erdachten neuen Identität.

Bemerkte Margot, was mit ihr geschah? Nein, nicht sofort, nicht in den ersten Wochen, auch nicht im ersten Jahr, es brauchte seine Zeit. Obwohl es Zeichen gab, frühe Hinweise, den 22. März beispielsweise, Lores Geburtstag, als beim Frühstück eine Kerze neben ihrem Teller brannte, Pastor Schaper auf dem Harmonium »Lobet den Herrn« erklingen ließ, danach gemeinsam mit seiner Frau »herzlichen Glückwunsch, liebe Margret, und Gottes Segen allerwegen« skandierte und ihr einen kleinen Wecker überreichte. Sie hatte gelächelt zuerst, gelächelt und genickt, wie üblich bei solchen Anlässen. Doch dann war sie aus dem Zimmer gestürzt, vor Kummer, meinten Schapers, der Eltern wegen, während Margot oben auf ihrem Kopfkissen um einen Geburtstag trauerte, der nicht ihr gehörte, und um den eigenen, den sie verloren hatte.

Deutlich genug das Zeichen, und wenn Margot es nicht annahm, jetzt nicht, auch nicht nach der Kapitulation im Mai, als der Name Jarosch wieder ohne Bedenken genannt werden konnte, so deshalb, weil schon längst etwas anderes zu zählen begonnen hatte, obgleich ihr Kopf noch nichts Genaues davon wußte in den Turbulenzen zwischen Krieg und Frieden oder, der Verdacht liegt nahe, nichts davon wissen wollte.

Was Hannover betraf im übrigen, so konnte man dort bereits am 10. April aufatmen, wider Erwarten und kurz vor dem Ende jeder Hoffnung: Nach zwei Schreckenstagen nämlich, an denen fast ununterbrochen Granaten einschlugen und die Angst umging, daß die Stadt bis zum letzten verteidigt werden sollte, fuhren amerikanische Panzer durch die Straßen, um, wie Pastor Schaper es bei einem Dankgottesdienst in der überfüllten Dreifaltigkeitskirche formulierte, Satan mit seiner Brut endgültig zur Hölle zurückzutreiben. »Und nun, liebe Brüder und Schwestern, laßt uns den letzten giftigen Halm der braunen Teufelssaat aus dem Herzen reißen und Buße tun.«

Es war seine erste Predigt nach dem Einmarsch der Amerikaner, und Margot, die neben Frau Schaper vorn in der ersten Bank saß, bemerkte Tränen hinter der goldgeränderten Brille. Sie wußte, warum er weinte. Sie wußte manches von ihm, denn die Sympathie, die von Anfang an zwischen ihnen bestanden hatte, war allmählich zur Vertrautheit geworden. Daß es dazu kommen konnte, lag an dem Mädchen Selma, das, laut Pastor Schaper, ein Trampeltier im Garten Gottes war und die Ruhe seiner Studierstube, die seit dem Einfall der vielen Fremden ohnehin schon als Wohn- und Eßzimmer diente, vollends störte. Nicht nur, daß Selma beim Aufräumen die Predigtkonzepte durcheinanderbrachte, sie warf auch Gegenstände, deren Nützlichkeit ihr nicht einleuchten wollte, ohne langes Fackeln zum Kehricht, einen hübschen Stein etwa, den er unterwegs aufgehoben hatte, eine bunte Scherbe, in der sich das Licht brach, lauter Dinge, die sein Herz erquickten.

Kurz nach Margots Ankunft hatte Selma sich wieder an einer solchen Fundsache vergriffen, ein Knopf diesmal, Perlmutt, behauptete er, während sie von S-tinkzeug sprach, worauf Pastor Schaper sich in aller Sanftmut auf die Hinterbeine gestellt, ihr Raumverbot erteilt und Margot, beziehungsweise Margret, als Ersatz verlangt hatte. »Da sind Sie ja endlich, mein Kind«, sagte er seitdem jedesmal, wenn sie morgens nach dem Frühstück mit Eimer, Schrubber und Besen durch die Tür kam, so als ob er schon viel zu lange hätte warten müssen. In den Ohrenbackensessel gelehnt, sah er zu, wie sie den Staub vom Sekretär wischte, und leitete alsbald auf immer gleiche Weise – »ach ja, was ich noch bemerken wollte« – das Gespräch ein, über die letzte Predigt, über Vorgänge im Haus und in der Gemeinde, erörterte auch religiöse Fragen oder zeigte ihr seine Schätze, die Steine zum Beispiel, Teile der Ewigkeit für ihn, nimm einen in die Hand, und du spürst den ersten Schöpfungstag. Seine liebe Frau, sagte er, könne das leider nicht verstehen, sie sähe, darin sei sie der armen Selma ähnlich, nur das Nützliche, wie der Herr, so das Gescherr. Eine Martha, die Gute, stets mit aufgekrempelten Ärmeln, aber sicher sei eine Martha als Pfarrfrau das Richtige, und nun darf ich Sie wohl nicht länger aufhalten, liebe Margret, sonst dräut meine Martha.

Das sowieso, hatte Margot daraufhin gesagt und erschrocken die Hand vor den Mund gelegt. Doch dann mußten beide lachen, und es lag an dieser Einigkeit, daß Margot zwei Wochen vor dem Einmarsch der Amerikaner den Mut fand, nach der Sonntagspredigt eine Warnung auszusprechen.

»Könnten Sie das nicht lieber weglassen?«

Er sah sie verständnislos an, und Margot sagte: »Die Schuld und die Strafe und das alles. Der Krieg ist doch bald vorbei.«

Was das damit zu tun habe, wollte er wissen, und Margot zögerte, denn bisher war Politisches aus dem Spiel geblieben, und überhaupt, wie weit durfte sie gehen.

»Möchten Sie denn unbedingt noch verhaftet werden?« fragte sie trotzdem und hielt ihm eins von den Flugblättern hin, die verteilt worden waren: »Kein Deutscher gibt kampflos auf! Tod den Verrätern!«

»Ihnen soll nichts passieren, Herr Pastor, ich will es nicht«, sagte sie, worauf er seinen Sessel verlassen hatte, um ihr, im Zimmer hin und her wandernd, zu erklären, daß sie keine Angst zu haben brauche, er genieße Narrenfreiheit bis zu einem bestimmten Grad.

»Sie kennen doch sicher den Namen Johannes Schaper?«

»Den Flieger?« fragte sie.

»Major Schaper, unser Sohn«, sagte er. »Bisher hat er, wenn ich richtig informiert bin, mehr als siebzig Flugzeuge abgeschossen und dafür das Ritterkreuz mit Eichenlaub erhalten aus der Hand des Führers. Den Vater von Johannes Schaper holen sie nicht, jedenfalls nicht so schnell.«

Auf dem Sekretär standen nur Fotos der Tochter. Das Bild von Johannes, sagte der Pastor, hätten sie entfernt, wenn auch nicht aus dem Herzen, wo es als Stachel bliebe bis zum letzten Tag.

»Über siebzig Flugzeuge. Und in jedem ein Mensch.«

»Es ist Krieg«, murmelte Margot.

»Nein, das ist keine Rechtfertigung.« Pastor Schaper hob die Hände wie bei einer Predigt, wenn er Gott als Zeugen anrief. »Unser Schwiegersohn und viele andere junge Männer sind auch Soldaten und müssen Gewehre in die Hand nehmen und auf Menschen schießen. Aber sie empfinden keinen Triumph dabei und haben kein Eichenlaub für siebzig Tote bekommen und lassen sich nicht als Helden des Führers feiern. Wenn ich von Schuld und Strafe spreche, dann spreche ich von meinem Sohn Johannes und mir. Und wahrlich, wenn ich zu den Helden Gottes gehörte, wäre meine Rede nicht voller Vorsicht und verschleiert, sondern ja ja und nein nein, wie die Bibel es fordert, und ich würde büßen müssen dafür, daß ich keinen besseren Menschen aus diesem Sohn gemacht habe. Aber ich bin furchtsam im Geist, mein Fleisch ist schwach und fürchtet sich vor Schmerzen, und so muß ich wohl dereinst an einem anderen Ort büßen.«

Schon damals im Studierzimmer hatte Margot Tränen hinter den Brillengläsern gesehen. Nun war der Krieg zu Ende, und er stand vor seiner Gemeinde und brauchte nichts mehr zu verbergen: »Wir alle sind schuldig geworden, und möge Gott uns gnädig sein.«

Ein Echo aus vielfachem Schluchzen kam zurück, und wer will sagen, ob Schuldgefühle die Gründe waren oder eher Verzweiflung über die eigene Not und dazu die Hoffnung, daß es nun sein Bewenden haben möge, keine gefallenen Männer, Söhne und Brüder mehr, keine Todesangst mehr in Kellern und Bunkern, nie wieder ein Sonntag wie der 25. März, an dem noch einmal über zweihundert Flugzeuge die Nordstadt zerbombt hatten, ein Ende, Schluß, Frieden. »Nun danket alle Gott«, sangen sie nach fünf Jahren Krieg und zwölf Jahren Hitlerherrschaft, die Opfer noch nicht gezählt, »nun danket alle Gott mit Herzen, Mund und Händen«, und Margot verstummte mitten im Lied, ein Entsetzen, das ihr die Stimme verschlug, soviel Elend, wofür war da zu danken. Und als der Pastor zum Schluß betete: »Allmächtiger, der du uns erlöst hast in deiner Gnade von Krieg und Tyrannei«, erwog sie, ihn später zu fragen, ob der Allmächtige dies alles etwa zugelassen habe, um hinterher gnädig sein zu können. Aber sie ließ den Gedanken fallen, auch, weil sie Pastor Schaper nicht kränken wollte.

Frau Schaper, die zu Hause geblieben war, weil um diese Zeit die Flüchtlinge einzutreffen pflegten, wartete schon ungeduldig. »Lieber Himmel, so spät, Margret, da konnte mein Mann wohl wieder kein Ende finden«, sagte sie und gab ihr den langen hölzernen Rührlöffel für den Suppentopf in die Hand, Brotsuppe diesmal, aus Stücken, die sie gemeinsam bei Nachbarn gesammelt hatten. Im Pfarrhaus bettelten jetzt noch mehr Flüchtlinge um ein Nachtlager, auch immer wieder Soldaten darunter, abgerissen und abgekämpft auf dem Weg nach Hause. Ein Netz aus Pflichten, in das Margot gefallen war. »Helfen Sie uns ein bißchen?« hatte Frau Schaper am ersten Morgen nach dem Frühstück in der Studierstube gefragt, dem einzigen noch freien

Raum, überall sonst Betten, Matratzen, Strohsäcke, und seitdem hetzte sie durch die Stockwerke, säuberte Fußböden, Töpfe und Teller, putzte Gemüse, schälte Kartoffeln, rührte Suppen, schnitt Brot, nahm Leute auf, schickte andere fort, verband Wunden, tröstete, schlichtete Streit, pausenlos, wie dieses Haus es zu fordern schien, und manchmal verwundert über sich selbst. Sogar Frau Schaper zeigte ihre Anerkennung, mit einer Tasse Milch etwa, die sie hin und wieder abends in Margots Zimmer brachte. »Sie sind zu dünn, man kann ja durch Sie hindurchbeten.« Oder sie suchte aus den Kleiderspenden der Gemeinde das Brauchbarste aus, um es für Margots Größe herrichten zu lassen, von einer Näherin leider, die aus Teilen der einzelnen Stücke seltsame Gebilde produzierte, Mixturen verschiedenster Stoffarten und Muster, apart nannte sie es mit leuchtenden Augen. Der Höhepunkt, ein Rock, dessen vordere Seite grau, die hintere dagegen schwarz war, brachte selbst Frau Schaper aus der Fassung. »Ich weiß wirklich nicht, ob man so etwas anziehen kann«, sagte sie, Margot umrundend, »obwohl, Gott blickt aufs Herz, besonders jetzt, und Sie, Margret, hat er uns wahrhaftig zur rechten Stunde geschickt.« Ein Lob, dessen Bestandteile so wenig zusammenpaßten wie die der neuen Kleider und das Margot in geradezu schmerzhafter Weise gegen den Strich ging, auch dem Mädchen Selma offenbar, das, als sie gemeinsam einige beschmutzte Matratzen auf den Hof schleppten, verdrossen meinte: »Vers-teh' ich nicht, Sie sind doch hier nicht in S-tellung, Sie müssen doch nicht s-pringen, wenn Frau Pastor pfeift.«

Aber es blieb keine Muße, darüber nachzudenken, für wen sie nun eigentlich sprang, ob für sich selbst, für die heimatlosen Menschen im Haus oder für Frau Schapers Seelenheil, die, wie sogar der Pastor des öfteren irritiert vermutete, sich mit Gewalt den Himmel verdienen wollte. Abends, wenn Margot ins Bett fiel, glaubte sie, nur noch aus Armen, Rücken und Beinen zu bestehen, und schon der Versuch, die Gedanken fortzuschicken, zu Ulrich Jensch etwa und seinen Händen, denn das Gesicht hatte sich inzwischen gänzlich aufgelöst, wurde vom Schlaf verschluckt. Vielleicht lag es an der Unentschiedenheit dieser Wochen, kein Krieg mehr und doch noch Krieg, in Berlin und an der pommerschen Küste zum Beispiel, daß auch sie unentschieden blieb. »Wenn Mensch nicht weiß, was will«, hatte ihre Großmutter gesagt, »geht er wie Pferd an Zügel. Sollst du kein Pferd sein in dein Leben, Malenka.«

Ausgerechnet am Tag der Kapitulation, als sie die Nachrichten hörte, fiel Margot dieser Spruch wieder ein. Kapitulation, Frieden überall jetzt in Deutschland, der letzte Schuß gefallen, ein Moment der Hoffnung, schrecklich und wunderbar hatte Susanne Roth ihn genannt. Margot stand am Fenster und dachte, daß sie ihr schreiben wolle, sobald die Post wieder Briefe beförderte, da bog der Wagen um die Ecke, ein klappernder Kastenwagen, der Schimmel davor mager, alt und müde, kaum, daß er die Last ziehen konnte, und Margot hörte Anna Jaroschs Worte, nur nebenher, wie sie meinte. Aber daß sie das Pferd mit dem Spruch in Verbindung brachte, jetzt, in dieser Minute, wies vielleicht schon auf Künftiges hin.

An einem der nächsten Abende, das Pfarrhaus war längst überfüllt, erschien ein Soldat und bat um Quartier.

»Bei uns ist leider gar kein Platz mehr«, sagte Margot und wollte, da sie nicht helfen konnte, die Tür schnell wieder schließen. Aber der Soldat sprang vor und schob seinen Fuß dazwischen.

»Nu hörn Se mal zu, Frollein. Wat heeßten hier Platz. Platz hat keener, kenn ick ja. Aber nu bin ick bald bis nach Moskau jelatscht und wieder zurück, und irgendwo muß ick doch hin mit de Knochen, und nu lassen Se mir mal rin inne jute Stube.«

Liesbeth Domallas Sprache. Für einen Augenblick sah sie ihr verpickeltes Gesicht, die Lagerküche, den Wald zwischen dem Dorf und dem Arsenal, und Wiethe saß auf dem Schreibtisch, die Beine übereinandergeschlagen und in der Hand seinen englischen Kriminalroman. »Und nach dem Krieg, young Lady?«

»Wat issen nu, Frollein?« fragte der Soldat, ohne zu ahnen, daß er ein Signal ausgelöst hatte, »schicken Se mir man bloß nich wieder uffe Straße«, und Margot ließ ihn ins Haus, holte den Teppich aus der Studierstube, bereitete ein Lager oben im Flur und brachte ihm Graupensuppe aus dem Topf, der eigentlich für die Familie bestimmt war.

»Der Familientopf«, rügte Frau Schaper, »Sie können doch nicht noch das Essen aus dem Familientopf verteilen«, und auch der Pastor murrte über den fehlenden Teppich, eine Grenze, Margret, irgendwo müsse doch eine Grenze sein, und ob er demnächst bei Mutter Grün schlafen solle.

»Mir haben Sie damals das ganze Zimmer gegeben«, sagte Margot.

»Ja, Ihnen. Das ist etwas anderes.« Und seine Frau wies ihn zurecht, Mensch sei Mensch.

Es war ein spätes Abendessen, die Arbeit aber noch nicht fertig, und Selma stürzte, sobald sie ihren Teil runtergeschluckt hatte, wieder zum Abwasch in die Küche. »So nehmen Sie sich doch Zeit!« rief Frau Schaper hinter ihr her, ohne Dringlichkeit freilich, denn auch sie selbst gönnte sich nur ungern längere Pausen. Sie war in einem Pfarrhaus aufgewachsen, wie Margot inzwischen wußte, als Älteste von zahlreichen Geschwistern und bei einer Mutter, die ihr das Dienen beigebracht hatte, diene den Menschen, so dienst du Gott, die Augen der Mutter schienen weiterhin auf ihr zu liegen, fordernd und tadelnd. »Meine Mutter hat gesagt, durch Kartoffelschalen muß man hindurchsehen können«, sagte sie etwa und kontrollierte dabei nicht nur die Abfälle in Margots Schüssel, sondern auch die eigenen. Oder es konnte geschehen, daß sie plötzlich aufsprang, denn langes Sitzen, habe sie von ihrer Mutter gelernt, mache eine Frau träge.

»Deine Mutter hätte dir ein wenig Gemütlichkeit beibringen sollen, meine Liebe«, bemerkte der Pastor einmal bei so einer Gelegenheit, worauf sie ärgerlich aus dem Zimmer geeilt war, nicht ohne zu rufen: »Margret, die Arbeit wartet!«

Auch jetzt, während sie den Rest Graupensuppe vom Teller kratzte, war sie bereits beim nächsten Tag und seinen Erfordernissen, den Kartoffeln etwa, die bei Pastor Jäne in Isernhagen abzuholen waren, der einen halben Zentner hergeben wollte. »Elf Kilometer, Margret, und ob der Sack wohl auf den Gepäckträger paßt?«

Die Fahrt nach Isernhagen dauerte den ganzen Vormittag, eine gute Stunde für den Hinweg, und zurück, mit dem Kartoffelsack, mußte das Rad geschoben werden, denn um das Dorf herum begann der lockere Heideboden. Es war ein leuchtender Tag, über die Birken flossen grüne Frühlingsschleier, und die Vogelbeerbäume blühten schon in dicken weißen Dolden. Die Stille tat fast weh nach der Unruhe im Pfarrhaus, der geräuschvollen und der anderen, die hinter dem Kommen und Gehen, dem Türenschlagen und Stimmengewirr nistete und die Luft zum Zittern brachte. Margot vergaß, daß Frau Schaper wartete. Sie legte sich zwischen das kupferfarbene Heidekraut, das den Weg und die sandigen Felder säumte, und der Weizacker fiel ihr ein, der Ruf des Habichts im Dölitzer Forst, was will ich, fragte sie, was will ich tun mit mir, fragte es den ganzen Tag, auf dem Heimweg, in der Küche, und am nächsten Morgen konnte sie die Gedanken aussprechen, ich will studieren, der alte Traum, vor dem Anna Jarosch zurückgeschreckt war seinerzeit, Hochmut, Malenka, vergiß es. Aber auf das, was für Malenka gegolten hatte, brauchte Margret Möller mit dem Abitur nicht mehr zu hören. »Studienrätin«, sagte sie zu Pastor Schaper beim Staubwischen, »Studienrätin für Deutsch und Englisch«, und keine Rede bei ihm von Hochmut und Vermessenheit, im Gegenteil. »Ein Ziel, Margret«, sagte er, »der Mensch braucht ein Ziel. Ihre lieben Eltern würden sich freuen, und wo ein Wille ist, ist auch ein Weg.«

Ich will es, dachte Margot, ich schaffe es. Noch hielten die Universitäten geschlossen, niemand wußte, wie lange, ob für immer womöglich, falls an dem Morgenthau-Plan, aus Deutschland einen Kartoffelacker zu machen, etwas Wahres sein sollte. Ein Gerücht, eins unter vielen. Margot ließ es an sich vorbeilaufen, sie hatte ihre eigenen Pläne und begann, das Nötige dafür zu tun.

Zum Abendessen gab es diesmal Isernhagener Pellkartoffeln mit einer braunen Stippe aus Zwiebeln, Mehl und Wasser, ohne Saft und Kraft, wie soll der Mensch davon leben, sagte Frau Schaper und erwog, da die Zuteilungen unter der Besatzungsmacht ständig knapper zu werden drohten, trotz der vorgeschrittenen Jahreszeit noch in aller Eile das große Rasenstück des Pfarrgartens umzugraben für Kartoffeln, Mohrrüben und anderes Gemüse.

»Nur, wer macht das?« Ein fragender Blick zu Margot.

»Verstehen Sie etwas vom Garten? Unsere Hannoverschen

Mädchen haben zum Schluß mehr beim Bauern gearbeitet als in der Schule.«

»Wir auch.« Es war wie ein Ball, der Margot zugeworfen wurde. »Erntehilfe. Der halbe Unterricht ist ausgefallen. Und wenn ich studieren will, muß ich unbedingt Englisch nachholen. Aber das kostet Zeit.«

»Ach.« Frau Schaper, die gerade eine Kartoffel pellte, hob den Kopf, und Margot versicherte eilig, daß sie ja weiter mithelfen wolle im Haus, vormittags oder nachmittags, das müsse man besprechen. Nur in der übrigen Zeit...

»Niemand hier hat übrige Zeit«, sagte Frau Schaper, worauf der Pastor sich einzumischen versuchte, aber von Selma unterbrochen wurde, die mit vollem Mund »Mahlzeit« murmelte und aus dem Zimmer rannte.

»Margret wohnt bei uns«, sagte Frau Schaper. »Sie gehört zur Familie, wer das Haus teilt, teilt auch die Pflichten.«

Pastor Schaper, der in seiner Studierstube stets leise zu sprechen pflegte, schon deshalb, weil er zur Heiserkeit neigte und sich schonen mußte, holte tief Luft wie vor einer Predigt. »Klara, wie kannst du von Margret verlangen, daß sie für dich den Himmel verdient?« Es war sein Kanzelton, überdeutlich, die ganze Kirche vermochte er damit zu füllen. »Wahrlich, jeder muß es auf seine Weise tun, auch dieses Kind, es wird seinen Weg finden«, und Margot hörte Anna Jaroschs zitternde Altersstimme aus den Zeiten der Koliken und Höllenängste: »Habe ich gehabt kein gute Platz auf Erde, Malenka, möchte ich haben gute Platz in Himmel.«

»Ich weiß nicht, ob ich mir den Himmel verdienen will«, hätte sie beinahe gesagt, um Pastor Schaper wenigstens in diesem Punkt nicht zu hintergehen. Aber weil ihm ein solcher Satz wahrscheinlich schmerzlich gewesen wäre, sagte sie nur: »Hier unten sollte es gut sein.«

Pastor Schaper schüttelte bekümmert den Kopf: »So kann sich ein alter Knecht des Herrn nicht zufriedengeben«, sagte er, während seine Frau schweigend die letzte Kartoffel zerdrückte. Dann begann sie, den Tisch abzuräumen, ohne ein Wort, antwortete auch nicht, als Margot eine gute Nacht wünschte.

Margot ging in ihr Zimmer, leise, denn die Schlafgäste lagen bereits auf den Strohsäcken im Flur. Sie hatte schon ihre Bluse ausgezogen, da kam Frau Schaper mit einem Glas Milch in der Hand, wie sie es manchmal tat. Sie stellte das Glas auf den Tisch, schien wieder zu gehen, drehte sich dann jedoch um. »Selbstverständlich bleiben Sie weiter bei uns wohnen, Margret«, sagte sie, den Kopf gesenkt, und Margot, ohne nachzudenken, lief zu ihr hin und schlang die Arme um sie. »Eigentlich bin ich...« wollte sie sagen, konnte aber nicht sprechen, weil Tränen im Hals saßen und herausdrängten, so blieb es bei dem Wirrwarr von Gefühlen und Gedanken, für jetzt, für Jahre, wenn auch nicht für immer.

Ich will studieren. Worte, aus denen Wirklichkeit werden sollte. Margot hatte ihren Namen dafür hergegeben, fast auch, im Streit mit Frau Schaper, das Dach über dem Kopf, nun begann sie mit den Vorbereitungen.

»So ein Studium kostet mehr, als Sie ahnen«, meinte Pastor Schaper besorgt, der zwar wußte, daß sie etwas Geld besaß, aber die genaue Summe nicht kannte. Doch um das Geld machte sie sich vorerst keine Gedanken. Es lag unter der Wäsche im Schrank, versteckt und verschlossen, runde zweitausendvierhundert Mark. Seit der Ankunft in Hannover hatte sie nichts verbraucht, es waren sogar pro Woche zehn Mark hinzugekommen, Taschengeld, das sich ohnehin kaum ausgeben ließ, wofür auch bei den leeren Schaufenstern und Geschäften. Und selbst an den größten Verlockungen wäre sie vorbeigegangen in ihren gestükkelten Spendenkleidern, damals, als der Traum noch galt.

Nur die Englischkenntnisse fehlten, das Pensum der Oberstufe, Lücken, die gefüllt werden mußten. »Wer will hacken Holz, findet auch Axt«, hatte Anna Jarosch gesagt, und Margot fand den Kirchenvorsteher Dr. Isemann, Studienrat an der zerbombten Herschelschule, von dem sie nicht nur die nötigen Lehrbücher bekam, sondern auch Rat und Hilfe. Dr. Isemann wohnte dicht beim Pfarrhaus, Ecke Friesenstraße, ein gravitätischer Herr von großer Bereitwilligkeit, nur leider ebenso umständlich in seinen Erklärungen. Immer fange er bei Adam und Eva an, hatte Pastor Schaper sie schon gewarnt, so daß Margot nur notfalls, bei Schwierigkeiten mit der Aussprache etwa, den Zeitverlust in Kauf nahm und sich sonst lieber allein durch die Bücher kämpfte. Lektionen, Vokabeln, Grammatik. Punkt halb acht saß sie an ihrem Tisch, unbeirrbar durch die Turbulenzen draußen im Treppenhaus, wo der Flüchtlingsmorgen begann, Selma trampelnd ihren Unmut kundtat und Frau Schapers Stimme um Hilfe zu flehen schien. Eine kurze Pause zwischen zehn und elf zum Aufräumen der Studierstube, das hatte der Pastor sich ausbedungen, und dann nochmals übersetzen, repetieren, so verging ein Vormittag nach dem anderen und schließlich der Sommer, dessen Kommen und Gehen sie nur an den Vogelbeerbäumen vor dem Fenster wahrnahm, den rot und reif werdenden Früchten, den früh vergilbenden Blättern.

Die Zeit nach dem Essen allerdings gehörte Frau Schaper und ihrem nie endenden Dienst am Nächsten, schwierig, obwohl sie sich um Verständnis bemühte für das, was sie im Ärger gelegentlich immer noch »Margrets Eigensucht« nannte. Und obwohl sie abends immer wieder mit einem Glas Milch an der Tür erschien, konnte sie es sich tags darauf nicht versagen, spitze Bemerkungen zu machen wie »nun mal ein bißchen fix, Sie haben sich doch den ganzen Vormittag ausgeruht«.

»Sie meint es nicht so, das wissen wir doch«, begütigte Pastor Schaper, als er erfuhr, warum Margots Lächeln rarer wurde, wies auf den Kummer seiner Frau um den verlorenen Sohn Johannes hin, und ihr Herz sei ganz gewiß aus Gold. Doch was nützte ein goldenes Herz, wenn aus dem Mund Kröten sprangen. Ein Zimmer, dachte Margot, das wirklich mir gehört, lachhaft geradezu, solche Wünsche in dem zerstörten Hannover, kein freier Raum, alle Häuser überfüllt, selbst die Keller und Speicher, jedes bewohnbare Loch zwischen den Ruinen. Warten, mehr blieb nicht, warten, daß sich wieder eine Universität öffnete als Fluchtort aus dem Pfarrhaus, wo es noch einen weiteren Grund gab für das Unbehagen: den Ingenieur Kremer aus der Heinrichstraße, der Margot Jarosch kannte und von Margret Möller nichts wissen durfte.

Die Sorge, ihm zu begegnen, schien keineswegs aus der Luft gegriffen, denn neuerdings begann er beim Gottesdienst aufzutauchen, einer von denen, die in der Hitlerzeit aus der Kirche ausgetreten waren und nun wieder mit gefalteten Händen dasaßen, in den vorderen Bänken möglichst, um anstelle von »Die Fahne hoch« lauthals »Ein feste Burg ist unser Gott« zu singen. Schon zweimal hatte Margot sich vor ihm hinter eine Säule retten müssen, und von da an vermied sie es, sonntags zur Kirche zu gehen, was wiederum Pastor Schaper kränkte. Doch als dann Robert Kremer im Pfarrhaus vorsprach und dabei Margot begegnete, zeigte sich, daß die ganze Furcht nicht nötig gewesen war.

Obwohl die Entnazifizierung offiziell noch nicht begonnen hatte, kamen jetzt immer häufiger ehemalige Parteigenossen zu Pastor Schaper mit dem Ansinnen, ihnen ihre Christlichkeit schriftlich zu bestätigen, selbst wenn sie gerade erst in den Schoß der Kirche zurückgekehrt waren. »So viele gute Christen wie unter Hitler hat es noch nie gegeben«, erboste sich der Pastor, »lauter getarnte Streiter Gottes, möchte man meinen.«

Dennoch hatte er sich eigens eine Schreibmaschine geliehen, um diesen Attesten den geforderten amtlichen Anstrich zu geben, im Vertrauen auf Margot, der unvorsichtigerweise die Bemerkung entschlüpft war, daß sie tippen könne.

»Das übliche«, sagte er mürrisch, wenn wieder so ein Zeugnis fällig war, und Margot schrieb: »Hiermit bestätige ich, daß Herr XY zu meiner Gemeinde gehört und in den vergangenen Jahren stets eine christliche Gesinnung gezeigt hat«, und falls jemand ein Adjektiv verlangte, untadelig, unverbrüchlich, unbeugsam oder dergleichen, kam es auch noch hinein.

»Stimmt das denn?« hatte Margot beim ersten Mal gefragt.

»Nein«, sagte er. »Und warum machen Sie es dann?«

Pastor Schaper seufzte. Er seufzte jetzt noch häufiger als früher, Ausdruck seines Zweifels, seiner Milde, seiner Gottesfurcht und Menschenliebe, allen Anfechtungen zum Trotz. »Was bleibt einem übrig? Die meisten sind doch nur wegen irgendeines Vorteils in die Partei gegangen. Soll ich denen die Zukunft verbauen? ›Nicht zu richten bin ich gekommen‹, sagt der Herr.«

Margot dachte an Emil Dobbertin und seinen Käse, dachte auch an Patschek und die brennende Synagoge und an David Mossel, den Freund ihrer Großmutter, wie er auf der Straße vor seinem Laden herumgekrochen war, einer von den Toten nun vielleicht aus den Konzentrationslagern, von denen sie erst in diesem Sommer etwas gehört hatte, ungläubig, wer sollte so etwas fassen. Pyritz, hätte sie gern gesagt, damals in Pyritz. Doch sie mußte schweigen, nicht einmal von Dr. Möller konnte sie sprechen, dem Vater, den sie übernommen hatte mit einem falschen Tod, weil sie es nicht über sich brachte, seinen wirklichen für sich nutzbar zu machen. Obwohl es jetzt günstig gewesen wäre mit einem solchen Vater und die Welt eigentlich auch wissen sollte, auf welche Weise er gestorben war.

»Sie haben so oft von Buße gepredigt«, sagte sie nur. Pastor Schaper seufzte wieder. »Wer ohne Sünde ist, der werfe den ersten Stein, und wer ist ohne Sünde in diesem Land? Ich nicht. Sind Sie es?«

Die Frage nach der Schuld, zum ersten Mal jene Frage, aus der sich eines Tages die nächste schälen wird: Willst du wieder schuldig werden? Margot sah die Schalterhalle, Lotte Lerche, man bringt sie fort, und alle schweigen. Sie hörte Lores Stimme: Du bist auch nicht zu mir gekommen, damals.

»Sie haben natürlich recht, liebes Kind, fragwürdig, alles sehr fragwürdig, und meinem Sohn würde ich so ein Zeugnis wohl verweigern müssen. Aber Sie sehen, er zeigt sich erst gar nicht.«

Nun jedoch war Robert Kremer da. In der Studierstube stand er Margot gegenüber. Es gab ihr einen Stich, wie er aussah, noch magerer geworden zwar, doch tadellos sonst in dem hellen Sommermantel, mit passendem Hut dazu, jemand, der gut über den Krieg gekommen war. »Das übliche«, sagte Pastor Schaper und, nachdem er die Bescheinigung unterschrieben hatte: »Wenn Sie den Herrn hinausbegleiten würden, mein Kind.«

Sie ging den Flur entlang. Robert Kremer folgte ihr schweigend und ließ sich die Tür öffnen. Erst dann fragte er: »Was tun Sie hier eigentlich?«

»Ich wohne im Pfarrhaus.«

»Ach wirklich«, murmelte er, und sie fügte hinzu: »Von mir hat niemand etwas erfahren.«

»Sehr freundlich von Ihnen.« Es klang so absurd, sehr freundlich, meine Tochter, sehr rücksichtsvoll, daß Margot lachen mußte. »Bitte sprechen Sie auch nicht darüber«, sagte sie nur.

»Natürlich nicht.« Er blieb an der Tür stehen. »Ich hoffe, Sie haben es hier gut?«

Margot nickte. »Danke, sehr gut. Hängt eigentlich das Hitlerbild noch bei Ihnen im Herrenzimmer?«

»Natürlich nicht«, sagte er wieder, drehte sich um und ging, eine große, schlanke Gestalt auf dem Weg. Margot wartete, bis er um die Ecke gebogen war, dann lief sie in ihr Zimmer und ließ sich, obwohl Frau Schaper unten lamentierte, erst nach einer Stunde wieder blicken. Die Angst vor Robert Kremer war verschwunden, ihr Unbehagen im Pfarrhaus jedoch kaum gemindert, dieses Gefühl, mit dem Kopf gegen Wände zu rennen. Aber nichts ließ sich zwingen, langsame Tage, weite Spannen zwischen Wünschen und Tun. Der Herbst mußte kommen, bis etwas geschah.

Im August hatte Margot die Lektionen ihres Lehrbuchs durchgearbeitet, im Eilverfahren, Zeit nun, sich auf Wiethes Rat zu besinnen: »Agatha Christie, young Lady. Liest sich wie Butter.«

»Agatha Christie?« Dr. Isemann schüttelte angewidert den Kopf. Das seien Kriminalromane, dergleichen liebe er nicht, könne eine solche Lektüre auch guten Gewissens niemandem empfehlen. »Wie wäre es mit Thomas Hardy? Oder Wuthering Heights von Emily Brontë, haben Sie davon noch nichts gehört? Die Schwestern Brontë, Emily und Charlotte, Töchter aus einem englischen Landpfarrhaus, zwei hervorragende Schriftstellerinnen, jede in ihrer Art, überhaupt haben ja diese Pfarrhäuser auf dem Dorf so manches Talent hervorgebracht.« Nur mit Mühe gelang es Margot, seinen Exkurs zu unterbrechen. Sie nahm die Bücher mit, die er ihr gab, scheiterte aber schon nach den ersten Seiten an schwierigen Vokabeln und Konstruktionen und suchte, da Dr. Isemann nichts zu bieten hatte, was sich auch nur annähernd wie Butter las, die Buchhandlungen ab, umsonst. »Agatha Christie in Englisch? Woher denn, wir hatten doch Krieg mit denen«, und auch Pastor Schaper fand lediglich eine deutsche Übersetzung von »Death on the Nile« im Regal eines Amtsbruders. »Gehen Sie doch mal zur Militärregierung«, empfahl er Margot, scherzhaft nur, ein zu abwegiger Vorschlag seiner Meinung nach. Aber Margot war entschlossen, nichts unversucht zu lassen.

Die Besatzungsmacht, die damit in Margots Geschichte tritt und einen gewissen Einfluß auf den Fortgang zu nehmen beginnt, privat, nicht nur in der zwischen Siegern und Besiegten üblichen Weise, obwohl selbst hier sich das Private nicht vom Allgemeinen trennen läßt, hatte bereits im Frühjahr gewechselt. Nach den Amerikanern der ersten Stunde, langen lässigen Gestalten, die Kinder auf ihren Panzern herumkrabbeln ließen, ihnen Kaugummi schenkten und es in fröhlicher Unbekümmertheit fertigbrachten, mit den Stahlhelmen Fangeball zu spielen, so daß mancher deutsche Mann sich fragte, wie dieser lasche Haufen den Krieg gewinnen konnte, nach den Amerikanern also waren die Briten eingezogen, klein und verpickelt meist die gemeinen Soldaten, rauhbauzig oder gutmütig, je nachdem, während ihre Offiziere elegant, hochgewachsen und stöckchenschwingend die Hannoversche Welt, falls sie überhaupt hineingerieten, kühlen Blickes übersahen. Jedenfalls war dies der Eindruck, den sie bei der Bevölkerung zu erwecken verstanden, so daß Margot nur zögernd die Halle des Military Government am Misburger Damm betrat, ein langgestrecktes Klinkergebäude, ehemals Sitz des Generalkommandos der Wehrmacht.

Hinter einer Art Barriere, der Reception, wie auf einem Schild zu lesen war, saß ein rundlicher Mann in Zivilkleidung, fünfunddreißig ungefähr, mit hellem Haar und schräggestellten Augen, deren Ausdruck Margot jetzt noch nicht zu deuten wußte: Konstantin Baranow, einst als Michail Kowalenko Lehrer für Deutsch und Englisch in Kiew, der sich jetzt aber mit einem falschen Namen tarnte, weil er in seiner Heimat, statt zu den Partisanen zu gehen, Dolmetscher bei den Deutschen geworden war, deshalb aus der Ukraine verschwinden mußte und nun vor Angst nicht mehr zur Ruhe kam. Ein trauriger Lebenslauf, den Engländern in dieser Form selbstverständlich so wenig bekannt wie der wirkliche Name. Vielmehr hatte sich Herr Baranow zum staatenlosen Emigranten aus der russischen Revolutionsära erklärt, sich auch die entsprechenden Papiere beschafft und war mit dieser Vita und seinen Sprachkenntnissen für die Militärregierung, wo unter dem geltenden Fraternisierungsverbot kein deutscher Bürger beschäftigt werden durfte, geradezu maßgeschneidert. »Es nützt nur nichts, ich kann trotzdem nicht schlafen«, wird er irgendwann zu Margot sagen. An diesem Vormittag jedoch fragte er sie so abweisend, wie er es aus Vorsicht allen deutschen Besuchern gegenüber tat: »Was wollen Sie, die Sprechstunde ist vorüber, können Sie nicht lesen?«

Margot sah auf das Schild mit den Öffnungszeiten, dann auf den trotz seine Unfreundlichkeit harmlos wirkenden Mann, dessen Akzent sie zudem an Anna Jarosch erinnerte, und lächelte. »Es handelt sich nur um eine Auskunft, vielleicht würden Sie mir helfen?«

Sie hatte sich sorgfältig angezogen für diesen Besuch, das blaugelb gestreifte Kleid, Rosa Klingbeils letztes Werk. Die Farben paßten zu ihren Augen und den Haaren, die jetzt fast bis zur Schulter fielen, frischgewaschene, luftige Wellen, und das Gesicht war etwas gebräunt wie immer im Sommer, ein Anblick, der Herrn Baranow außerordentlich behagte. Aber es fehlte ihm hinter seiner Barriere der Mut, an einem deutschen Lächeln Gefallen zu zeigen, und so machte er eine scheuchende Handbewegung: Er sei nicht zuständig und dürfe keinerlei Auskünfte geben, das Fräulein möge sich an die Zeiten halten, Sprechstunde Montag, Dienstag, Donnerstag von neun bis halb zwölf.

»Ich will doch bloß...« begann Margot wieder, ihre Agatha Christie im Kopf. Er ließ sie jedoch nicht weitersprechen, auch nicht beim nächsten Anlauf, so daß sie schließlich rief: »Nun hören Sie mir doch wenigstens zu, ich will ja bloß wissen...«, und wurde diesmal von einem englischen Offizier unterbrochen. »What's the matter?« fragte er Herrn Baranow.

Margot, die bisher nur eine große schlanke Gestalt in Khakiuniform wahrgenommen hatte, hob den Kopf und blickte in das Gesicht von Major Hollet, Sir William Hollet, zuständig für das Department Culture and Education, obwohl er, wie von ihm selbst zu hören war, weder von dem einen noch dem anderen das geringste verstand. »I can't even spell«, pflegte er zu verkünden, ebenfalls ohne Scheu, und Margot wird noch Gelegenheit bekommen, sich über seine orthographischen Eskapaden zu wundern. Aber das liegt in der Zukunft, wenn auch nicht mehr allzufern. »What's the matter?« fragte er erst einmal, worauf Herr Baranow sich erhob und in seinem vorzüglichen Englisch – »that guy speaks my language much better than I do«, pflegte Major Hollet sich zu wundern – meldete, diese Frau wolle offenbar nicht verstehen, daß zur Zeit keine Sprechstunde stattfände, jedenfalls seien seine Anstrengungen, sie zu entfernen, vergeblich gewesen.

»What does the girl want?« fragte Major Hollet, den sinnenden Blick auf Margot gerichtet, von oben herab, denn trotz ihrer Größe überragte er sie um ein beträchtliches.

»Weshalb sind Sie hergekommen?« Herr Baranow wollte dolmetschen, doch Margot, sorgfältig vorbereitet für dieses Interview, antwortete dem Major direkt: Agatha Christie also, die sie nirgendwo in Hannover auftreiben könne, aber dringend benötige für ein künftiges Studium, und ob die Militärregierung ihr helfen würde.

»Agatha Christie, indeed?« Major Hollet sah sie immer noch sinnend an, ein Kindergesicht, fand Margot, was an der leicht nach oben gebogenen Nase liegen konnte, vielleicht auch an der runden Stirn unter sich schon lichtenden Haaren oder dem fast dunkelblauen Blick. Schweigend standen sie da, der Major, Herr Baranow, Margot, bis ein anderer Offizier vorüberlief.

»I say, Bob«, rief Major Hollet ihm zu, »she wants Agatha Christie, do you think we could get some?«

»The girl?« fragte der Offizier.

Major Hollet nickte.

»Is she German?«

»No, Swedish«, erklärte Major Hollet zu Margots Verblüffung. Sie wollte protestieren, kam jedoch nicht dazu, man werde sehen, was sich tun ließe, sagte Major Hollet, und übermorgen solle sie wieder nachfragen.

Dann eilte er die Treppe hinauf, den Rücken gebeugt, als fürchte er, überall anzustoßen, und Margot sagte: »Ich bin doch keine Schwedin, was soll denn das?«

Herr Baranow, jetzt wagte er es, betrachtete sie wohlgefällig und zuckte mit den Schultern. »Wenn Major Hollet sagt, sie seien Schwedin, dann sind Sie es auch«, eine verschlüsselte Mitteilung, deren Sinn Margot ebenfalls erst nach einiger Zeit aufgehen sollte. »Ein intuitiver Mensch. Alter Adel, wissen Sie.« Er griff nach seiner Besucherliste. »Ihr Name bitte. Und die Adresse.«

Margot brachte es immer noch nicht fertig, auf diese Frage spontan zu antworten, jedesmal wieder ein Stocken zwischen Mar- und gret. Herr Baranow, empfindlich für solche Zwischentöne, stutzte einen Moment.

»Margret Möller, Bödeckerstraße«, wiederholte er, »aber Sie stammen nicht aus Hannover?«

»Aus Pommern. Ich bin Flüchtling.«

»Flüchtlinge. Immer nur Flüchtlinge.« Herr Baranow klappte sein Buch zu und begann, mit dem rechten Daumen die Warze am linken Handballen aufzukratzen, eine Gewohnheit, gegen die er vergeblich ankämpfte. »Sind Sie wenigstens einigermaßen gut untergekommen? Sie glauben nicht, was für ein Elend man sich an meinem Platz anzuhören gezwungen ist«, sagte er in der gleichen umständlichen Gewähltheit wie vorher bei den englischen Sätzen. »Man möchte helfen, auch die britischen Offiziere möchten es, durchaus gutwillige Herren zum überwiegenden Teil, aber wo gibt es genügend Stroh, um diese Unzahl von Löchern zu stopfen?«

Er sah Margot an, als erwarte er eine Lösung, das runde, um die Augen herum schon erschlaffende Gesicht überquellend von slawischer Trauer, und Margot erkundigte sich, wo er herstamme. »Doch nicht aus Deutschland?«

»Nicht direkt.« Herr Baranow drückte das Taschentuch auf die blutende Stelle, und Margot wunderte sich über die Dringlichkeit, mit der er versicherte, daß er schon als Kind hierhergekommen sei, deutsche Schulen, deutsche Freunde. Nur die Eltern natürlich hätten russisch gesprochen, daher der Akzent. »Die deutsche und die slawische Grammatik sind außerordentlich verschieden, wissen Sie.«

»Das macht doch nichts, es klingt hübsch«, sagte sie, und Herr Baranow drückte zum Abschied ihre Hand, konnte gar nicht aufhören damit, und zwei Tage später begrüßte er sie wie eine alte Bekannte.

Es war Sprechstundenzeit diesmal und die Halle voller wartender Menschen. Einige von ihnen wollten zu dem Major, erklärte Herr Baranow, aber er habe den Auftrag, Fräulein Möller sofort in das Büro zu führen.

Major Hollet, die Arme auf den Schreibtisch gestützt, sah ihr entgegen. Margot blieb an der Tür stehen, eingeschüchtert durch den imposanten Raum, überhohe Fenster, eine gewaltige Sesselgarnitur aus Leder und an der Wand King George im Krönungsornat.

»Well, the Swedish girl, come here, a nice room, isn't it«, sagte Major Hollet, ein hübsches Zimmer, früher habe es einem deutschen General gehört, sicher ein exakter Mensch, alles sehr ordentlich hinterlassen, überhaupt bemerkenswert, die Deutschen, selbst im Chaos blieben sie ordentlich. Er sprach ernsthaft, gänzlich ohne Ironie, auch das gab ihm etwas Kindliches. »Quite all right, very cooperative, the Germans.«

Er nickte versonnen, rieb am linken Nasenloch, fuhr dann mit dem Finger hinein und begann, Kügelchen zu drehen, die er selbstvergessen vom Daumen schnippte. Margot wandte erschrocken den Kopf ab, der Major jedoch, ohne jede Spur von Verlegenheit, wies mit der freien Hand auf das Fensterbrett, wo ein Stapel Bücher lag: Agatha Christie, aus der Offiziersmesse, zwei davon könne sie mitnehmen und den Rest nach und nach abholen.

»›Ten Little Niggers‹, I should say. And ›ABC-Murders‹, very thrilling indeed. What's your Christian name by the way?«

»Margret.«

»Margaret? Well, Maggie.« Er schien zufrieden mit dem Namen, hatte auch den Finger aus der Nase genommen, so daß Margot wieder unbefangen auf seine Fragen antworten konnte, wo sie wohne, was sie gemacht habe bisher, eine erste Gelegenheit, ihre Englischkenntnisse umzusetzen, denn Dr. Isemann, in der Grammatik offenbar sicherer als im praktischen Sprachgebrauch, war ihren Konversationsversuchen stets ausgewichen. Nun erzählte sie vom Pfarrhaus, von der Flüchtlingswirtschaft, von ihren Privatstudien am Vormittag, in langsamen Sätzen allerdings, ängstlich nach den richtigen Vokabeln und Konstruktionen suchend, quite good English, behauptete jedoch Major Hollet, nur die Übung fehlte. »Practice, Maggie, that's what you need, well, read your books and come back, bye.«

Die Sprechzeit war vorüber, die Halle leer.

»Fast eine Stunde«, sagte Herr Baranow vorwurfsvoll, »aber das kennen wir schon, Major Hollet hat ein äußerst getrübtes Verhältnis zur Zeit.« Er sah auf die Bücher. »Zwei nur? Dann werden wir uns ja sicher bald wiedersehen.«

Margot zögerte. »Macht er das öfter?« Sie tippte mit dem Zeigefinger an die Nase, und Herr Baranow nickte. »Häufig. Aber selbstverständlich nicht in Gegenwart von Landsleuten, Fräulein Möller.«

»Nur vor Negern und Indern«, ergänzte er später, als Margot längst zum Personal des Military Government von Iffenhausen gehörte, wo Sir William Hollet seit Oktober das Kommando innehatte, Colonel inzwischen und weiterhin dieser irritierenden Gewohnheit frönend, selbst bei Konferenzen mit dem Landrat des Kreises, den Richtern, Schuldirektoren, Dorfbürgermeistern, so daß die einfacheren Gemüter unter ihnen annahmen, ein solches Verhalten entspräche englischem Brauch. Margot wußte nie, wenn sie für ihn dolmetschte, wohin sie blicken sollte, in die verblüfften Gesichter am Konferenztisch oder auf den Colonel, der in geduldiger Ausführlichkeit die Maßnahmen der Siegermächte zur allmählichen Demokratisierung erläuterte, wie etwa die Schaffung von örtlichen Selbstverwaltungen, die Neugründung von Gewerkschaften und Parteien, den stufenweisen Aufbau also auf unterer Kreisebene, und dabei in aller Unbefangenheit mit seinen Kügelchen schnippte.

»Koloniale Arroganz«, behauptete Herr Baranow, der, wenn er mit Margot allein war, hin und wieder Relikte seiner sozialistischen Erziehung herausließ. »Das sitzt diesen Herren im Blut. Vor Indern und Negern braucht man sich nicht zu genieren, genausowenig wie vor Hunden, und etwas in der Art sind wir ja zur Zeit.

Aber was wollen Sie, er sorgt für uns, ein echter Patriarch, und solange er eine Hand über uns hält, kann er von mir aus die andere ruhig in die Nase stecken.«

Er lachte schallend über den letzten Satz und übersah dabei Margots Unbehagen. Es paßte ihr nicht, was er sagte, aus mancherlei Gründen nicht. Eine Notlösung, dieses Iffenhausen, ein Spatz in der Hand. Doch nun war sie hier, und Herrn Baranows Worte gingen ihr gegen den Strich.

Merkwürdig, wie die Ereignisse, die Hoffnungen und Enttäuschungen, ineinandergegriffen hatten, um sie an diesen Ort zu bringen, obgleich, wie Margot später meinte, nur im Rückblick sich alles so wohlgefügt darbot. Göttingen etwa, die Absage von der Universität, ohne die es vermutlich für sie kein Iffenhausen gegeben hätte, während das Ungestüm, mit dem sie schließlich doch noch nach dem Studium griff, sich wiederum als Ergebnis von Iffenhausen erklären ließ. Vorbestimmung? Schicksal? »Nenn es, wie du willst«, sagte Margot, wenn sie später über diese Zeit sprach, »die Schritte jedenfalls habe ich immer selbst getan«, und wies dabei auf einen Spruch ihrer Großmutter hin: »Tritt in Hintern kriegst du umsonst, aufstehen kostet eigene Geld.« Allerdings hätte sich ebensogut etwas anderes aus Anna Jaroschs Fundus beisteuern lassen, das schon bekannte »Mensch sitzt in Wagen, aber Gott lenkt Pferde«, oder jene Weisheit vom Haufen am Weg, von dem man nicht wisse, ob er aus Dreck sei oder aus Gold. So viele Sprüche wie Fragen, einmal dies, einmal das, in jedem eine kleine Antwort für den Augenblick, und mehr, nahm Margot an, sei wohl nicht zu verlangen angesichts des großen Rätselratens.

Iffenhausen also, das Military-Government, ein Winter, ein Sommer, die Erfahrungen, die Folgen.

Den Vorschlag, sich in sein Personal einzureihen – my handselected staff! –, hatte Colonel Hollet, Major Hollet damals noch, Margot ausgerechnet an dem Tag gemacht, als eine kurze Ankündigung in der Zeitung erschienen war: Die Einschreibungen für das Wintersemester 1945/46 an der Georg-August-Universität beginnen am 5. Oktober.

Von Pastor Schaper rot umrandet, lag die Notiz morgens neben Margots Frühstücksteller, genau eine Woche vor dem Einschreibtermin, und sie hatte nur deshalb noch einmal Major Hollet aufgesucht, um das letzte Buch zurückzubringen.

»Ein anderes brauche ich nicht mehr«, sagte sie. »Und nach Iffenhausen kann ich nicht gehen, sorry, ich will studieren.«

Major Hollets Kindergesicht verdunkelte sich. »No, Maggie, you can't do that, I want you as my secretary.«

»Sekretärin? Ich?« Sie hatte sich einen untergeordneten Posten vorgestellt, in der Registratur vielleicht, allenfalls Schreibarbeiten. »Mit meinem Englisch? Und Steno kann ich auch nicht.«

Major Hollet saß stumm da.

»No shorthand«, wiederholte Margot, aber das machte keinen Eindruck auf ihn, er habe ohnehin die Gewohnheit, seine Briefe mit der Hand zu entwerfen, und was ihr Englisch beträfe, so sei es schon viel besser geworden, gut genug für den Anfang.

Es stimmte, Margot hatte rasche Fortschritte gemacht, nicht nur dank Wiethes Methode, sich von einem Buch zum anderen zu lesen und, vom Inhalt weitergetragen, unmerklich Vokabeln, Grammatik, Redewendungen zu speichern, sondern auch durch die häufigen Gespräche in Major Hollets Büro, von denen sie im übrigen nicht ganz begriff, aus welchem Grund sie stattfanden. Das Interesse des Majors nämlich, und irgendein Interesse mußte es geben, weshalb sonst ließ er sie nach jedem Buch wiederkommen, zeigte sich auf so merkwürdige Weise, daß man wiederum kaum von Interesse reden konnte, schon gar nicht in der Art, wie Herr Baranow es einmal vorsichtig zu formulieren versuchte: »Sicher kann der Major nicht umhin, gewisse Regungen in Ihrer Gegenwart zu empfinden«, ein Verdacht, der Margot zum Lachen brachte. Verliebt? Nein, ganz gewiß nicht, er sehe sie an wie eine Schaufensterpuppe, rede auch so mit ihr, und falls es sich überhaupt um etwas handele, dann um Hilfsbereitschaft.

In der Tat waren es seltsame Gespräche, die Major Hollet unter dem Bild von King George, den sinnenden und gleichzeitig abwesenden Blick auf Margot gerichtet, mit ihr führte. Als kurbele er ein Grammophon an, kam es ihr vor, um irgendeine Platte ablaufen zu lassen, ganz gleich welche. So verlangte er zur Eröffnung meistens den Inhalt des letzten Buches zu hören, pflegte dann jedoch ihren Bericht alsbald mit einer gänzlich aus dem Blauen geholten Frage zu unterbrechen: Was sie beispielsweise von der olympischen Idee halte, welche Gesichtspunkte dafür, welche dagegen sprächen oder auch ob sie die Vorteile der republikanischen Staatsform über die von Monarchien stelle, wieso, und wenn nicht, mit welcher Begründung, wobei es ebensogut um Nero und die Christenverfolgung gehen konnte wie um den Nutzen der Fliegerei oder das Für und Wider der vegetarischen Ernährung. Reden um des Redens willen also, wie in einem Debattierklub. »Und es ist mir ja egal, Hauptsache Englisch«, hatte Margot zu Herrn Baranow gesagt, »nur, warum macht der Major das?«

Sprachtraining, jetzt wußte sie es. Vorbereitungen, die er in stiller Beharrlichkeit getroffen hatte.

»Please, Maggie«, sagte er und sie solle doch wenigstens bis zum Frühjahr mit nach Iffenhausen kommen.

Margot stand vor dem Schreibtisch so wie immer, noch nie hatte er ihr einen Stuhl angeboten.

»Weshalb ausgerechnet ich?« fragte sie. »Sie finden bestimmt eine viel bessere Sekretärin.«

»No.« Major Hollet schüttelte den Kopf, vehement geradezu, und erklärte, daß er heikel sei mit Menschen und längst nicht jeden in seiner Nähe ertrage, doch mit ihr sei das anders.

»You are so clean and fresh«, sagte er. »It's nice to look at you.«

Er sprach vollkommen ernsthaft, ohne jede Spur einer erotischen Offerte, nur dies: Es macht mir Freude, Sie anzusehen, Sie sind so frisch, so sauber, eine aseptische Feststellung, die Margot nicht einmal in Verlegenheit brachte. »Vielleicht können Sie sich ein hübsches Bild an die Wand hängen«, sagte sie lachend und wies die Arbeit, denn um Arbeit handelte es sich, und Bürostellen gab es sonst kaum, so voreilig zurück, als hätte sie nie von ihrer Großmutter gelernt, wie unklug es sei, unklug und gefährlich, nach der Taube auf dem Dach zu schielen. Oder, in Anna Jaroschs Sprache: »Wenn kein fette Acker, Malenka, mußt du nehmen Stück Land mit Steine, schwere Brot besser als leere Magen.« Warum auch sollte sie sich daran erinnern, so sicher, wie das Studium ihr schien. Alles war getan, und darauf, glaubte sie, käme es an.

Göttingen, das gelobte Land. Die Fahrt dorthin, in einem der wenigen Züge, die über das schadhafte Streckennetz von der Kabeljauküste nach Süden krochen, dauerte endlos, das Abteil war überfüllt, Hamsterer hauptsächlich und Schwarzhändler, jeder so in den anderen verkeilt, daß Margot nicht einmal ihr Taschentuch herausholen konnte. Es stank nach Fisch, aus einem umgekippten Eimer im Gepäcknetz lief Heringslake, und weder der Eigentümer noch das Opfer, eine kreischende Frau, der die Brühe auf den Mantel tropfte, vermochten etwas dagegen zu tun.

Am Göttinger Bahnhof erfragte Margot sich den Weg zur Universitätsverwaltung, wurde in die Aula am Wilhelmsplatz geschickt und von dort zum Dekanat der Philosophischen Fakultät, Theaterstraße 14, erster Stock, wo die Immatrikulation stattfand. Aula, Dekanat, Fakultät. Magische Worte, sprich sie aus, und das Tor öffnet sich. Die Stadt, glaubte Margot, gehörte schon ihr, glaubte es auch noch, als sie sich mit der Schlange der vielen Bewerber die Treppe hinaufschob, ehemalige Soldaten die meisten, viele noch in ihren alten Uniformjacken.

»Mein liebes Fräulein Möller«, sagte der Dekan, ein äußerst magerer, hungrig aussehender Herr, Ordinarius für Kunstgeschichte, bei dem sie sich später in einer Vorlesung über »Caspar David Friedrich und die Maler der Romantik« langweilen sollte, »vorerst stehen nur wenige Studienplätze zur Verfügung. Sollen wir die nicht unseren Frontkämpfern überlassen?«

Sie sei Flüchtling, führte Margot dagegen ins Feld, ohne Eltern, auch ihr hätte der Krieg alles weggenommen.

»Aber nicht so viele unwiederbringliche Lebensjahre«, sagte der Dekan. »Sie sind jung, Sie haben noch Zeit«, und mehr als eine Vormerkung für das Sommersemester – keineswegs bindend, das letzte Wort habe ohnehin der englische University Officer – ließ sich nicht erreichen. Die Tore hatten sich geschlossen, keine magischen Worte mehr, die Stadt gehörte anderen.

Am Bahnhof war der letzte Zug gerade abgefahren, eine Nacht im Wartesaal also, zwischen Vertriebenen, Versprengten, Heimkehrern, Heimatlosen, zwischen Säcken, Bündeln, Pappkartons und dem Schlafschulgeruch, der nachts auch in den Fluren des Pfarrhauses hing. Frau Schaper hatte ihr Corned beef aufs Brot gelegt, aus einem Paket von amerikanischen Verwandten, und der Mann neben Margot folgte, als sie die Schnitten auswickelte und zu essen begann, mit so unverhohlener Gier jeder Bewegung, daß sie ihm schließlich einen Teil abgab. Aber sein Blick, der jetzt zu ihrer Tasche wanderte, machte sie ängstlich, und darum hielt sie sich bis zum Frühzug wach. Es war zehn, als sie wieder in Hannover ankam. Eigentlich hatte sie sich erst umziehen wollen, doch auf dem Raschplatz machte sie kehrt und rannte zur Militärregierung.

Überflüssig, die Eile. Major Hollet hatte ihre Absage ohnehin nicht zur Kenntnis genommen. Ob sein Angebot noch gelte? Wozu die Frage, am zehnten Oktober würde man sie mit dem Wagen abholen.

Er warf ihr einen angewiderten Blick zu.

»You look awful. And you smell. What have you done, Maggie?«

Sie wollte ihm erklären, warum sie so aussah, kam aber nicht zu Wort.

»Disgusting.« Major Hollet ging zum Fenster. »Go home and wash your face.«

»Ich habe eine Bitte«, sagte Margot.

»Well?«

»Würden Sie im Frühjahr mit dem University Officer in Göttingen sprechen? Damit ich einen Studienplatz bekomme? Tun Sie das?«

»Of course«, sagte er und sah wieder aus dem Fenster.

»Und dürfen Deutsche jetzt bei der Militärregierung arbeiten? Ist das erlaubt?«

Sie sei doch Schwedin, sagte Major Hollet.

»Das stimmt ja gar nicht«, protestierte Margot.

»Bye, Maggie.« Und Schluß der Debatte.

Es war Mittwoch, keine Sprechstunde, die Halle leer. Margot setzte sich auf einen der Stühle, elend vor Enttäuschung und Müdigkeit, auch voller Zweifel, weil das, was sich ihr als Ausweg anbot, diese seltsame Abseite hatte. Aber vielleicht war Major Hollet nicht seltsamer als andere Menschen, nur, daß sie diese Art von Seltsamkeit noch nicht kannte.

Herr Baranow, der ebenfalls nach Iffenhausen gehen sollte,

brachte ihr eine Tasse Kaffee. »Überlassen Sie die Dinge unbesorgt dem Major«, versuchte er sie zu beruhigen. »Es ist seine Angelegenheit, und glauben Sie mir, schwedisch oder nicht, kein Huhn wird danach krähen.«

»Hahn«, verbesserte Margot mechanisch.

»Selbstverständlich, wer sonst«, sagte Herr Baranow, »und es freut mich außerordentlich, daß Sie mitkommen, dann bin ich nicht so allein.«

Er sah sie erwartungsvoll an, und Margot, die inzwischen wußte, wie nötig er Zustimmung brauchte, nickte.

Im Pfarrhaus aß sie einen Teller Suppe, schlief danach einige Stunden und ging, weil es ein Ausnahmetag war, in die Eilenriede, wo die Vogelbeerbäume längst alle Blätter verloren hatten, die Birken und Buchen ihre Farben wechselten und das hohe Sommergras schon braun am Boden lag, Nebel darüber und die Dämmerung. Sie lief am Waldrand entlang, durch das Gebüsch blinkten die Lichter der Hohenzollernstraße, weiße Villen, unversehrt vom Krieg, Wohnzimmer, in denen Eltern mit ihren Kindern wohnten. War es richtig, alles aufzugeben, was Schutz bedeutete, Liebe sogar, nicht nur Plage? Sie lief weiter, bis die Stadt sich in den Schrebergärten verlor, spürte, an einen Stamm gelehnt, die feuchte Borke unter den Händen, ich bin kein Baum, dachte sie, ich kann mir nicht das Wasser mit den Wurzeln aus der Erde holen, doch es ist richtig, daß ich gehe. Mut, sie brauchte Mut.

Im Pfarrhaus stand schon das Abendessen auf dem Tisch: Bratkartoffeln, braun und fettig vom Öl aus dem amerikanischen Paket, dazu Dosenfisch, ein Festmahl, verglichen mit den mageren Stippen, die es sonst gab. Dennoch, der Pastor zürnte. Der größte Teil des Öls nämlich war in die Töpfe mit den Flüchtlingsessen gewandert, und er heiße zwar Martinus, sagte er, aber nach dem Reformator und keineswegs zu Ehren des heiligen Martin, ein halber Mantel wärme niemanden, und ein Paket aus Amerika vermöge schließlich nicht die ganze Welt zu speisen, worauf seine Frau wissen wollte, ob er mit solchen Worten etwa vor den Herrn zu treten wage. Keine gute Grundlage, dieser Streit, für Margots Eröffnung.

»Wie bitte?« Frau Schaper richtete sich auf. »Iffenhausen? Zu den Engländern? Und wo wollen Sie wohnen?«

»Wo alle Zivilangestellten wohnen.«

»Mein liebes Kind«, protestierte der Pastor, »Sie sind erst neunzehn, noch nicht einmal mündig. Wir haben versäumt, uns um einen Vormund für Sie zu kümmern, aber ich habe geglaubt...«

»Auf der Flucht war ich achtzehn, und niemand hat danach gefragt«, sagte Margot in die Pause hinein, schwieg jedoch, als sie den Kummer in seinen Augen sah. Selma war schon wieder an die Arbeit gegangen. Zu dritt saßen sie um den runden Tisch herum und tranken amerikanischen Kakao, Holz knackte im Ofen, es war warm, die Studierstube vertraut inzwischen, und dann der Pastor, vor allem der Pastor.

»Ich kann dort richtig Englisch lernen«, sagte Margot, »vielleicht sogar dolmetschen. Und mit Menschen umgehen. Und ich verdiene Geld, das brauche ich fürs Studium.«

»Ich, ich, ich. Ob Sie auf diese Weise glücklich werden, Margret?« Frau Schaper preßte die Lippen zusammen, ein strenger Strich, und das Gesicht, noch hagerer als im Frühling, sprach von allem möglichen, nur nicht von Glück. »Das Haus wird leer werden«, murmelte sie, ein fremder Ton dabei in der Stimme, und sie schien nach Margots Hand greifen zu wollen, stockte aber mitten in der Bewegung. »So ist das, man kommt, man geht.«

»Nein, so ist es nicht!« rief Margot, voller Mitleid plötzlich und schlechtem Gewissen, weil sie wußte, daß kein Mitleid der Welt sie dazu bringen würde, ihre Pläne fallenzulassen. »Sie haben mich aufgenommen, als ob ich zur Familie gehörte, meinen Sie, das vergesse ich jemals? Aber wenn ich für mich selbst nichts tun darf, könnte ich es auch niemals für andere, das habe ich gemerkt.« Sie schwieg. »Ich will leben«, sagte sie dann. »Verstehen Sie das denn nicht?«

Pastor Schaper stand auf und legte die Hand auf ihre Schulter.

»Doch, liebes Kind, das verstehen wir, auch wenn es uns schwer wird, Sie zu verlieren. Gehen Sie mit Gott. Sie werden auf dem rechten Wege bleiben, und dieses Haus steht Ihnen jederzeit offen.«

Margot hätte ihn gern umarmt für diese Worte, tat es aber erst beim Abschied, einige Tage später, als sie nach Iffenhausen fuhr.

Iffenhausen lag am Harzrand zwischen grünen, sanft hinschwingenden Hügeln, eine hübsche, kleine Stadt: Fachwerkhäuser, gotische Giebel da und dort, das Rathaus am Markt prächtig mit Schnitzereien geschmückt, auf dem Kirchplatz der romanische Dom aus grauen Quadern, und alles von den Katastrophen des Krieges verschont. Weder Schüsse noch Bomben waren hier gefallen, Schreckenswörter wie Flucht und Vertreibung nur vom Hörensagen bekannt, so daß für manchen Bürger die Katastrophe erst kam, wenn man ihm eine Flüchtlingsfamilie in die gute Stube setzte, die kochen und essen mußte, sogar verdauen, hergelaufene Menschen, womöglich noch eine Person mehr als beim Nachbarn.

Klagen über solche und ähnliche Mißhelligkeiten, die Bevorzugung von Kollegen etwa, eine Wohnung, die anderen zugesprochen wurde, Streitereien, bei denen man unterlegen war, landeten im Schlößchen Annenburg, wo die Militärregierung residierte, oberste Instanz momentan, und da die Beschwerden nicht nur aus der Stadt, sondern dem gesamten Landkreis eintrafen, fand Margot jeden Morgen einen Pappkarton voller Briefe im Vorzimmer von Sir William Hollet, der jetzt Colonel war, vor. Denunziationen hauptsächlich, der größere Teil anonym, und immer im gleichen Tenor: daß nämlich dieser oder jener der schlimmste Nazi gewesen sei, nun aber besser behandelt werde als man selbst, »... und muß ich sehen, wie dieser Mensch auch ohne Parteiabzeichen wieder die erste Geige spielt«. Die meisten Briefe warf sie weg, in stillschweigendem Einverständnis mit Colonel Hollet, bedauerte später jedoch, daß sie die Anzahl nicht notiert hatte, um den Prozentsatz an Denunziationen innerhalb des Kreises errechnen zu können. Ein hoher Prozentsatz mit Sicherheit und Anlaß für Margots erste Zweifel, ob mit dem Ende von dem, was Herr Dobbertin Hitlerwirtschaft genannt hatte, sich auch im Verhalten der Menschen etwas ändern würde. Wem überhaupt zu trauen sei, fragte sie angesichts des täglich neugefüllten Kartons Herrn Baranow, der mit den Schultern zuckte: keinem, vernünftigerweise.

Im übrigen war die Sichtung und Vernichtung der Briefe nicht Margots einzige Tätigkeit bei der Militärregierung, auch nicht die erste. Voraus ging ein sechstägiger Sprachkurs, von Colonel Hollet befohlen und organisiert, der zu diesem Zweck den für die Registratur verantwortlichen Sergeant Stanley Schofield vom Dienst freigestellt und den Lehrplan wie folgt festgelegt hatte: reden, jeden Tag von neun bis eins, nach dem Mittagessen mußte Herr Baranow antreten, dessen Sprachkenntnisse ihn nach Meinung des Colonels befähigten, Punkt zwei von Margots Ausbildung zu übernehmen. »Miß Möller kann ihre Grammatik«, hatte er zu ihm gesagt, »spricht auch schon recht gut und ist nicht dumm. Machen Sie aus ihr eine Dolmetscherin für mich«, was bei Herrn Baranow allerdings Panik hervorrief. »In sechs Tagen! Wie soll ich dazu in der Lage sein? Bin ich Jesus Christus? Kann ich Wunder vollbringen?«

Es war an Margot, ihm Mut zuzusprechen. »Einfach anfangen« schlug sie vor, so wie auch Sergeant Schofield einfach angefangen hatte, »how are you, Miß Möller, did you sleep well last night, what about the weather today«, und so weiter und so fort. Er war ein fröhlicher Mensch, Londoner, mit zwei kleinen Kindern, Brenda und Collin, ein ergiebiges Thema bereits für die Übungen, aber auch Politik interessierte ihn, Geschichte, ferne Länder, Kino, gutes Essen, eigentlich alles, und da er die Dinge mit eben dem Witz betrachtete, der Colonel Hollet in so extremer Weise fehlte, ermüdeten bei dem stundenlangen Hinundhergerede allenfalls Margots Stimmbänder. Gegen Ende der Woche merkte sie, wie die englischen Sätze ein Eigenleben zu entwickeln begannen, ohne deutsche Zwischengedanken.

»You have got it«, sagte Sergeant Schofield vergnügt und machte seinem Kommandanten entsprechend Meldung.

Bei dem stärker zur Systematik neigenden Hern Baranow hingegen drohten die Dinge im Kleinkram steckenzubleiben: Gerundium, Partizip, Infinitiv, die ifs und woulds und Adverbien, lauter Finessen und Feinheiten, um deretwillen er Margots Redefluß beharrlich unterbrach, so daß es über dem Gegensatz zwischen Geläufigkeit und Perfektion am ersten Tag beinahe zum Eklat kam.

»Sie vergewaltigen die Sprache Shakespeares!« rief er, während Margot ihn Dünnbrettbohrer nannte, ein Ausdruck, der ihm unbekannt war und erklärt werden mußte, unnötiger Zeitverlust, bis sie sich schließlich durchsetzte mit Hinweis auf Colonel Hollet, dem es beim Dolmetschen ganz gewiß mehr auf den Inhalt als die Eleganz des Vortrags ankäme. Und wen wohl würde er für den Mißerfolg verantwortlich machen? »Wir wissen doch, wie er sich in eine Sache verbeißen kann«, beschwor sie Herrn Baranow, und so beugte er sich der praktischen Vernunft, leidend, verzweifelt fast, denn seine geistige Integrität, erklärte er Margot bei späterer Gelegenheit, sei das einzige, was er gerettet habe, und es fiele ihm schwer, diesen Rest aufzugeben.

Dennoch, das Ergebnis ließ sich sehen, gemessen an den Ansprüchen jedenfalls.

»You are quite all right, Maggie«, lobte Colonel Hollet Margot nach ihrem ersten Auftritt als Dolmetscherin, bei dem es, wie in den meisten Fällen, um ein PERMIT ging, Sammelbegriff für alles, was der Genehmigung durch die Militärregierung bedurfte, Passierschein, Bezugschein, Einfuhrschein, Ausfuhrschein, Scheine jeder Art. Permit, das Zauberwort, ohne das sich nichts, beinahe gar nichts bewerkstelligen ließ.

An diesem Morgen war der Konservenfabrikant Krummbeck aus Iffenhausen erschienen, um die Erteilung von drei Permits zu beantragen: Nummer eins für die Fahrt eines Lastwagens von Iffenhausen nach Heilbronn, in die amerikanische Besatzungszone also, um dort eine Ladung Feinblech abzuholen; Permit Nummer zwei, damit dieses durch die Zentrale Verteilungsstelle bereits genehmigte Blech zum Zwecke der Herstellung von Konservendosen in die Britische Zone eingeführt werden durfte, nebst einem dringend benötigten Ersatzteil zur Reparatur der Schneidemaschine, und Permit Nummer drei für den Bezug des erforderlichen Benzins.

Herr Krummbeck, ein sich sehr gerade haltender Herr mit weißem Haarkranz, legte diese Fakten präzise dar, Margot übersetzte sie, nicht kunstvoll, aber gut verständlich, und Colonel Hollet kam zu dem Schluß, daß der Antragsteller das Blech, nicht jedoch das Ersatzteil haben sollte.

»Tell him that, Maggie«, wies er Margot an.

»Aber Fräulein«, sagte Herr Krummbeck erschrocken, »was sollen wir mit dem Blech, wenn die Schneidemaschine nicht läuft. Würden Sie bitte versuchen, dem Herrn Oberst das klarzumachen? Und auch, daß es rationeller ist, alles mit dieser einen Fahrt zu erledigen?«

Doch Colonel Hollet schüttelte den Kopf. »These Germans can't have everything at once, tell him that, Maggie.«

»Der Herr Oberst meint, daß er Ihnen nicht so vieles auf einmal genehmigen darf«, dolmetschte Margot und ließ, weil es ihr trotz der bereits abgemilderten Version peinlich genug war, diese jeder Vernunft widersprechende Begründung weiterzugeben, auch noch »diese Deutschen« beiseite, so daß Colonel Hollets Lob für ihre Übersetzungskünste eigentlich nicht gerechtfertigt war. Allerdings könnte man es auch anders sehen: Da Margot nicht nur in diesem Fall, sondern auch künftig versuchte, seine intuitiven Aussprüche und Verdikte zu korrigieren, trug sie viel zum Ansehen der Briten im Landkreis Iffenhausen bei und erleichterte dadurch die spätere Hinwendung zur Partnerschaft.

Herr Krummbeck, dem eine der größten Fabriken im Kreis gehörte, ging verstört fort, kam aber dann in der Halle noch einmal auf Margot zu.

»Verzeihung, Fräulein...?«

»Möller.«

»Fräulein Möller, ohne das Ersatzteil brauchen wir die Bleche gar nicht erst zu holen. Wieso kann das denn nicht genehmigt werden?«

»Ich weiß das auch nicht«, sagte Margot.

»Wir versuchen gerade neu anzufangen«, sagte Herr Krummbeck. »Wenn wir wieder schließen müssen, brauche ich nicht zu verhungern, nur werden dann über fünfzig Arbeiter entlassen.«

Margot dachte nach. »Es gibt gewisse Anordnungen, an die der Herr Oberst gebunden ist«, sagte sie dann, mit besonderem Respekt in der Stimme, um ihre Loyalität nicht zu verletzen. »Aber wenn Sie morgen die Permits abholen, können Sie ja noch einmal auf das Ersatzteil hinweisen. So, als ob davon noch nicht die Rede gewesen wäre. Verstehen Sie, was ich meine?«

Er verstand es, und am nächsten Tag geschah, was Margot vorausgesehen hatte.

Wozu er das Teil benötige, wollte Colonel Hollet wissen und fragte, nachdem Margot ihm Herrn Krummbecks Erklärung übersetzt hatte, verwundert, warum er das nicht schon gestern gesagt habe, dann hätte er das Permit gleich mitnehmen können. »Tell him that, Maggie.«

»Der Herr Oberst läßt die Bescheinigung ausstellen«, dolmetschte Margot. »Morgen kann sie abgeholt werden.«

»Ich bin dem Herrn Oberst außerordentlich verbunden, wenn Sie ihm das bitte übermitteln würden.«

Herr Krummbeck bedankte sich so überschwenglich, daß Margot ins Stottern geriet: die Sache mit dem Ersatzteil sei erst jetzt akut geworden, übersetzte sie, und er freue sich sehr über das Permit. Wieder wartete Herr Krummbeck draußen in der Halle auf Margot. Er trat zur Seite, aus Herrn Baranows Blickfeld, der auch hier in der Annenburg an der Reception saß.

»Sie haben mir außerordentlich geholfen, Fräulein Möller.« Er zog ein Päckchen aus der Aktentasche. »Gestatten Sie mir, daß ich mich erkenntlich zeige?«

»Wieso?« fragte Margot. »Was ist das?«

»Etwas Stoff für eine Bluse.« Herr Krummbeck flüsterte jetzt, jeder flüsterte bei Offerten dieser Art, wie Margot noch erfahren sollte. »Und vielen Dank.« Er verließ die Halle, aufrecht in seinem abgeschabten, maßgeschneiderten Paletot, und Margot hielt das Päckchen in der Hand.

»Was wollte er von Ihnen?« erkundigte sich Herr Baranow. »Was haben Sie da?«

»Einen Blusenstoff. Ich weiß nicht...«

Herr Baranow nahm das Päckchen abrupt an sich und legte es in das Fach unter seinem Tisch. »Geben Sie es zurück, wenn ich Ihnen raten darf.«

»Ich nehme sowieso nichts.«

»Das sagt sich so leicht.« Herr Baranow sprach mit geradezu dramatischer Eindringlichkeit. »Weil Sie nicht wissen können, was man Ihnen noch alles anbieten wird. Wertvolle Dinge vielleicht, wenn man wertvolle Dienste erwartet. Aber nehmen Sie nichts, niemals. Und selbst wenn es sich um den Brillanten des Maharadschas von Japur handeln sollte, nehmen Sie ihn nicht. Man muß für alles bezahlen, glauben Sie mir.«

Ob er irgendwann einmal hat bezahlen müssen? fragte Margot sich am Abend beim Überprüfen des Tages und sah Herrn Baranows Augen. Angst, dachte sie, er hat Angst, dachte an den Blusenstoff, der nützlich gewesen wäre, und an ihre Großmutter und deren Meinung zu solchen Geschäften. »Muß Mensch suchen Vorteil, letzte Hund an Napf kriegt letzte Futter« – bis zu welcher Grenze konnte man damit gehen? Sie suchte in ihren Erinnerungen. »Sollst du singen gute Lied in dein Leben, Malenka, anständige Lied, und nicht rot werden in Gesicht mit Scham«, auch das hatte Anna Jarosch gesagt, obwohl auf andere Dinge gemünzt. Galt es für Blusenstoffe? Und alle Standhaftigkeit eingerechnet, war es noch ein anständiges Lied, das sie sang? Immer wieder die Frage für Margot Jarosch, ehemals Pyritz und nun in der beschlagnahmten Annenburg, abseits der Stadt, ohne genau zu wissen, zu wem sie gehörte, ob zu den Siegern oder den Besiegten.

Das Schlößchen Annenburg, um die Jahrhundertwende erbaut und Eigentum einer Industriellenfamilie aus dem Ruhrgebiet, lag etwa zwei Kilometer nördlich von Iffenhausen. Ein schottisches Castle en miniature, mit Park und Lindenallee, vielleicht, daß es den Briten deshalb passend erschienen war für ihre Zwecke, kein großer Schaden insofern, als es ohnehin leer stand. Die Besitzer hatten schon seit Vorkriegszeiten nicht mehr im Schlößchen gelebt, jedoch dann und wann Feste dort gefeiert, so daß die neuen Herrn es wohleingerichtet übernehmen konnten, vom Bettzeug bis zur Porzellansammlung in den Vitrinen entlang der breiten Treppe zum ersten Stock, Meißen, Nymphenburg, Limoges, Sèvres. Davon allerdings sollte einiges verlorengehen, zur offenen Freude der Iffenhausener nebenbei, denen der leere, festverschlossene Luxus vor ihren Toren stets zum Ärgernis gereicht hatte. Nicht einmal während des Krieges war es gelungen, das Haus als Lazarett, Erholungsheim für Soldaten oder dergleichen nutzbar zu machen, die Eigentümer seien Freunde von Göring gewesen, so das Gerücht, und gut, daß es wenigstens jetzt nicht nur die Kleinen traf.

Jedenfalls saßen nun die Engländer unter dem zinnenbewehrten Dach, streng hierarchisch über die Stockwerke verteilt. Im ersten, der Beletage mit dem blauen, dem grünen und dem chinesischen Salon sowie einer Reihe Bäder von wolkiger Eleganz, residierten die Offiziere; neben Colonel Hollet noch Captain Laughan, zuständig für Safety, wozu das Polizeiwesen gehörte, die Feuerwehr, überhaupt jegliche Maßnahme, die der Aufrechterhaltung von Sicherheit und Ordnung diente; außerdem Captain Porter, Culture and Education, also Schulen, Erwachsenenbildung, Kirchen, Jugendgruppen, Theater, Kino, Vereine nebst allem, was es sonst in dieser Hinsicht zu genehmigen, in Gang zu setzen, zu kontrollieren gab; schließlich als vierter der Trade-and Industry-Officer Mr. Henry Willcox, ein Spezialist in Offiziersuniform mit beklagenswertem Akzent und parvenühaftem Benehmen, der sich trotz Fraternisierungsverbot sogleich eine Freundin zugelegt hatte und abends abwesend war, so daß die drei Herren unter sich bleiben konnten, gegebenenfalls jeder in einem anderen Salon.

Die fünfzehn unteren Dienstgrade, die das Ganze bewachen, eventuell sogar verteidigen sollten, im übrigen den Wagenpark instand hielten, Büroarbeiten verrichteten, die Offiziere bedienten und auch die beiden Köche stellten, bewohnten dagegen ziemlich gedrängt den weitaus weniger prächtigen zweiten Stock, während die Büros sich parterre befanden: die der Offiziere in den ehemaligen, um die Halle herum gruppierten Gesellschaftsräumen, Stanley Schofields Registratur im nunmehr kahlen Wintergarten und daneben, durch eine provisorische Sperrholzwand getrennt, der ebenfalls seiner Aufsicht unterstellte Typing Pool, wo außer dem Soldaten Donald Black, Blacky genannt, noch die beiden Ungarinnen Ildiko und Eva versuchten, im Zweifingersystem die Korrespondenz zu bewältigen.

Ildiko und Eva gehörten wie Margot zu den Zivilangestellten, elf an der Zahl und allesamt oben im dritten Stock einquartiert, schräge Dienstbotenkammern, aber durch Inventar aus den leerstehenden unteren Räumen aufgeputzt. Zwei zierliche Sessel mit Petit-point-Stickerei und vergoldeten Gestellen samt passendem Tischchen etwa für Margots Turmzimmer, hübsch anzusehen vor dem runden Fenster zum Park, dazu der türkische Teppich und als Bettüberwurf ein Stück von der kostbaren roten Brokatportiere, die dem Umbau im Hallenbereich zum Opfer gefallen war. Außerdem stand den Zivilisten noch ein Aufenthalts- und Eßraum im Souterrain zur Verfügung. Er lag gleich neben der Personalküche, wo Frau Kükü, eine zyprische Türkin, deren unaussprechlichen Namen man zu dieser Kurzform reduziert hatte, die Rationen in Gerichte ihrer Heimat verwandelte, neutrale Kost gewissermaßen für die dort unten versammelten vielfältigen Nationalitäten.

Sir Williams »handselected staff«. »Gute Leute«, sagte er, wenn die Rede darauf kam, »quite excellent«, in einem Tonfall, als spräche er zu Hause in Sussex vom Butler oder der guten alten Nanny, und möglich sogar, daß er sich bei seiner Vorliebe für Scheinwelten hinter der Iffenhausener Realität eine Art illusionären englischen Landsitz geschaffen hatte, angeregt auch von der Architektur des Schlößchens. Herr Baranow jedenfalls äußerte diesen Verdacht, besonders, nachdem er zum Senior der Angestellten ernannt worden war, Ob- und Vertrauensmann im Basement, über den fortan alle Kontakte zum Hausherrn laufen sollten.

»Butler. Ich bin der Butler«, sagte er zu Margot, »passen Sie auf, demnächst macht er mich für das Silber verantwortlich«, und seinen Kollegen gab er zu verstehen, daß er keineswegs die Absicht hege, ein Auge auf sie zu haben, weder dienstlich noch privat.

Ein merkwürdiges Sammelsurium, das bei den Mahlzeiten um den großen Tisch im Souterrain herumsaß, »displaced persons« die amtliche Bezeichnung, Verschleppte, Verwehte, vom Weg geworfene aus durchsichtigen und undurchsichtigen Gründen, jeder mit seiner Geschichte am Hals, Opfer der Zeitläufte allesamt, auch wenn diesem und jenem etwas wie Schuld vorzuwerfen wäre, Herrn Baranow zum Beispiel. Oder der Holländerin Els van Rouwen, nach Deutschland verschleppt angeblich, von der Gestapo verfolgt und untergetaucht, was jedoch, weil sie keinerlei Anstalten machte, in ihre Heimat zurückzukehren, auf wenig Glauben stieß. Mit Recht, wie sie Margot später einmal gestand, denn nicht die Gestapo war in diesem Fall das Verhängnis, sondern die Liebe, ein deutscher Soldat, und jeder wußte es in Nimwegen, und man würde sie kahlscheren und durch die Stadt schleifen, falls sie sich dort blicken ließe. Kollaboration, ein Vergehen, das man auch dem lettischen Ehepaar Mikitis, Gustav und Lauma Mikitis, gerüchteweise vorwarf, stille, verhuschte Gestalten, ständig die Köpfe gesenkt, wir sind es nicht, schienen sie zu sagen. Und wenn Colonel Hollet von »very good people« sprach, so mochte er recht haben, nur freilich nach anderen Maßstäben als jenen, die für Sussex galten. Manchmal vermutete Margot, daß er die wirklichen Gesichter dieser Menschen übersehen, ihre Nöte und Hoffnungen überhört und sich von ihnen seine eigenen Bilder geformt hatte. Wir sonst wohl hätte er auf den Gedanken kommen sollen, Ildiko und Eva, die beiden Ungarinnen, in Stanley Schofields Schreibbüro zu schicken, noch dazu mit den Worten: »Well, Sergeant, here are two exellent typists for you.«

»Wir haben doch nie gesagt, daß wir tippen können«, beteuerte Ildiko, als ihr Mißtrauen überwunden war und sie unbefangen mit Margot zu sprechen begann. »Nur, daß wir früher auf dem Gymnasium gewesen sind und bei der Militärregierung arbeiten möchten, um Englisch zu lernen, weil wir nach Amerika wollen, und plötzlich sind wir hervorragende Stenotypistinnen. Komisch.«

»Aber vielleicht lernen wir es auf diese Weise, und irgend etwas muß man ja können«, fügte Eva hinzu, flüsternd, denn sie hatte im KZ Bergen-Belsen durch einen Schlag auf den Kehlkopf die Stimme verloren. Ildiko und Eva, Jüdinnen aus Budapest, so alt wie Margot, auch so blond, jedoch mit kurzen, erst knapp sechs Zentimeter nachgewachsenen Haaren, ein Zentimeter für jeden Monat der Freiheit. »Eigentlich«, sagten sie, immer im Plural, ihrer Überlebensform offenbar, »verstehen wir gar nicht, daß wir noch da sind.«

Konzentrationslager, ein Wort für Margot bisher nur aus dem Radio, der Zeitung, abstrakt und unwirklich. Jetzt wurde es zur Chiffre für Gesichter und Schicksale: Ildiko, Eva, Max Weinstein. Und Joseph Lewinsky aus Lodz, ebenfalls neunzehn, doch wie ein alter, erschöpfter Mann wirkend, wenn er am Abend mit rotumränderten Augen dasaß, schwitzend vor Anstrengung, und nur noch kaute, schluckte, atmete. Ildiko und Eva konnten lachen, taten es auch, zu oft manchmal. Joseph lachte nie. »In Ungarn haben sie uns erst 1944 geholt«, sagte Ildiko. »Ein Jahr Lager, das ist schrecklich. Aber bei ihm waren es vier.«

Max Weinstein dagegen, der die gleiche Zeit in Buchenwald hinter sich hatte, schien wieder voll bei Kräften zu sein und wußte laut und bestimmt seine Meinung durchzusetzen. Er stammte ebenfalls aus Lodz, war aber zehn Jahre älter als Joseph, einer, der alle Überlebenskniffe beherrschte und ihn schon im Getto unter seinen Schutz genommen hatte. Auch jetzt bewachte er ihn, »iß, Joseph, du mußt essen«, schnitt das Fleisch auf seinem Teller klein, schob es ihm notfalls in den Mund und erreichte sogar, daß Frau Kükü, die angesichts von Max Weinsteins Glutaugen ohnehin die Goldplomben blitzen ließ, eine ihren Kochkünsten eigentlich widerstrebende extraleichte Diät zubereitete, wenngleich auch davon die Hälfte liegenblieb. Max Weinstein selbst aß am meisten von allen, unersättlich geradezu, und so schnell, als mißtraue er den vollen Schüsseln immer noch. Und da der Colonel ihn ausersehen hatte, mit Hilfe von Permits zusätzliche Produkte für die Küche der Annenburg heranzuschaffen, sollte er bald zum bedeutendsten Schwarzhändler des Bezirks aufsteigen. Wohingegen Joseph in der Registratur half, still und bemüht, aber unfähig zur Konzentration. Schriftstücke, die er zu den Akten legte, ließen sich nur selten wiederfinden, so daß er auch hier in ständiger Furcht lebte, obwohl Stanley Schofield ihn damit zu trösten versuchte, daß der Papierkrieg sowieso überhandnähme: »Never mind, Joe, there is too much silly paper in the world anyhow.«

Es waren Ildiko, Eva und die beiden Polen, die Margot zu verstehen gaben, daß sie nicht an diesen Tisch und in dieses Haus gehöre.

»Schwedin bist du?« fragte Max Weinstein am zweiten Abend, nachdem Colonel Hollet sie alle in seinem Büro versammelt hatte, um aus gebotener Distanz, den Finger wie üblich an der Nase, jeden einzelnen vorzustellen. »Du und Schwedin?«

Sie hatten zu Abend gegessen, Stille für einen Moment, und Max Weinsteins Frage fuhr so scharf dazwischen, daß Frau Kükü, die gerade die frischgefüllte Teekanne hereinbrachte, vor Schreck gegen den Türpfosten stieß, was eine aufgeregte Suada, türkisch vermutlich, in Gang setzte.

»Schwedin. Und redet deutsch wie Goebbels persönlich«, sagte Max Weinstein, bei dem es allerdings nicht so flüssig klang, eher wie bei Anna Jarosch, nur mit jiddischer Färbung. Joseph sprach genauso, während Ildikos und Evas Deutsch in ungarischem Tonfall dahinholperte. Den anderen hörte man ebenfalls ihre Herkunft an, Holland, Lettland, Rußland, und Frau Kükü wie auch die jugoslawische Küchenhilfe Olga machten sich ohnehin mehr mit Händen und Füßen als durch Worte verständlich.

»Ich bin in Deutschland aufgewachsen«, sagte Margot, und Herr Baranow ergänzte eilig, daß ihr Vater Schwede gewesen sei.

»Und bei den Nazis ging es euch gut, wie?« fragte Max Weinstein mit soviel Haß in der Stimme, daß Margot am liebsten davongelaufen wäre. Doch solche Empfindlichkeiten konnte man sich nicht leisten, sie blieb, wo sie war, auf dem Platz Joseph gegenüber, dessen Hand zu zittern begann und die Teetasse nicht mehr halten konnte. Ildiko und Eva senkten die Köpfe, alle schwiegen, sogar Herr Baranow.

»Schwedin!« Max Weinstein schrie nun fast. »Und jeden Tag hundertmal Heil Hitler, wie?«

»Sie müssen Colonel Hollet fragen«, sagte Margot und schämte sich, weil es nach einer Drohung klang. Dabei hatte Max Weinstein recht, nicht mit der Zahl, aber auf Zahlen kam es nicht an. »Wir können morgen zu ihm gehen«, sagte sie trotzdem, denn es sollte geklärt werden, so oder so. Aber er wandte sich ab und war still.

»Jawohl, gehen Sie zum Colonel«, riet Herr Baranow, als Margot später bei ihm im Zimmer saß, einem schmalen Gelaß mit eisernen Haken an der Decke, die frühere Wurstkammer vermutlich. »Der Colonel wird die Angelegenheit regeln, ganz gewiß.«

»Nein«, sagte Margot. »Ich habe es mir überlegt. Lieber bin ich der letzte Hund am Napf.«

Er sah sie verständnislos an, meinte dann aber, vielleicht wäre es besser so, und die Schwierigkeiten würden sich ohnehin von allein geben.

»Wenn man bei jeder Mahlzeit zusammen am Tisch sitzt, kommt der Tag, an dem der Mensch den Menschen sieht«, sagte er mit Zuversicht in der Stimme. Aber seine Augen verrieten, daß er nicht zu denen gehörte, die an so einfache Lösungen glauben.

Margot konnte nicht schlafen in dieser Nacht. Es war warm im Bett, und zum Abendessen hatte es ein türkisches Reisgericht gegeben, fast soviel Fleisch für jeden darin, wie draußen eine Person pro Woche erhielt. Warm und satt, doch alles kein Trost oder nur ein geringer.

Es begann eine Zeit der Isolation, die allein durch die Arbeit erträglich wurde, Übersetzen, Dolmetschen, der Kampf an der Schreibmaschine mit Colonel Hollets seltsamen Briefentwürfen. »We did not fight this war to bring the Germans coughy, we fought to bring them democracy«, war er imstande niederzuschreiben, unverständlich der Zusammenhang, bis »coughy« sich als »coffee« entpuppte, zu seinem Amüsement noch dazu. »Nobody in my family can spell, Maggie, it's just our special touch.« Wie ein Kreuzworträtsel kam es ihr manchmal vor, und sie freute sich, wenn so ein Brief sauber getippt dalag, links auf dem Bogen der englische, rechts der deutsche Text. Auch die Anerkennung freute sie, das Lob von beiden Seiten, zwischen denen sie zu vermitteln hatte. Ein fragwürdiges Lob freilich, ganz wohl war ihr nicht dabei.

»Wer hätte gedacht, daß Sie eine so gute Dolmetscherin werden«, sagte Colonel Hollet, ohne zu ahnen, wie eigenmächtig sie mit seinen Sätzen, häufig sogar mit seinen Befehlen umging, und der Landrat, der zweimal wöchentlich zum Rapport erschien und offenbar über bessere Englischkenntnisse verfügte, als er zugab, kündigte ihr einen Orden an für die Zeit, »wenn die Tommies uns unseren Kram wieder allein machen lassen«, Töne, die ihr auch nicht behagen wollten.

Wie überhaupt alles, was zwischen Iffenhausen und der Annenburg ablief, seine zwei Seiten hatte, auch die vergnüglichen Fahrten in den Landkreis mehrmals pro Woche: Inspektionsreisen, die der Colonel mit großer Gewissenhaftigkeit durchführte, so, als hinge das weitere Wohl eines Dorfes davon ab, daß er in Galauniform nebst dem goldbestickten, schiffchenförmigen Käppi, einer Besonderheit seines Regiments für feierliche Anlässe, am Bürgermeisterhaus vorfuhr, die dürftige Kanzlei samt den Honoratioren in Augenschein nahm, seine Ansprache zum Thema Demokratie hielt, sich über diesbezügliche Fortschritte im Ort unterrichten ließ, tadelte, ermahnte, lobte, alles unter dem gleichen beifälligen Nicken der Anwesenden, mit dem sie seit jeher Besuche der Obrigkeit begleiteten. Danach wurde die Schule besichtigt, das Spritzenhaus, einer der Höfe, vielleicht noch die Molkerei, auf jeden Fall aber die Kirche, wo Colonel Hollet, ein gläubiger Katholik, wie sich herausgestellt hatte, zum Erstaunen seiner Begleiter vor dem evangelischen Altar niederzuknien und zu beten pflegte. Den Abschluß bildeten meistens Brote mit Mettwurst in der guten Stube des Bürgermeisters, selbstgebacken und hausgeschlachtet, Genüsse, die für Städter längst zur Legende geworden waren, bei Colonel Hollet jedoch die Überzeugung festigten, daß es den Verlierern des Krieges so schlecht nicht gehen könnte. Im übrigen liebte er deutsche Wurst. »We give the Germans democracy, and the Germans give us their excellent sausage, tell them that, Maggie.« Und wenn auch bei näherer Betrachtung Margot diese Demokratisierungstouren genauso abstrus erschienen wie die Permitwirtschaft, es war die Arbeit, die sie auffing nach den Feindseligkeiten im Souterrain.

Es war, als sei ein unsichtbarer Kreis um sie gezogen, den niemand zu durchbrechen wagte unter den Blicken der vier echten Opfer, selbst Herr Baranow nicht und auch nicht Els van Rouwen, die bisweilen zu ihr ins Büro kam, um eine Zigarette zu rauchen und über ihren Chef Captain Laughan zu klagen, einen Genauigkeitsfanatiker mit Falkenaugen für Fehler, vor allem aber, um das Heimweh aus sich herauszuweinen. Sie war Mitte Zwanzig, von herzhafter Stämmigkeit, wie man sich eine Holländerin vorstellte, und wenn sie von zu Hause sprach, Holland, Nimwegen, die Eltern, stand hinter jedem Satz der Wunsch, endlich auch zu offenbaren, warum der Weg dorthin sich verschloß. Gespräche am Rand des Vertrauens. Aber bei den Mahlzeiten sah sie wieder ängstlich an Margot vorbei, und auch Lauma Mikitis im Vorzimmer von Mr. Willcox bekundete ihre Sympathie nur, wenn kein anderer etwas davon merkte.

Ende November jedoch, als die Iffenhausener Talmulde im Nebel versank, erster Schnee über den Park fiel und Margot glaubte, eingemauert zu werden von der frostigen Leere, traf wider Erwarten doch noch Herrn Baranows Prophezeiung ein: Es wird sich geben.

Margot hatte am Morgen zu husten begonnen, tief aus den Bronchien heraus, ein Geräusch, das Colonel Hollets Ohr beleidigte. »An awful noise«, sagte er vorwurfsvoll, »disgusting«, gab ihr eine halbe Flasche Rum und der Küche die schriftliche Anweisung, den Abendtee möglichst kochend zu servieren.

Frau Kükü tat es mit Eifer. »Hot«, sagte sie, die Kanne in der Hand und nach allen Seiten lächelnd, »hot, hot.« Sie band die Schürze ab und setzte sich, wie immer nach dem Essen, zu den anderen an den Tisch, auch Olga kam, die jugoslawische Küchenhilfe, für die Sergeant Schofield ihrer aufgeworfenen Lippen, vor allem aber einens speziellen Körpergeruchs wegen den Beinamen Piggy geprägt hatte. Olga Piggy, was sie zum Glück nicht verstand. Tee wurde eingeschenkt, Margot goß sich Rum in die Tasse, gab, weil sie Olgas begehrlichen Blick bemerkte, auch ihr und Frau Kükü einen Schuß, sagte zögernd: »Wenn jemand etwas haben möchte, bitte«, und schob die Flasche über den Tisch zu Josephs Platz.

Joseph hatte sich gerade Tee genommen. Er stellte die Kanne hin, sah Margot an, dann stieß er die Flasche weg mit solcher Heftigkeit, daß sie, hätte Eva nicht zugegriffen, vom Tisch gefallen wäre.

Lauma Mikitis gab einen kleinen spitzen Schrei von sich, sonst herrschte Stille, und Margot, die es nicht länger ertrug, wollte endlich sagen, was sie sich zurechtgelegt hatte bei zahllosen imaginären Versuchen, den Kreis von innen aufzubrechen. Etwa dies: Ihr haßt mich, weil ich Deutsche bin, und vielleicht würdet ihr mit mir am liebsten das gleiche machen, was wir mit euch gemacht haben, und ich verstehe es sogar, nur, wie soll das weitergehen, gestern du, heute ich, morgen wieder du und nie ein Ende.

Schlüssige Überlegungen nachts vor dem Einschlafen, aber nun blieben sie ungesagt, Josephs zerstörtes Gesicht, Evas kaputte Stimme, welche Argumente hielten davor stand, und so war es ja auch, heute du, morgen ich, dann wieder du, so war es immer gewesen, Worte, Wind in den Bäumen. Sie schwieg und sagte nichts, dies nicht, und nicht das andere: Ich bin genauso alt wie ihr, und wenn es umgekehrt gewesen wäre, ihr an meiner, ich an eurer Stelle, hättet ihr mich retten können? Denn alles war, wie es war, kein Wenn, kein Wäre oder Hätte half darüber hinweg.

Sie wollte aufstehen und gehen. Doch da öffnete Eva die Flasche. Langsam schraubte sie die Kappe los und ließ Rum in den Tee laufen, für sich, für Ildiko. Dann beugte sie sich zu Joseph hinüber.

Joseph zog die Tasse fort, Schweißperlen erschienen auf seiner Stirn, Max Weinstein schüttelte ärgerlich den Kopf.

»Probier doch mal«, sagte Eva mit ihrer heiseren Flüsterstimme, löste Josephs Hand von der Tasse und hielt sie fest, »weißt du überhaupt, wie das schmeckt?« Sie goß ihm Rum ein, und während sie, ohne seine Hand loszulassen, nach der eigenen Tasse griff und trank, hielten auch die Augen ihn fest, bis er ebenfalls zu trinken begann, unsicher, zögernd, doch er tat es.

Was folgte, geschah beiläufig. Margot nahm fast nicht wahr, wie die Isolierung sich löste. Grüße, die erwidert wurden, Fragen und Antworten, Joseph, der sie um das Salzfaß bat, vorsichtig alles am Anfang, so, als fürchte man, die Balance zu stören. Doch auch diese Sperre sollte fallen. »Jeder hier ist einsam«, hatte Herr Baranow gesagt, »nicht nur Sie, Fräulein Möller.«

Eines Abends klopfte Ildiko an Margots Tür, zum ersten Mal, obwohl ihre Zimmer oben im dritten Stock nebeneinander lagen. Sie stand da in ihrem zu kurzen Rock und dem engen weißen Pullover, eine Schere, ob Margot ihr eine Schere leihen könne.

Sie trat über die Schwelle und sah zu, wie Margot den Schrank öffnete, in dem kümmerlich und verloren die Kleider hingen, das blaugelbe von Rosa Klingbeil, die gestückelten Kirchenspenden, der Mantel aus Dobbertins Diwandecke. Die Wäsche lag in den Fächern daneben, auch Anna Jaroschs schwarzes Tuch, die Umhängetasche, das Couvert mit den Briefen und Fotografien aus dem Vertiko und Pastor Schabers Abschiedsgeschenk, ein braunes Federmäppchen mit Bleistiften, Radiergummi, Füllhalter, Pinzette, Nagelschere. Ihr gesamter Besitz außer Geld, das tief im Roßhaar der Matratze steckte.

»Du hast noch weniger als ich«, sagte Ildiko. »Wir haben nach der Befreiung einen ganzen Koffer voll Sachen bekommen, aber die sind entweder zu groß oder zu klein.«

Margot gab ihr die Schere. »Ich bin Flüchtling, und bei uns ist alles kaputtgegangen.«

Bei uns, wo war das? Möllers Haus am Markt? Die Kleine Wollweberstraße? »In Pyritz«, fügte sie hinzu, sagte jedoch nichts von Zerstörung und Untergang, denn der Untergang bedeutete für Ildiko Befreiung, und wie sollte Margot ihr erklären, daß sie den Krieg nicht hatte gewinnen wollen und dennoch um Pyritz trauerte.

Ildiko ließ die Schere auf- und zuschnappen, lockere Klingen, schon stumpf. »Und deine Eltern?«

Margot antwortete nicht.

»Sind sie auch tot?«

»Tiefflieger. Auf der Flucht«, sagte Margot, und der Wunsch, mit der eigenen Zunge zu sprechen, ich, Margot Jarosch, Malenka, überkam sie so heftig, als ob eine Wunde platzte. Sie ging rasch an den Schrank, um die Federmappe zurückzulegen. Ein paar Bleistifte fielen herunter, das gab ihr Zeit.

Ildiko hatte sich hingesetzt. »Hübsch hier. Unser Zimmer ist größer. Aber wir sind ja auch zwei.«

»Wo ist Eva?« fragte Margot.

»Bei Joseph.« Ildikos Finger zeichnete die Stickerei auf den Sesseln nach, Vögel und Blumen. »Evas Eltern hatten die größte Privatbank in Budapest. Und das schönste Haus.«

»Was hat das mit Joseph zu tun?« fragte Margot.

»Sein Vater war Schuster«, sagte Ildiko. »Joseph weiß noch nicht mal, wie man Messer und Gabel hält. Natürlich, er ist nett, ein guter Mensch, sagt Eva, und sie will ihm helfen. Aber deswegen braucht sie doch nicht gleich mit ihm zu schlafen. Und alle wissen es, du doch auch.«

Joseph und Eva, Hand in Hand gingen sie durch die Flure wie

in stiller Trance. Auch bei Tisch saßen sie neuerdings nebeneinander. Max Weinstein hatte seinen Platz für Eva freigemacht, »iß, Joseph«, flüsterte sie, seitdem leerte er den Teller, auch die Hand zitterte nicht mehr.

»Eva hilft nicht nur ihm«, sagte Margot. »Er hilft ihr genauso.«

»Meinst du?« Ildiko hob die Augenbrauen, zwei schmale dunkle Bögen. Das kurze Haar ringelte sich in Locken, ein Tituskopf, und der Leberfleck neben dem Mundwinkel gab ihrem Gesicht etwas Rokokohaftes. Nichts verriet die Alpträume, von denen sie nachts aus dem Bett gejagt wurde, und daß ihr Körper immer noch die Periode verweigerte. »Meinst du?« wiederholte sie. »Joseph? Das verstehe ich nicht. Ich wünsche mir nur, daß es wieder so wie früher wäre, bei uns zu Hause, alles war ordentlich, alles auf seinem Platz und feste Regeln. Ich fand es schrecklich damals, aber jetzt habe ich solche Sehnsucht nach Ordnung. Dieses Durcheinander hier. Frau Kükü rennt nachts zu Max, und Max versucht mich herumzukriegen, und Olga Piggy schläft mit allen und Els van Rouwen mit diesem gräßlichen Captain Laughan, dabei kann sie ihn überhaupt nicht leiden, und jetzt noch Eva, und wir wollten doch zusammen nach Amerika.«

Sie fing an zu weinen, laut wie ein Kind. Margot legte die Arme um sie, unsicher, weil sie nicht wußte, ob Ildiko es dulden würde. Doch Ildiko drückte den Kopf gegen ihre Schulter, bis sie sich beruhigt hatte.

»Warum soll es ihr helfen? Woher weißt du das?«

»Damals mit den Tieffliegern«, sagte Margot, ungenau noch der Anfang, halb in der Lüge, doch alles weitere so, wie es gewesen war bei Neustrelitz. Ulrich Jensch, der sie aus der Starrheit geholt hatte mit Speck, Schnaps, Zuspruch, dem Moment der Liebe. »Er hat mich wieder lebendig gemacht«, sagte sie. »Vielleicht ist es bei Eva und Joseph ebenso.« Es tat gut, über Ulrich Jensch zu sprechen, Beweis fast, daß sie nicht nur mit Traumbildern spielte. Er sei angeblich in russische Gefangenschaft geraten, hatte sein Bruder ihr als Antwort auf einen Brief mitgeteilt, nun wartete sie weiter, ohne genau zu wissen, auf wen eigentlich. Sie sah die Gestalt im Mondlicht, das Gesicht ein verschattetes

Oval ohne Konturen, Ulrich Jensch, nicht mehr so wichtig in diesem Augenblick, nicht so wichtig jedenfalls für Ildiko, die neben ihr saß und zu der sein Name nur eine Brücke baute.

Allmähliche Veränderungen, kaum daß darüber gesprochen wurde. Nur Herr Baranow gab seine Kommentare, einmal auch Max Weinstein, der, als er Schuhe für die Zivilangestellten beschaffen sollte und Margot wie alle anderen auf einen Bogen Papier treten ließ, um die Umrisse ihrer Füße nachzuzeichnen, plötzlich mitten im Strich erstaunt aufblickte. »Ein deutscher Fuß...«, dann aber eilig hinzufügte: »Ganz hübsch«, und, nachdem diese Hürde genommen war, Margot sogleich für seine Geschäfte einzuspannen suchte. Höchst fragwürdige Geschäfte inzwischen, längst jenseits der ihm vom Colonel zugewiesenen Aufgaben, insbesondere wenn es sich um interzonale Transaktionen handelte, um jene mit den Aktentaschen beispielsweise.

»Herr Max Weinstein«, lautete Permit Nummer eins in diesem Fall, »Angestellter der britischen Militärregierung des Landkreises Iffenhausen, hat den Auftrag, einen Posten Blechdosen in die Obstanbaugebiete am Bodensee zu bringen. Es wird gebeten, ihm jegliche Unterstützung von seiten der militärischen und zivilen Behörden zu gewähren.« Darüber stand: »To whom it may concern«, darunter der Name des Colonels, Stempel rechts, Stempel links, und was an dieser Bescheinigung stimmte, waren allenfalls die in der Krummbeckschen Fabrik gegen Zigaretten eingehandelten Konservenbüchsen, sonst aber nichts. Denn statt an den Bodensee brachte Max Weinstein die Ladung nach Pirmasens, um sie dort in Leder umzusetzen, das unter dem Schutz eines zweiten Permits zurück in die britische Zone geschleust werden mußte, wo er das Leder zu Aktentaschen verarbeiten ließ, einige davon für die englischen Soldaten, die ihm die Zigaretten geliefert hatten. Die übrigen kamen erneut in Umlauf, gegen Öl, Kaffee, Düngemittel, Briketts, Medikamente, je nach Marktlage, wie es gerade anfiel und gewinnbringend weitergeschoben werden konnte, wobei die Permits unschätzbare Vorteile gegenüber der Konkurrenz bedeuteten.

»Leg sie ihm auf den Schreibtisch«, sagte er zu Margot, »er soll unterschreiben«, und sie tat es, weil sie Max Weinstein fürchtete, aber auch in Unkenntnis des Ausmaßes seiner Unternehmungen. Im übrigen ließ er die Tischrunde, eine Art Familie für ihn offenbar, durchaus an dem Segen teilnehmen: Schuhe, ein Kleiderstoff dann und wann, Oberhemden für die Männer, Strümpfe, Wäsche, auch so unerreichbare Alltäglichkeiten wie Nähnadeln oder Gummiband. Und Nahrungsmittel zur Ergänzung der kargen Rationen, denn die der Engländer fielen trotz des gewonnenen Krieges nicht so üppig aus, daß auch noch Frau Kükiis Töpfe sattsam damit gefüllt werden konnten. Im Gegenteil, die Soldaten bauten ebenfalls auf Max Weinsteins Organisationstalent. Black Mac nannten ihn deshalb die unteren Dienstgrade, seiner schwarzen Augen wegen, glaubte dagegen der Colonel. Er unterschrieb ihm jedes Papier, voll des Lobes für soviel Eifer, von dem er hin und wieder auch persönlich profitierte, gegen reelle Bezahlung selbstverständlich. Dreißig German Marks für eine Aktentasche etwa, denn daß der Preis solcher Luxusartikel auf dem Schwarzmarkt mittlerweile das Dreißig- oder gar Vierzigfache erreichte, blieb ihm fern. »Er schwebt über den Wassern«, definierte es Herr Baranow, und ein Leben lang sollte Margot sich wundern, wie jemand trotz aller Nähe zur deutschen Realität so wenig davon zu bemerken schien.

Daß nicht auch Margot, durch einen gedeckten Tisch und Berge von Koks im Keller der Annenburg vor den Nöten des ersten Nachkriegswinters gesichert, die Wirklichkeit aus den Augen verlor, lag hauptsächlich an Walli Wolff, einer Danziger Flüchtlingsfrau, die mit ihren kleinen Kindern bei Schlosser Schlieker gleich hinter dem Iffenhausener Dom untergekommen war, in einer winzigen Kammer, Platz gerade für ein Bett, ein Sofa, den Tisch, den alten Kanonenofen. Der wurde nur zum Kochen geheizt und geriet dabei in rotglühende Hitze, erkaltete aber ebenso schnell und vermochte kaum etwas auszurichten gegen das Eis, zu dem die Feuchtigkeit an den Wänden allmählich gefror. Und da Frau Wolff nicht wie die Einheimischen über Beziehungen zur ländlichen Umgebung verfügte, auch von Schlossermeister Schlieker, der seine Arbeit nur gegen Naturalien erledigte, kein Stück Holz erhielt, also mit den amtlich zugeteilten drei Zentnern Briketts auskommen mußte, hätte sie den Winter womöglich kaum überstanden, wenn Margot nicht zufällig dabeigewesen wäre, wie sie Herrn Baranow an der Reception um Nähnadeln anflehte.

»Irgend jemand«, sagte sie fast weinend, »muß hier doch für Nähnadeln zuständig sein.«

»Die deutschen Behörden«, versuchte er ihr zu erklären, »Sie müssen sich an die deutschen Behörden wenden«, und die Frau, klein, dünn, in einem schäbigen Mantel mit Krimmerbesatz, geschnürte Männerstiefel an den Füßen, hatte verzweifelt gerufen: »Aber wovon sollen wir denn leben?«

Es handelte sich, sagte Herr Baranow, nachdem sie gegangen war, um eine Schneiderin, die auf der Flucht alle Utensilien eingebüßt hatte, und Margot drehte sich plötzlich um, rannte durch die Halle, die Freitreppe hinunter, die Lindenallee entlang, bis sie die Frau einholte. »Wo wohnen Sie?«

»Warum?«

Der Wind fegte Schnee von den Ästen, und Frau Wolff begriff nicht, daß jemand ihr Nähnadeln schenken wollte. Erst am Abend, als Margot ihr die Schachtel brachte, glaubte sie es.

Sie hatte im ersten Danziger Salon gelernt und bestand nun darauf, etwas für Margot zu nähen, einen Rock aus dem Satinfutter der roten Brokatportiere, dann noch ein Kleid aus dem Stoff von Max Weinstein, Stich für Stich Handarbeit, am warmen Ofen, weil Margot die Kartons, in denen die Rationen geliefert wurden, zum Verheizen sammelte, außerdem Taschen voll Koks anschleppte, Diebstahl britischen Eigentums, »gibt gute und schlechte Sünden, Malenka«, hatte ihre Großmutter gesagt. Und Margot redete so lange auf Frau Kükü und Freddy, den englischen Koch, ein, bis sie sich angewöhnten, die Essensreste für sie beiseite zu stellen. Jeden Abend der Weg vom Schlößchen zum Domplatz, Tribut an den Winter, der für sie nicht so hart war.

Das Kleid, blau-rot-grün kariert, war kurz vor Weihnachten fertig geworden.

»Not your colours, Maggie.« Der Colonel wandte angewidert den Kopf beiseite. »You look like a Christmas tree.« Wie ein Weihnachtsbaum! Margot war mit dem Paket durch die Straßen gehüpft am Abend zuvor, das erste Kleid nach so vielen Jahren, aus neuem Stoff und nicht aus Resten, oben eng, unten glockig, ihr Lieblingsschnitt seit eh und je. Auch Frau Wolff hatte sich zufrieden gezeigt, »flott, Fräulein Möller«, und alle bestätigten es, Ildiko, Eva, Els van Rouwen, sogar Max Weinstein pfiff durch die Zähne, und nun dies.

»Ich bin keine Engländerin, ich kann mir die Sachen nicht aussuchen«, sagte sie, für einen Moment den Respekt außer acht lassend, und riß die Haube von der Schreibmaschine, um sich einem dieser abstrusen Briefe zuzuwenden, die Colonel Hollet mit Vorliebe frühmorgens in großen, schrägverschnörkelten Buchstaben aufs Papier brachte, da bemerkte sie seinen Blick. Das Kinn zwischen Daumen und Zeigefinger, sah er sie an, so ernsthaft und konzentriert, daß sie »sorry« murmelte, »excuse me, please«, und sich gleich bei den ersten Worten vertippte.

»Not at all, you look nice with an angry face.« Die sachliche Feststellung eines Gutachters: Sie sehen hübsch aus, wenn Sie ärgerlich sind, aber Sie sollten lieber zartere Farben tragen.

Drei Tage später flog er nach London, wo seine Frau ihn in Empfang nehmen wollte, Lady Catherine, eine der spärlichen Auskünfte, zu denen er sich herbeiließ.

»And you? What are you doing?«

»Hannover«, sagte Margot. »Ich fahre über Weihnachten nach Hannover.«

Colonel Hollet runzelte die Stirn. »Why, stay here, they'll have chicken for Christmas«, und an der Tür wandte er sich noch einmal um. »I hope you'll come back?«

»Of course.« Margot lächelte in sein besorgtes Gesicht.

»Natürlich komme ich wieder. Haben Sie etwa Angst?«

»Behave yourself, Maggie, please.« Abrupt verließ er das Zimmer, benehmen Sie sich gefälligst, vermutlich schon zuviel, dieses Gespräch.

Am übernächsten Morgen, dem Tag vor Heiligabend, machte auch Margot sich auf die Reise, knapp achtzig Kilometer und ein abenteuerliches Unternehmen nach wie vor. Max Weinstein brachte sie zum Bahnhof und erkämpfte einen Platz im Gang des überfüllten Zuges, wo sie sich voll Angst vor den allgegenwärtigen Dieben an ihren Koffer klammerte, eine Leihgabe des Pastors, jetzt lagen die Geschenke darin, ein Huhn, zwei Pfund Zukker, eine ganze Stange Zigaretten, zu denen sie auf fast ebenso dubiose Weise gekommen war wie die Kofferdiebe an ihre Beute. Schweigegeld, Spießgesellenlohn. Zweifelhaft, ob sich dies noch zu den guten Sünden rechnen ließ.

Das Huhn, der Zucker, die Zigaretten stammten von Max Weinstein, sein Dank dafür, daß Margot, wie er es formulierte, die Schnauze gehalten hatte. »Du hast die Schnauze gehalten, da sollst du ein Huhn essen zu eurem Weihnachten.« Womit er sich auf das Porzellan im Treppenhaus des Schlößchens bezog, die Bonbonnieren, Tabaksdosen und Tafelaufsätze, die tändelnden Rokokopaare, Schäferinnen, Mohren, Flötenspieler und Ballerinen, Kostbarkeiten allesamt, gut gesichert hinter den Glasscheiben der Vitrinen, bis vor kurzem jedenfalls.

Die Besitzer der Annenburg hatten schon mehrfach höheren Orts um Herausgabe der Sammlung nachgesucht, vergeblich, beschlagnahmtes Gut, zudem unter besonderem Schutz des Military Government. OFF LIMTS, befahlen zwei Schilder über den Vitrinen, es war verboten, sich ihnen auch nur zu nähern. Und in der Tat, obwohl manches aus der Annenburg sich nach und nach verflüchtigte, Silberzeig, Bilder, sogar kleine Möbelstücke, das Porzellan war bislang tabu gewesen. Nur einmal war etwas abhanden gekommen, eine Nymphenburger Kolombine, niemand erfuhr, wie und durch wen. Die Vitrine zeigte keinerlei Beschädigung. Schweigen breitete sich über den Vorfall.

»Der Schloßgeist vermutlich«, hatte Herr Baranow beim Abendessen geäußert. »Und ich versichere Ihnen, eines Tages ist alles weg. Dort liegt ein Vermögen, mancher würde seine Großmutter dafür verkaufen.«

In der Nacht, die der Abreise des Colonels folgte, wurde Margot von ihrem Wecker früh um zwei aus dem Schlaf geholt, die Stunde für den Koks. Sie zog ihren Mantel an und schlich, Tasche und Schuhe in der Hand, über den Flur und die Treppe hinunter, immer auf der Hut, ob irgendwo eine Wasserspülung rauschte, eine Tür sich bewegte. Aber es blieb still im Haus, fast immer Stille um diese Zeit, noch nie war ihr jemand begegnet.

Im ersten Stock, nahe der Treppe, die zur Halle hinunterführte, meinte sie, leises Klirren zu hören, glaubte an eine Täuschung, bog um die Ecke. Da sah sie Max Weinstein. Er stand vor der obersten Vitrine und hielt eine Vase in der Hand. Margot wollte zurückweichen, zu spät, er hatte sie schon bemerkt. Der Mond, vom Schnee reflektiert, schien durch das große dreiflügelige Fenster, und sie preßte die Faust vor den Mund, um nicht zu schreien, denn Max Weinstein fuhr auf sie los, was willst du, und Margot sah die geöffneten Vitrinen, die Kiste davor, verrätst du mich, fragte er, und sie dachte, er würde sie umbringen, doch die Hände griffen nur nach ihren Schultern. »Verrätst du mich?«

Sie schüttelte den Kopf und rannte in ihr Zimmer zurück. An der Tür hochte sie auf Schritte, und als sie schon unter der Decke lag, horchte sie immer noch.

Die Untersuchung am nächsten Tag wurde von Captain Laughan geführt, dem Sicherheitsoffizier, der, bereits um die vierzig und offensichtlich in seiner Karriere steckengeblieben, dieses Defizit in Arroganz umsetzte und bei Briten und Nichtbriten gleichermaßen verhaßt war, besonders freilich bei der ihm unterstellten Iffenhausener Polizei, wo ausführlich darüber nachgedacht wurde, wie man es ihm später heimzahlen könne, in England oder sonstwo.

Captain Laughan setzte zunächst die Militärpersonen in der Registratur und die Zivilisten in der Halle fest. Unter seiner Aufsicht ließ er sämtliche Zimmer im zweiten und dritten Stock durchsuchen, dann die Büros und Wirtschaftsräume, schließlich sogar die Offiziersquartiere samt blauem, grünem und chinesischem Salon, alles umsonst, auch die Verhöre brachten nichts zutage. Margot sagte, daß sie geschlafen hätte. »Mit wem?« wollte Captain Laughan wissen. Stumm blickte sie auf seinen roten Schnauzbart, und der ebenfalls anwesende Captain Porter, der im Zivilleben Kunsthistoriker war und überhaupt ein feinsinniger Mensch, murmelte verlegen: »Sorry, Miss Möller.« Lauma Mikitis, die nach Margot hereingerufen wurde, begann schon an der Tür zu schluchzen, denn Max Weinstein hatte die Befürchtung geäußert, daß, falls der Täter sich nicht finden ließe, alle gefeuert würden, und vermutlich, meinte er, sei einer von den Engländern das Schwein. Seine Befragung dauerte im übrigen besonders lange. Captain Laughan konnte Juden erklärtermaßen nicht ausstehen. »I hate their bloody creed«, hatte er einmal in der Registratur von sich gegeben, unbekümmert um Ildiko, die daneben stand und einen Weinkrampf bekam, worauf der Colonel, was Margot ihm nicht vergaß, sie lange getröstet und danach in Captain Laughans Büro so laut seine Stimme erhoben hatte, daß alle es hören konnten. Vermutlich hätte Captain Laughan den Diebstahl mit Freuden Max Weinstein angehängt. Jedoch fand sich nicht der geringste Hinweis, zumal Frau Kükü beschwor, die Nacht mit ihm verbracht zu haben. »Bed, yes, bed«, nickte sie eifrig, und da ein türkischer Dolmetscher nicht zur Verfügung stand, blieb unklar, ob sie überhaupt begriff, wohin die Fragerei zielte. Kurz, keine Spur im Haus, auch nicht im Park, überhaupt keine Spuren. Captain Laughan brach schließlich die Untersuchung ab mit der Begründung, daß es sich bei dem Porzellan schließlich nicht um britisches Eigentum handele, und Margot konnte rechtzeitig zum Bahnhof fahren, in Max Weinsteins Begleitung, dem bei Bedarf ein Wagen zur Verfügung stand.

Stumm saßen sie nebeneinander, früher Morgen, die Stadt war dunkel und leer, Stromsperre, und ohnehin wies nichts auf Weihnachten hin.

»Hältst du mich für einen Gangster?« fragte Max Weinstein.

Sie näherten sich dem Marktplatz, und statt einer Antwort bat ihn Margot, an Frau Wolffs Haus vorbeizufahren. Sie wollte ihr die Reste vom Abend bringen, Brot, kalte Kartoffeln, einen Topf Soße. Koks fehlte diesmal. Ob sie das öfter täte, wollte Max wissen, und Margot nickte.

Der Zug hatte Verspätung. Frierend standen sie in dem Schalterraum, wo der Wind durch die zerbrochenen Glasscheiben pfiff.

»Wir waren ehrliche Leute zu Hause«, sagte Max Weinstein. »Fromm, du hättest meine Mutter sehen sollen. Oder glaubst du das nicht?«

»Doch«, sagte Margot.

»Die haben sie umgebracht«, sagte er. »Joseph und ich brauchen Geld für Amerika, warum soll ich ihr Porzellan nicht nehmen?«

Anna Jarosch Stimme: »Ist Leben schwer, Malenka, kannst du nicht streicheln Hund, was dich beißt.«

»Also, bin ich nun ein Gangster?«

»Ich weiß nicht.« Malenka sah in das dunkle, herausfordernde Gesicht, vor dem sie keine Angst mehr hatte. »Wahrscheinlich bin ich es auch. Kriegsmenschen, hat mal einer gesagt. Und daß wir vielleicht niemals wieder richtige Friedensmenschen werden.«

»Wer war das?«

Sie zögerte. »Ein Marineoffizier.«

»Ein deutscher?«

»Er hieß Wiethe. Ich weiß nicht, ob er noch lebt.«

»Verdammt soll er sein«, sagte Max Weinstein, und Margot bereute, den Namen genannt zu haben, du sollst nicht verdammt sein, Wiethe, dachte sie und sah ihn so deutlich vor sich wie damals bei der ersten Begegnung. Erst kurz vor Hannover fiel ihr wieder ein, daß er sie verraten hatte.

Vor dem Bahnhof wartete der Pastor, »endlich sind Sie da, liebes Kind«. Hannover lag im Schnee, bizarre Eispaläste die Ruinen, am Raschplatz rodelten Kinder über weiße Schutthügel, ein böses Wintermärchen. Frau Schaper empfing sie atemlos, alles wie sonst, schon zehn Minuten später schleppte Margot mit Selma Matratzen durch die kalte Diele. Auch das Studierzimmer war kaum geheizt, der Pastor saß im Mantel, eine Wolldecke über den Knien, am Sekretär, um letzte Hand an die Weihnachtspredigt zu legen. Margot nahm Max Weinsteins Zigaretten, außerdem zwei Teebüchsen voll Tabak aus Colonel Hollets Kippen, und handelte bei dem Kohlenhändler Mollenhauer in der Friesenstraße drei Zentner Briketts dafür ein, die sie mit dem Handwagen ins Pfarrhaus brachte. Ein warmer Ofen nach dem Gottesdienst, das Huhn, sogar fünf Kerzen und Lametta, dennoch, ein schwieriges Weihnachtsfest, und als Pastor Schaper auf dem Harmonium »O du fröhliche« spielte, sagte Selma in eine Pause hinein: »Nicht noch die nächste S-trophe, Herr Pastor, s-timmt diesmal ja nicht.«

Nein, es stimmte nicht, nur die Hoffnung stimmte, Frieden auf Erden, und das war mehr als in den Jahren zuvor. So spielte Pastor Schaper weiter, und während Margot die alten Lieder sang, die wie von selbst über ihre Lippen kamen, wünschte sie sich, hierzubleiben, in diesem Haus, wo keiner fragen mußte, wer er war, wohin er gehörte, welchen Weg er wählen sollte. Wünsche im Kerzenschein, drei Tage später fuhr sie nach Iffenhausen zurück.

Es ist nicht mehr für lange, meinte Margot und begann das Jahr 1946 voll Zuversicht, mit neuen Kenntnissen und Erfahrungen, auch mehr Geld in der Matratze, dreihundert Mark, die sie gespart hatte vom Gehalt, und mindestens doppelt soviel würde hinzukommen bis zum Beginn des Sommersemesters. Ordnung dann endlich, ein Plan, ein Ziel. Sie schickte ihre Bewerbung ab und erinnerte den Colonel an sein Versprechen, bei dem Universitätsoffizier ein Wort für sie einzulegen.

»All right, I will do it.«

Er sah aus dem Fenster dabei, kein gutes Zeichen, all right, I will do it, immer dieselbe Beschwichtigung fortan, wenn sie ihre Bitte wiederholte. Der Januar verging, der Februar, aus Göttingen war bereits die Absage eingetroffen mit vagen Vertröstungen auf das nächste Semester, nur er konnte jetzt noch helfen.

»Bitte, Colonel, es ist so wichtig für mich.«

Sie stand vor seinem Schreibtisch in dem blauen Kleid, das ihm gefiel. Er hatte den Stoff aus seinem Weihnachtsurlaub mitgebracht, damals, als er viel zu früh zurückgekehrt war, am Neujahrstag schon. In der Halle ringelten sich noch die Papierschlangen von den Lampen, Überbleibsel der Silvesterfeier, und Zivilisten wie Soldaten schliefen ihren Rausch aus, auch Captain Porter, Commanding Officer zur Zeit, aber ohne jeden militärischen Eifer.

Margot hatte die ganze Nacht getanzt, hauptsächlich mit Stanley Schofield, der ihr in seinem erprobten Ruckzuck-Verfahren den langsamen Walzer beigebracht hatte, Foxtrott- und Swingschritte. Tanzen, zum ersten Mal, das war wie auf Wolken gehen. Die Halle verschwand im Schummerlicht der bunten Glühlampen, Parlez-moi d'amour spielte die Band, Ramona, Sentimental Journey, und Stanley Schofield, sein Gesicht an ihrem, sagte, daß sie sweet sei, o no, o yes, und später wollte er sie küssen. »Why not? Have you got a boyfriend somewhere?« Sie nickte, er wandte sich ab, »well, I am a married man anyhow«, und Margot, als sie mittags durch die Halle ging, grübelte immer noch hinter der Frage her, ob sie es richtig gemacht habe oder falsch, da stand der Colonel vor ihr in seinem kamelhaarfarbenen Dufflecoat, Schneeflocken auf dem Ärmel, die langsam zerschmolzen.

»Happy New Year«, sagte er so beiläufig, als käme er nicht gerade von Sussex zurück, sondern aus dem nächsten Dorf, und griff in seine Reisetasche: ein hellblauer Musselin, dann noch Kostümstoff, blauweißer Pepita.

»Blue is your colour, Maggie.«

»O Gott!« sagte sie überwältigt.

»Do you know a good dressmaker?«

Margot nickte, ja eine sehr gute Schneiderin. »Sie hat nur keine Nähmaschine.«

Er würde mit Max darüber sprechen, sagte der Colonel und war, bevor sie sich bedanken konnte, verschwunden. »Wahrscheinlich«, sagte Margot zu Herrn Baranow, »hat er die Stoffe sich selbst geschenkt, um sein Auge zu erfreuen.« Aber ihre eigene Freude wurde dadurch nicht gemindert.

Was das hellblaue Musselinkleid betraf, so hatte Frau Wolff sich diesmal dem Pyritzer Urmodell verweigert zugunsten eines lockeren Hemdblusenstils. »Elegant«, sagte sie vor dem Spiegel und strich die Falten unterhalb der tiefgezogenen Taille glatt, »sehr damenhaft, Fräulein Möller. Wie aus dem feinsten Salon.« Eva, Ildiko und Els van Rouwen gefiel das Kleid so gut, daß sie ebenfalls zu Frau Wolff gingen, wie überhaupt ihre Kundschaft sich rasch vermehrte und dank der Nähmaschine, die Max Weinstein über zahlreiche Ecken und Umwege heranschaffte, auch bedient werden konnte. Jedesmal, wenn Margot später Sinn und Unsinn ihres Iffenhausener Aufenthalts erwog, sah sie Frau Wolff in der Schliekerschen Dachkammer stehen, die Tür öffnet sich, und was hereinrollt, bedeutet Wärme, Nahrung, Zukunft. In Frau Wolffs Geschichte, meinte sie, spiele ich den Part des Boten mit der Nähmaschine, und wer weiß, vielleicht bin ich wirklich nur deshalb nach Iffenhausen gekommen. Wie dem auch sei, als sie die Militärregierung verließ, konnte Walli Wolff aus eigener Kraft weiterleben, eine Rechtfertigung vielleicht für Margot, falls Rechtfertigungen nötig sind. Aber Schluß mit Frau Wolff, es ist nicht ihre, es ist Margots Geschichte, März, sie will gehen.

So schnell allerdings, wie sie glaubt, wird daraus nichts werden, noch liegen Stolpersteine am Weg. »Mensch ist kein Vogel, Malenka«, hatte Anna Jarosch gesagt, »wenn kleine Stein, kannst du springen, wenn große Stein, mußt du bleiben, wo bist.«

»Ich möchte nach Göttingen. Bitte, Colonel, helfen Sie mir.«

Er stand am Fenster, der Schnee im Park war geschmolzen, Amseln hüpften über den weichen Boden.

»Not now, Maggie«, sie müsse bleiben, er brauche sie noch.

Margot hatte es erwartet und wehrte sich trotzdem, versprochen, er habe es versprochen. »Warum tun Sie es nicht?«

»You stay here, that's an order.«

»Ich bin nicht Ihre Sklavin!« rief sie, und er sagte, daß er im Herbst ohnehin ein Kommando in England bekäme, bis dahin, Maggie, »and I'll phone Göttingen at once«, hielt auch schon den Hörer in der Hand, fragte nach der Nummer, wählte, redete, »my secretary, Major, very intelligent girl, very loyal too, of course, Major, all right, Major, thank you very much indeed.« Er legte auf, alles würde geregelt, keine Sorge, im Wintersemester könne sie anfangen, »but this summer you stay with me.«

Was sollte sie tun, sie blieb.

Der Mensch ist kein Vogel. Eine von Anna Jaroschs Maximen auf ihrem Weg zu den kleinen Sicherheiten, »weiß ich von mein eigene Leib, Malenka, gute Rat besser wie schlechte Tat«, so, wie es schon die junge Anna von ihrer Großmutter gehört hatte, bevor Heinrich Jarosch mit der Peitsche knallte und sie auf und davon gegangen war. Der Anfang allen Unglücks, nannte sie es, obwohl später, in den behaglicheren Jahren, manchmal auch durchklang, daß es vielleicht doch besser so gewesen sei, als im Dorf zu bleiben bei Stanislaw Jazcinsky und seinen zwei Kühen. »Aber bist du nie sicher, wie kommt, so oder so, und fällst du hart von hohe Stein.«

Bleib, Malenka. Spring, Malenka. Im Sommer war es wieder soweit: Margot sprang.

Juni, die Rhododendren blühten. Weigelien, Jasmin, rote und weiße Wolken im Grün, wenn Margot vom ersten Stock aus, wo sie jetzt wohnte, über den Park blickte. Nach den ersten Frühjahrsstürmen hatte es oben in ihrer Dachkammer durchgeregnet, auch bei Ildiko und Eva, so daß der Tischler Dünnebier aus Iffenhausen kommen mußte, um den Offiziersflügel vermittels einer Sperrholzwand zu separieren, und sie in die beiden leerstehenden Zimmer neben der Treppe umquartiert wurden.

Große Zimmer, ein Bad dazwischen und ein Ankleideraum. »Wie zu Hause«, hatte Eva gesagt, flüsternd nach wie vor, und das Gesicht an die blaue Wandverkleidung gelegt. Margots Wände waren fraisefarben, ebenso die Vorhänge, die Sesselbezüge, die Teppiche, das französische Bett, es hatte ihr den Atem verschlagen beim ersten Anblick, meins, dies ist meins, beinahe wie damals, als sie das Möllersche Eßzimmer ausgeräumt hatte für ihre Träume. Geborgter Luxus auch dies, nichts von Dauer.

Das Bad konnte sie jetzt allein benutzen, denn kurz nach dem Umzug hatte ein verschollen geglaubter Onkel von Ildiko sie und Eva nach Paris geholt. Seitdem saß Max Weinstein wieder neben Joseph, wie sich überhaupt manches verändert hatte im Souterrain, auf mehr oder minder dramatische Weise. Frau Kükü war weinend und winkend in die Heimat aufgebrochen, etwas später auch Olga Piggy, ihre Nachfolgerin am Herd, dies allerdings unter serbischem Wutgeschrei, nachdem Max Weinstein ihr das Essen vor die Füße gekippt hatte. Und Els van Rouwens Abschied im Mai konnte man, obwohl das Kartenhaus ihrer angeblichen Vergangenheit dabei zusammenfiel, geradezu triumphal nennen.

Eines Sonntags nämlich, alle saßen beim Essen, hatte sich die Tür geöffnet, und ein Mann war hereingekommen, »Els«, rief er, und sie war ihm mit einem Schrei um den Hals gefallen. Dies sei Horst, sagte sie schließlich, Horst Schünemann, und er fügte hinzu: »Ich war in Gefangenschaft, jetzt will ich sie holen.«

Schweigen zuerst, dann Max Weinsteins Stimme: »Bist du das Gestaposchwein, vor dem sie sich verstecken mußte?«

»Was soll das?« fragte der Mann, »Deutschenhure!« schrie Max, und beide machten Anstalten, aufeinander loszugehen.

Doch Els verhinderte es. »Ja«, rief sie, »nennt mich so, von mir aus gerne. Ich habe gedacht, er ist tot, und jetzt ist er da, und denkt, was ihr wollt, ich pfeife darauf, komm, Horst.«

»Liebe, Lüge und Happy End.« Herr Baranow, der Margot an diesem Abend bei einem Gang durch den Park begleitete, wollte spöttisch sein. Aber es gelang ihm nicht, und als sie auf einer Bank saßen, zwischen Flieder und Pfingstrosen, begann er mit seiner eigenen unglückseligen Geschichte, gegen alle Vorsätze, sagte er, aber er könne sie nicht immer nur sich selbst erzählen. »Ich habe Ihnen soeben mein Leben anvertraut, Fräulein Möller. Muß ich es bereuen?«

Seine Hand berührte ihre, einen Augenblick nur, und Margot, aus Mitleid und um ihm die Angst zu nehmen, hätte sie am liebsten zurückgeholt. Doch Herr Baranow war schon aufgestanden.

Auch die nächsten Veränderungen zeichneten sich bereits ab. Eine jüdische Organisation aus Philadelphia hatte für Joseph und Max Weinstein die Auswanderung in die Wege geleitet, bald sollten die Papiere kommen. »Amerikaner«, Max jubelte es fast, »wir werden Amerikaner«, und er verriet Margot im ersten Überschwang, daß er von seinen gehorteten Geldern auf dem Berliner Schwarzen Markt Diamanten zu kaufen gedenke, denn soviel stand fest, als Tellerwäscher würden er und Joseph drüben nicht anfangen. Was mit der Porzellansammlung geschehen war, erfuhr sie nicht, wollte es auch nicht wissen.

»Und du«, sagte er, »kannst dich dann endlich zu deinen Deutschen setzen«, eine Anspielung auf die sich langsam wandelnden Verhältnisse in der Militärregierung. Das Fraternisierungsverbot galt nicht mehr, und als Ersatz für Ildiko und Eva waren jetzt zwei deutsche Mädchen in den Typing Pool gekommen, Schwestern, ihrer Ähnlichkeit wegen »the twins« genannt. Unermüdlich tippten sie vor sich hin, vierhändig sozusagen, synchron in Rhythmus und Geschwindigkeit, selbst die Köpfe bewegten sich im gleichen Takt. »Like two chickens«, befand Stanley Schofield, aber wenigstens würde jetzt im Büro gearbeitet werden, und Joseph mußte sich in die Nachbarschaft fügen.

Auch Captain Laughans neue, vom Landrat empfohlene Sekretärin war Deutsche: Frau Barsinghaus, Witwe des gefallenen

Gymnasialdirektors, eine große, schlanke Dame mit blondem Knoten und makelloser Vorkriegsgarderobe, die seinerzeit, eine weiße Fahne schwenkend, vor den Ratsherren hermarschiert war, um Iffenhausen den Amerikanern zu übergeben. Sie sprach ausgezeichnet englisch, war überhaupt perfekt, selbst Captain Laughan zuckte zurück, wenn sie die Augenbrauen hob, und Max Weinsteins Sottisen machten ihr insofern nichts aus, als sie, wie Margot von ihr hörte, ohnehin keine Gemeinsamkeiten mit ihm und seinesgleichen wünschte. Frau Barsinghaus und die Twins wurden morgens in Iffenhausen abgeholt und abends nach dem Essen wieder zurückgebracht, ein Klub für sich bei Tisch, mit deutlicher Mißbilligung, daß Margot nicht eindeutig Stellung bezog. »Wir sollten unseren Stolz zeigen, Fräulein Möller«, bemerkte Frau Barsinghaus tadelnd.

Der Colonel konnte sie nicht ausstehen. »This Barsinghaus woman«, sagte er, Abscheu in der Stimme, und ein Geplänkel ihretwegen sollte den Anstoß geben, daß Margot schon im Juni über die Mauer der Annenburg sprang. Bildlich gesprochen jedenfalls, denn zu springen brauchte sie nicht, nur durch das Tor zu gehen.

Es war nach einer Inspektionsfahrt, sie saßen im Auto, und der Colonel, nachdem er vor sich hingesonnen hatte, erklärte unvermittelt: »This Barsinghaus woman, she looks like a Nazi.«

»Warum?« fragte Margot, mehr aus einer Laune heraus als in der Absicht, Frau Barsinghaus zu verteidigen. »Wieso sieht sie wie ein Nazi aus? Weil sie blond ist? Ich bin auch blond.« Sie schüttelte ihre Haare. »Sehe ich auch so aus?«

Er antwortete nicht.

»Vielleicht doch? Woran erkennt man den Nazi?«

Übermütig, sie war übermütig, und Übermut, pflegte Anna Jarosch zu sagen, macht erst hopphei und dann vorbei. Der Tag war heiß gewesen, jetzt kam Kühle. Ein Duft von frischgemähtem Gras wehte durch den Wagen, und am liebsten wäre sie ausgestiegen und an den Wiesen entlanggelaufen in den Wald, dem Abend entgegen. »Oder bin ich doch einer?« Sie legte die Handrücken an die Stirn und wackelte mit den Zeigefingern. »Hakenkreuz und zwei kleine Hörner. Und wenn man…«

Sie verstummte, als sie in seine Augen sah, dieser seltsame Blick, noch seltsamer als sonst.

»Be quiet«, sagte er, »please, Maggie, be quiet.«

In der Nacht hörte sie, wie es klopfte, leise erst, Teil ihres Traums. Dann wurde sie wach, es klopfte weiter.

»Just a moment, Maggie.« Es war die Stimme des Colonels. Sie knipste die Nachttischlampe an und öffnete die Tür einen Spaltbreit, da stand er schon im Zimmer.

Margot wich zurück, die Hände über dem Ausschnitt ihres Nachthemds gekreuzt, ein langes, weißes aus Frau Schapers Beständen, das sie aufgeknöpft hatte wegen der Wärme.

»Don't be afraid«, sagte Colonel Hollet und holte sie zu sich heran. Sie stand vor ihm mit gesenktem Kopf, sah die Pyjamahosen, dunkelgrün unter dem rot-weiß gemusterten Hausmantel, die braunen Pantoffeln, »look at me, Maggie«, sagte er, »let me look at you please.« Immer wieder unbegreiflich, was nun geschah, daß er ihr das Nachthemd abstreifte, langsam, erst einen Ärmel, dann den anderen, sie zum Bett drängte, da lag sie, und er, halb aufgerichtet in seinem seidenen Mantel, sah sie an mit wandernden Blicken, wie konnte sie es geschehen lassen.

»Your are so sweet«, sagte der Colonel, »like a young fresh rose«, und vielleicht, dachte Margot in späteren Jahren, älter geworden und ehrlicher mit sich selbst, hatte sie auf mehr gewartet, nun, als er neben ihr lag, die Schranken gefallen, kein Schreibtisch zwischen ihnen und draußen Rhododendron und Jasmin und Ulrich Jensch nur ein Schemen, unerreichbar für ihre Sehnsucht nach Nähe und Zärtlichkeit. »Ist nicht bloß Mann«, hatte Anna Jarosch gesagt bei den Versuchen, ihre Enkelin aufzuklären über Juchhe und Ade, »hat auch Frau kleine Kröte in Bauch«, und möglich, daß es eine Sommernachtskröte war, die ihn ohne Seidenmantel haben wollte und grünen Pyjama. Er jedoch sah Margot nur an, und was ihre Haut berührte, war der Luftzug, der durch das offene Fenster kam.

Colonel Hollet schien ihr Frösteln zu bemerken und deckte sie zu. Dann legte er sich auf den Rücken, das Gesicht nach oben gewandt, kein Blick mehr, kein Wort, keine Bewegung, die Zeit verging, irgend etwas mußte geschehen, küß mich, sagte der Frosch.

»Colonel.« Margot hob die Hand und strich über seine Schulter. Er zuckte zurück, so heftig wie nach einem Schlag. »Behave yourself, Maggie, please«, sagte er, stand auf, zog die Pantoffeln an und verschwand, das Ende so schnell wie der Anfang, es war, als sei er nicht dagewesen.

Zwei Stunden später, im Park lärmten schon die Vögel, holte Margot Herrn Baranow aus dem Bett. Schlaftrunken und stoppelbärtig stand er an der Tür in seinem Bademantel, rot-weiß gestreift ausgerechnet, zu eng über dem Bauch, und schäbiger Frotteestoff statt Seide.

»Ich gehe«, sagte Margot, »und ich wollte mich nur von Ihnen verabschieden.«

»Warum denn, um Himmels willen«, wollte Herr Baranow wissen und fragte, als Margot ihn nur mit Andeutungen versah, schließlich unverblümt, ob der Colonel ihr zu nahe getreten sei.

»Ja«, sagte sie, was einen slawischen Wutanfall bei ihm verursachte. »Kolonialherren! Blutsauger! Sind wir ihr Eigentum?«

»Seien Sie doch leise«, rief Margot, voll Sorge, daß Lauma und Gustav Mikitis im gegenüberliegenden Zimmer aufwachen könnten, und Herr Baranow murmelte, nachdem er sich etwas beruhigt hatte: »Konnten Sie ihn abweisen?«

»Ja«, sagte Margot und legte den Kopf auf die Arme. Sie hatte fortgewollt, doch nicht so und schon wieder ins Ungewisse.

Ihre Sachen waren gepackt, Pastor Schapers Koffer und ein Leinensack, den Frau Wolff aus Zeltplanen für sie genäht hatte. Es war sechs geworden inzwischen, eigentlich zu früh, um Max Weinstein zu wecken, aber es mußte sein. Unter lautem Fluchen, denn er war erst gegen Morgen von einer seiner Touren zurückgekehrt, versah er sie mit dem Nötigsten, Lebensmittelkarten, die zumindest echt aussahen, und für unterwegs ein englisches Weißbrot, ein Stück Käse, ein paar Schachteln Zigaretten. Als sie die Lindenallee entlangging mit dem schweren Koffer und dem Sack, die Möller- und Jaroschpapiere in der Umhängetasche, das Geld im Brustbeutel, fiel ihr Mellenthin ein, die Flucht um Mitternacht. Auch damals ein Parktor, aber Lore war bei ihr gewesen, und jetzt war sie allein. Sie blieb stehen, wollte umkehren, ging wieder weiter, bis ein Pferdewagen hielt und sie mitnahm bis zum Rathaus. Nach der polizeilichen Abmeldung ging sie zum Bahnhof. Eigentlich war Hannover ihr Ziel. Doch am Schalter zuckte ein Bild vorbei: die Diele im Pfarrhaus, Flüchtlinge um den Tisch herum, und sie, mit der Kelle in der Hand, teilt die Suppe aus. Wieder anknüpfen, wo sie aufgehört hatte, den Kreis schließen, nein, das nicht, dachte Margot, und kaufte einen Fahrschein nach Göttingen.

War es die richtige Entscheidung? »Ja, die richtige«, wird Margot sagen, später jedenfalls, nach der Rückkehr zu sich selbst, auf Wegen, die sie anfangs noch für Umwege hielt. Bielefeld etwa, nie wäre sie nach Bielefeld gekommen ohne jene schnelle Wendung am Fahrkartenschalter von Iffenhausen. »Schreibt Gott mit krumme Feder«, hatte Anna Jarosch bisweilen gesagt.

Göttingen also, zunächst Göttingen. Margot geht über den Wilhelmsplatz und in das Aulagebäude.

Es war mitten im Sommersemester, und Major Brooks, der Universitätsoffizier, ein älterer Herr mit geradem, etwas steifem Rücken, zeigte sich irritiert, auch deshalb, weil es Margot unter Hinweis auf Colonel Hollet geschafft hatte, außerhalb der Sprechstunde in sein Büro zu gelangen, eine Beharrlichkeit, die sie nun bereute. Der Raum war kahl und abweisend. Über dem blankgeputzten Schreibtisch hing das Porträt eines Gelehrten im Talar, dessen strenge, unbeirrbare Augen Margot noch ängstlicher machten.

Selbstverständlich könne er sich an das Gespräch mit Colonel Hollet erinnern, sagte Major Brooks in ausgezeichnetem Deutsch, und schon sein Tonfall verriet, wie sehr es ihm gegen den Strich ging, wenn höhere Chargen jungen Mädchen zuliebe ihre Fäden zogen. Was sie denn mitten im Semester hier wolle? Die Einschreibungen für den Winter begännen im September, auch jemand wie sie müsse sich wohl oder übel an die Termine halten.

»Ich brauche jetzt schon ein Zimmer.« Margot wagte kaum, ihn anzusehen, und Major Brooks setzte seine Brille auf und musterte sie mißtrauisch.

»Zimmer werden vom studentischen Wohnungsamt erst nach

der Immatrikulation vermittelt. Hat Colonel Hollet Sie gefeuert?«

»Nein, ich bin freiwillig gegangen«, sagte Margot, womit Major Brooks die Sache, soweit es ihn betraf, offensichtlich für erledigt hielt. »Das Dekanat, Miss Möller, wenden Sie sich an das Dekanat, das müssen andere auch.«

Er legte seine Brille schnurgerade ausgerichtet neben die Federschale, erhob sich dann, Ende des Interviews, und Margot sah das letzte Jahr vor sich, was sie getan und gewagt, hingenommen und weggeworfen hatte, und alles umsonst. »Können Sie mir denn nicht helfen«, rief sie, »gibt es nicht irgend etwas, eine Sondergenehmigung vielleicht«, mit soviel Panik in der Stimme, daß Major Brooks sich noch einmal hinsetzte. Sondergenehmigungen? Ob sie sich überhaupt vorstellen könnte, was sich hier abspielte. Ganz Deutschland wolle anscheinend in Göttingen studieren, und Sondergenehmigungen würden nur in Sonderfällen erteilt, an Displaced Persons und andere Opfer des Faschismus. »Und seien Sie froh, daß Sie kein Opfer des Faschismus sind, Miss Möller. Fahren Sie nach Hause, warten Sie ab, jeder bekommt seine Chance.«

Es klang wohlwollender als vorher, ließ aber keinen Zweifel an der Entscheidung. »Unerfreulich, ein verlorener Krieg«, sagte er abschließend, »auf Wiedersehen, Miss Möller.«

Margot sah zum Fenster hinaus auf den Wilhelmsplatz, wo Gruppen junger Leute vor der Mensa standen, Studenten, die hierher gehörten und bleiben konnten. Und sie öffnete ihre Tasche und griff nach dem Umschlag, das Todesurteil, der Vollstreckungsbescheid, die Rechnung für Dr. Möllers Ende. »Da«, sagte sie, und nun war es geschehen, und sie wußte, daß es nicht gut war.

Major Brooks setzte die Brille wieder auf und begann zu lesen. »Ihr Vater?«

»Ja«, sagte sie und gab ihm das Abiturzeugnis, Leonore Margret Louise Möller, Tochter von Dr. med. Georg Möller, Pyritz.

»Und Ihre Mutter?«

Sie sagte auch noch, was mit Frau Möller passiert war.

»Haben Sie keinen Ausweis als Opfer des Faschismus?«

»Nein.«

»Es würde vieles erleichtern.«

»Ich will es nicht.« Margot senkte den Kopf, gleich weint sie, dachte Major Brooks erschrocken, so ein nettes Mädchen, will keinen Vorteil aus dem Tod ihres Vaters herausschlagen, weiß der Himmel, was dieser Hollet mit ihr gemacht hat.

Er griff zum Telefon, alles lief nun schnell und reibungslos, ein Platz unter den Vormerkungen für das nächste Semester, danach ein Anruf beim Wohnungsamt, »und viel Erfolg, Miss Möller.«

Es war immer noch Vormittag, die gelb-blauen Streifen auf Margots Kleid leuchteten in der Sonne. Nett und sauber, dachte Major Brooks, der am Fenster stand und sah, wie sie über den Wilhelmsplatz ging, sauber, ihr Attribut seit Kinderzeiten, immer wie frisch gewaschen, hatte schon Frau Dobbertin gesagt. Doch ihr kam es jetzt vor, als fresse sich eine graue Schicht in ihre Haut. Und obwohl sie dies Gefühl zu vertreiben suchte mit tausend Argumenten, es blieb allgegenwärtig wie ein Dauerschmerz, den man spürt, sobald es still wird rundherum.

Im übrigen bekam sie trotz aller Anstrengungen, trotz Dr. Möller und Major Brooks, kein Zimmer vom Wohnungsamt, mangels Masse, wie der Angestellte dort erklärte, hohnlachend geradezu. Der Major solle es sich doch aus den Rippen schneiden, bei ihm jedenfalls gäbe es keins vor Ferienbeginn, sie müsse warten bis August. Und wenn Margot dennoch in Göttingen blieb, so geschah es ohne ihr Zutun, mühelos, eine Verknüpfung von Kleinigkeiten. Zufall, wird Harald Hellkamp es nennen, ihr Partner dabei, einer, der lediglich die letzten Schritte sah, ohne zu bedenken, daß jeder Schritt die Folge eines anderen ist und er mit Margot nur deshalb zusammentreffen konnte, weil sie in Iffenhausen nicht die Sicherheit gewählt hatte, sondern das Risiko.

Harald Hellkamp aus Bielefeld, plötzlich ist er da, noch weiß Margot nicht, was es zu bedeuten hat. Von Bedeutung scheint ihr allein die Kammer, in der sie schlafen kann, ein Bodenverschlag diesmal, nur Gerümpel darin und halbzerfetzte Matratzenteile. Dort lag sie, die Hände unter dem Kopf, und starrte auf das helle Muster, das eine Straßenlaterne zwischen die Dachsparren warf. Es fängt ja erst an, dachte sie und übersprang, halb im Traum schon, die Zeit, war bereits am Ziel, irgendwo im Sichern, ein Haus, ähnlich vielleicht dem am Pyritzer Markt, wo sie zu Hause war, und nicht mehr allein.

Die Bodenkammer hatte Harald Hellkamp ihr verschafft, dem sie sozusagen in die Arme gefallen war auf dem Göttinger Bahnsteig, als sie nach Hannover fahren wollte, nun doch Hannover, wohin sonst. Sie stand mitten im Gedränge, eine Menschenmauer, Studenten hauptsächlich, dazu die Hamsterer mit ihren Kartoffelsäcken und Gemüsekörben. Als der Zug gestürmt wurde, aussichtslos für die meisten, denn selbst auf den Trittbrettern hingen schon die Leute, erhielt Margot einen Stoß, so landete sie an Harald Hellkamps Brust, der im Reflex die Arme um sie schloß. Eingekeilt standen sie da, sie spürte seinen Atem und legte den Kopf zurück, der Schreck in ihren Augen belustigte und rührte ihn. Sie war fast so groß wie er, aber trotzdem kam sie ihm hilflos vor, der erste Irrtum in ihrer Beziehung.

»Lassen Sie mich doch los«, sagte sie ärgerlich.

»Wie denn?« Er lachte. »Keine Eile, Sie kommen sowieso nicht mehr in den Zug.«

Eine gern geschilderte Szene künftighin, diese erste Begegnung, bei jeder Wiederholung mit neuen Arasbesken versehen und immer wieder Anlaß zum Amüsement des Bielefelder Kreises, in dem die Paare gemeinhin auf konventionellere Art zueinanderfanden, Geld zu Geld nach Möglichkeit, Fabrik zu Fabrik.

»Wir haben eine Weberei in Bielefeld«, hatte Harald Hellkamp Margot erzählt, und da sie sich darunter nichts Genaues vorstellen konnte, dachte sie an Szenen von Gerhart Hauptmann, ein Webstuhl in der Küche, ausgemergelte Gestalten davor, lächerlicherweise, das merkte sie bald und fiel schließlich aus allen Wolken beim Anblick des Hellkampschen Hauses am Bielefelder Johannisberg, Dornberger Straße, wo Harald geboren und aufgewachsen war, mit einem silbernen Löffel im Mund. »Der silberne Löffel, etwas anderes interessiert dich nicht«, wird sie eines Tages zu ihm sagen, am Ende dessen, was jetzt anfängt auf dem Göttinger Bahnsteig, einer dieser Anfänge, die man nicht erkennt. Zufall. Alles Notwendige geschieht zufällig, hatte Margot irgendwo gelesen.

Wann der nächste Zug käme, wollte sie wissen.

Die Menge war auseinandergelaufen, nur er stand immer noch neben ihr. »Morgen früh.« Er blickte auf den Koffer. »Ich kann Ihnen behilflich sein. Wo wohnen Sie denn?«

»Im Wartesaal.« Es sollte ironisch klingen, was ihr aber nicht gelang, und Harald Hellkamp, der sich bereits anschickte, die Verantwortung für sie zu übernehmen, sagte tröstend: »Das wird schon werden.«

Margot versuchte, ihm zu glauben. Er sah so verläßlich aus in seiner hellen Windjacke, ungefähr fünf Jahre älter als sie, das Gesicht etwas kantig, ein festes Kinn, doch die Augen mit dem kleinen Silberblick gaben ihm gleichzeitig Weichheit und Sensibilität, jedenfalls schien es ihr so. Er nannte seinen Namen, fügte hinzu, daß er Student sei, Volkswirtschaft, und schleppte den Koffer zielstrebig zum Stegemühlenweg, wo ein Kommilitone wohnte, bei einer Frau Scheinemann, die sich mißmutig herbeiließ, Margot oben in der Bodenkammer schlafen zu lassen, höchstens für zwei Wochen, sagte sie, absolut provisorisch, und die Toilette im ersten Stock bitte allenfalls morgens und abends benutzen.

»Lange dauert das hier sowieso nicht«, erklärte Harald Hellkamp, als Margot verstört auf das Gerümpel blickte, auf die blinde Dachluke voller Spinnweben. Trotzdem legte er noch am selben Abend eine geheime elektrische Leitung von der Flurbeleuchtung bis zur Matratze, je nach Bedarf abnehmbar und wieder anzuschließen. Auch eine Lampe brachte er mit, eine Tasse, einen kleinen Kocher und einen Topf, unnötigerweise beinahe, denn schon wenige Tage später fand sich dank des Prinzips, daß, wer viel fragt, auch viele Antworten bekommt, ein besseres Quartier. Der Bekannte eines seiner Bekannten gab Studium und Zimmer auf, so daß Margot in die Groner Torstraße ziehen konnte, zu Otto und Emmi Hannewald. Das Haus lag am Leinekanal, der kaum Wasser führte um diese Jahreszeit und modrigen Geruch durchs Fenster schickte. In den unteren Wohnungen nistete der Schwamm, aber bei Hannewalds im zweiten Stock war es noch trocken, und Margots Zimmer, sauber getüncht, die Dielenbretter rot gestrichen, enthielt alles Nötige, Schrank, Tisch und Stühle, auch eine Waschkommode mit Schüssel, Kanne und Eimer, sogar einen eisernen Ofen, keine Selbstverständlichkeit für Göttinger Untermieter. »Und ein erstklassiges Bett«, sagte Frau Hannewald.

»Mein Otto ist Sattler, der hat die Matratzen im Griff. In meine Küche dürfen Sie auch. Meine Studenten brauchen keine rohen Kartoffeln zu essen wie bei manchen Gnädigen im Ostviertel.«

Sie war klein und weißhaarig, und ihre freundliche Resolutheit erinnerte Margot an Frau Dobbertin. Doch, das Zimmer gefiel ihr. Außerdem kostete es nur zehn Mark monatlich.

»Sehen Sie, man muß nur erst einen Fuß in der Tür haben«, sagte Harald Hellkamp.

Er hatte ihr geholfen, die Sachen vom Stegemühlenweg in die Groner Torstraße zu bringen, und war später noch einmal zurückgekommen, mit Brot und einer Büchse Leberwurst für das erste Abendessen in der neuen Behausung.

»Wo haben Sie das denn her?« fragte Margot und sah zu, wie er die Dose öffnete und Wurst auf die Brotscheiben strich, eine dicke Schicht, grau und fett, nach Thymian duftend und allerlei Gewürz, fast wie Anna Jaroschs Produkte.

»Vom Gut«, sagte er.

»Was für ein Gut?«

»Lorup. Es gehört uns.«

»Ich denke, Sie haben eine Weberei?«

»Ja, sicher. Das Gut wird von einem Verwalter bewirtschaftet. Früher standen die Pferde dort, Prachtpferde, die haben sie uns natürlich beim Polenfeldzug weggeholt. Aber jetzt sind schon wieder zwei neue da.«

»Eine Fabrik und ein Gut«, sagte sie verwundert.

»Warum erstaunt dich das?«

»Es war doch Krieg.«

»Was hat das mit dem Krieg zu tun?« fragte er. »Bielefeld ist übrigens total kaputt. Aber bei uns haben sie kaum etwas getroffen, nur die Maschinenhalle, und nicht mal schlimm. Ein Riesenglück.«

»Glück«, sagte Margot, die Augen auf der Leberwurst.

»Kriege ich noch ein Brot?«

Er schnitt eine Scheibe vom Laib, schnell und präzise, und sie fragte: »Haben Sie oft Glück?«

Harald Hellkamp dachte nach, dann nickte er, doch, ja, das könne man so ausdrücken, und führte den Krieg an als Beweis, den er im Westen verbracht habe, bei der Nachrichtentruppe, fünf ruhige Jahre an der französischen Küste, nicht zu fassen so ein Glück, wogegen sein älterer Bruder in Rußland geblieben sei, kaum da und gleich alles vorbei. »Und soll ich Ihnen sagen, warum? Weil er von Anfang an damit gerechnet hat. Schon als Kind war er so. Bei jedem Sprung über einen Bach hat er vorher verkündet, daß er bestimmt ins Wasser fallen würde, und wenn einer fest daran glaubt, dann liegt er praktisch schon drin.«

Er schien, so klang es jedenfalls, dem Bruder diesen Tod ein wenig zu verübeln, seiner eigenen Pläne wegen, die dadurch gestört worden waren.

»Elektrotechnik, das hätte mich interessiert, oder auch Maschinenbau. Und nun muß ich natürlich den Laden zu Hause übernehmen und Volkswirtschaft studieren.«

»Wie schrecklich«, sagte Margot ironisch.

Er stutzte, fing dann an zu lachen. »Sie haben recht, ist ja wirklich keine allzugroße Zumutung. Und es wird schon werden. Das bleibt nicht immer so in Deutschland wie jetzt. Und wenn wir wieder richtig loslegen können, macht es auch Spaß.«

»Sie sind so katastrophenlos«, sagte Margot.

»Wie meinen Sie das?« fragte er erstaunt, und eigentlich wußte sie nicht, was sie mit ihm reden sollte, eine Fabrik, ein Gut, ihre Erfahrungen waren anderer Art. Max Weinstein und die Porzellansammlung, konnte sie ihm das etwa erzählen?

Sie ließ es sein, gab vage Auskünfte über Pyritz, die Flucht, die Militärregierung. Auch er schien alles gesagt zu haben, und zu tun gab es nichts mehr, keine Leitung zu legen, kein Schalter, der repariert werden mußte. Er ließ den Rest der Leberwurst bei ihr stehen, sagte, daß er am nächsten Tag nach Hause müsse für drei Tage, und in der Folge sahen sie sich immer seltener. Schließlich lief er ihr nur noch zufällig über den Weg, meistens mit einem Mädchen an der Seite. Es war keine Kränkung für Margot, obwohl es ihr leid tat in gewisser Weise, auch wegen der Leberwurst und anderer Vorteile, die sich aus solcher Freundschaft offenbar ergaben. »Sollst du gehn mit Krethi, nicht mit Plethi«, eine der Redensarten aus der Kleinen Wollweberstraße, gegen die Margot früher vergeblich angerannt war, es sei Unsinn, klinge furchtbar und dergleichen, alles Schnickschnack für Anna Jarosch. »Soll nicht klingen schön, sollst du verstehen, was ich meine«, hatte sie gesagt, und möglich, daß etwas davon nachhallte, als Margot ein Jahr später Harald Hellkamp wieder in die Arme fiel, mit anderen Folgen allerdings als seinerzeit auf dem Bahnhof. Und vielleicht wäre es sogar zu Anna Jaroschs Freude gewesen, wie soll man es wissen, sie konnte keine Kommentare mehr geben. Margot mußte ihre Entscheidung allein treffen.

»Ich wollte es besser haben«, wird sie einmal sagen, »und ich habe es für Liebe gehalten.«

Warum auch nicht. Er sah gut aus, und alles schien so einfach in seiner Gegenwart. Liebe. Es ist bekannt, was ihre Großmutter davon hielt. Und wenn der Volksmund behauptet, daß Liebe blind macht, so könnte es umgekehrt auch heißen: Blindheit macht Liebe. Da stehst du, und ich möchte dich lieben aus vielerlei Gründen, und weil ebenso viele Gründe dagegen sprechen, schließe ich die Augen, nun liebe ich dich.

War es so? Es gab vielerlei Gründe für Margot, sich an Harald Hellkamp festzuhalten nach dem ersten Göttinger Jahr, diesem Winter vor allem, der nach sanftem Beginn um Weihnachten herum zur Katastrophe erstarrte. Ein Jahrhundertwinter ohne Kohlen und zu essen nichts als Kalorien, so jedenfalls drückte es Frau Hannewald aus, Kalorien, und davon soll einer satt werden.

Margot hatte beim Bauern gegen Max Weinsteins Zigaretten Kartoffeln eingetauscht, gute Kartoffeln, gelb und mehlig-kochend. Sie lagerten unten im Keller, von Frau Hannewald zusammen mit dem eigenen Vorrat gehegt und gepflegt, was nicht verhindern konnte, daß sie erfroren, matschige, glasige Kartoffeln, der Geschmack von süßlicher Fäule, aber immer noch besser als nichts. Denn was sollte man anfangen mit fünfzig Gramm Fett und hundertfünfundzwanzig Gramm Fleisch pro Woche, von denen gut die Hälfte der Marken an die Mensa abzuliefern waren für das Mittagessen, zusammen mit Nährmittel- und Brotmarken. Die Mensa erhielt Sonderzuteilungen, es gab dort Kartoffeln und Spinat, Rote Bete, Sauerkohl, Grünkohl, manchmal eine Frikadelle oder Gulaschbröckchen, und in der Erbsensuppe, den Steckrüben, den Graupen fanden sich Stücke von Schwarten und Schweinepfoten. Es lohnte sich, die Marken dorthin zu bringen, obgleich fast nichts übrigblieb für die anderen Mahlzeiten. Drei Scheiben Brot höchstens pro Tag, hatte Margot errechnet, drei Gramm Fett, fünf Gramm Käse, knapp sieben Gramm Fleisch, und lange Gespräche kreisten um die Frage, wie sich die wöchentliche Ration von einem halben Liter Magermilch dem Speiseplan am nutzbringendsten einverleiben ließe.

»Gleich in die Leine kippen, damit man nicht auf den Geschmack kommt«, schimpfte Frau Hannewald, spendierte Margot jedoch trotz der eigenen Not des öfteren einen Teller Suppe oder etwas von dem sogenannten Brotaufstrich, ein Brei aus Grieß und Wasser, der mit Hilfe von Lorbeerblatt, Majoran und gebratenen Zwiebeln einen Hauch Wurstähnlichkeit bekam. Sie gehörte einer Notgemeinschaft von vier Frauen an, die sich zwecks Jagd auf Sonderzuteilungen zusammengefunden hatten und parallel sämtliche Schlangen in der Stadt besetzt hielten, hier einen Kohlkopf ergatterten, dort einige Zwiebeln, vielleicht Buttermilch oder Wurstbrühe, gelegentlich sogar, was allerdings schon an Wunder grenzte, Raritäten wie Stopfgarn oder Achselband. Zum Ährenlesen und Kartoffelnstoppeln gingen sie ebenfalls gemeinsam, wobei sie keinerlei Scheu zeigten, Äpfel am Weg zu pflücken oder Bohnen auf unbewachten Feldern. Auch Zukkerrüben nahmen sie gern mit, um Sirup daraus zu kochen, und träumten davon, daß ihnen, wie Frau Hannewald es formulierte, mal ein schönes fettes Huhn nachlaufen würde.

»Ich war mein Leben lang ein ehrlicher Mensch«, sagte sie bei ihren endlosen Monologen abends in der Küche. »Ehrlich währt am längsten. Aber sollen wir deswegen verhungern? Uns hat ja auch keiner gefragt, als sie unsern Erwin weggeholt haben, und nun ist er immer noch in Rußland, und wer weiß, ob wir ihn wiederkriegen.«

Die Küche war der einzige warme Raum in der Wohnung am Abend. Margot hatte ihre Brikettzuteilung, fünfzig Pfund, sechsunddreißig Stück im ganzen, zu dem Zentner von Hannewalds gelegt und war auch einmal mit ihnen »auf Holzaktion« gegangen, zum Hainberg nämlich mitten in der Nacht, wo sie dünne Buchenstämme handwagengerecht zersägten und erstaunlicherweise unbehelligt nach Hause schaffen konnten, gleich nach oben in die Küche, damit die Nachbarn nichts merkten. Dort also wurde, sobald Otto Hannewald von der Arbeit kam, der Herd geheizt. Die Universität schloß um acht, dann gesellte sich auch Margot dazu, und sie saßen an dem Tisch mit dem blau-weiß karierten Wachstuch, das brüchig war und abgewetzt von zwanzig Jahren Familienleben. Solange läge es dort schon, erzählte Frau Hannewald, und dort solle es bleiben, schließlich sei Erwin daran groß geworden. Erwins Fotos standen auf dem Küchenschrank, ein Kinderbild im Matrosenanzug, die Hose bis zum Knie und dunkle Wollstrümpfe darunter, ein anderes von seiner Hochzeit, schließlich der Soldat. Frau Hannewald redete, während ihr Mann langsam einzuschlafen begann, ununterbrochen von diesem Sohn, zu Margots Qual allmählich, die es kaum noch aushielt, Erwingeschichten zu hören, immer dieselben, denn allzu ereignisreich war sein Leben bisher nicht verlaufen, und eigentlich mußte sie ihre Skripten ins reine schreiben, lesen, Protokolle oder Referate vorbereiten, Arbeiten, zu denen der Tag ihr wenig Zeit ließ.

Von den Gebäuden der Universität waren einige beschädigt, andere beschlagnahmt, so daß die Vorlesungen in allen möglichen noch verfügbaren Instituten stattfinden mußten, quer über die Stadt verstreut. Margot hatte Deutsch als Hauptfach gewählt, und zwar nicht nur, weil die Germanisten bei der Aufnahmeprüfung im Ruf besonderer Konzilianz standen, sondern vor allem wegen ihrer Liebe zur Literatur, und als Nebenfächer Englisch und Geschichte. Sie lief vom Seminar im Michaelishaus zum mathematischen, kunsthistorischen, völkerkundlichen Institut, zur Mineralogie, Geologie, Anatomie, die Prinzen- und Weenderstraße entlang, Hospitalstraße, Bürgerstraße, Zweiundachtziger Platz, zurück in die Bahnhofsgegend, dann wieder zur Mensa am Wilhelmsplatz, mit ihren alten Schuhen, auf deren kaputte Sohlen der geschickte Otto Hannewald Stücke einer alten Fahrraddecke genagelt hatte. »Das deutsche Drama des Barock«, »Die deutsche Lyrik von Nietzsche bis zur Gegenwart«, »Englische Literatur und Kultur im 17. Jahrhundert«, »Englische Geistesgeschichte im 19. Jahrhundert«, »Einleitung in die Geschichtswissenschaft«, »Deutsche Geschichte im Zeitalter der Staufer«, dazu Seminare in jedem Fach und Einführungen ins Gotische, Althochdeutsche, Altenglische, außerdem mehrere öffentliche Vorlesungen über Sokrates, Dante, die Propheten, denn dort, so hieß es, ginge man hin. Und weil bis Ende des vierten Semesters das große Latinum vorgelegt werden mußte, fing sie auch damit gleich an, Latein für Studenten aller Fakultäten, zweimal pro Woche jeweils von neunzehn bis zwanzig Uhr.

Ein Überschwang und Übermaß, aber immer noch zu wenig, dachte sie, bei der Fülle des Angebots, und schreckte eines Nachts aus dem Schlaf, wie im Bodenlosen plötzlich, in einem Nebel von Stoff, Begriffen, Meinungen, Gegenmeinungen, Kategorien, keine Zusammenhänge mehr, die sich fassen ließen, was tat sie, warum, wozu. Die Frage lief neben ihr her. Und eines Abends versuchte sie, das Unbehagen auszusprechen, vielleicht sogar loszuwerden, in einer Runde, mit der sie nach dem Lateinkurs meistens noch zusammensaß, vier Philologen, eine Jurastudentin, ein Mediziner.

»Althochdeutsch. Alles, was passiert ist mit uns und was auf uns zukommt und was wir tun müssen, und dann Althochdeutsch.«

Sie hockten dicht nebeneinander an dem Ecktisch im »Stübchen«, der kleinen Kneipe gegenüber von Karstadt, wo es warm war, voll und gemütlich, allerdings teuer. Ein Glas Heißgetränk, einziger Posten auf der Karte, Ersatz für Bier, Schnaps, Wein, kostete sechzig Pfennig, weitaus mehr als andernorts, weil, wie jedermann wußte, die Wärme, die der eiserne Ofen verströmte, sich nur über dunkle Kanäle beschaffen ließ. Er stand mitten im Raum, schwarz und bullernd, auch das lange Rohr blies noch Hitze von sich, und auf der Platte brodelte besagtes Heißgetränk, ein Erzeugnis der sonst darniederliegenden chemischen Industrie, rot wie Glühwein, saccharinsüß, im Aroma etwas widerlich, aber mangels Alternative durchaus beliebt und von angeblich sogar stimulierender Wirkung. Es gab Heißgetränkzecher, die behaupteten, einen Schwips davon zu bekommen.

Neben Margot saß Dieter Maas, ehemaliger Panzerjäger und Oberleutnant, jetzt Germanist im dritten Semester.

»Was meinst du denn, was wir tun müssen«, wollte er wissen, und Margots Antwort, »dafür sorgen, daß so etwas nicht wieder passiert«, versetzte ihn in zornige Heiterkeit. »Eine Idealistin«, rief er, »wir haben eine kleine Idealistin am Tisch, Prost auf die unverwüstliche weibliche Naivität«, und erklärte, daß er für seine Person aus einem einzigen Grund studiere, nämlich um möglichst schnell die Prüfung hinter sich zu bringen und Studienrat zu werden, mit hoffentlich gutem Gehalt irgendwann, und zu diesem Zweck würde er alles lernen, was man verlange, von ihm aus auch, woher die Löcher in den Käse kämen. Die Welt habe er schon einmal retten wollen und dafür jahrelang im Dreck gelegen, und jetzt müsse er sich als Verbrecher beschimpfen lassen, er sei bedient. »Idealismus. Davon kommt doch der ganze Mist. Und wenn dich Althochdeutsch so stört, dann weiß ich wirklich nicht, warum du hier sitzt. Es gibt genug Leute, die gern einen Studienplatz hätten.«

»Und was willst du deinen Schülern später erzählen?« fragte Margot.

»Was in den Büchern steht«, sagte er, »kein Wort mehr und kein Wort weniger. Damit sind alle Probleme gelöst.«

Es war nicht die Antwort, die Margot brauchte inmitten der Unordnung, und denkbar, daß Harald Hellkamp bei entsprechender Gelegenheit schon jetzt leichtes Spiel gehabt hätte. Die Gelegenheit jedoch ergab sich nicht.

»Geht's gut bei Hannewalds?« fragte er, als sie sich wieder einmal zufällig begegneten, vor dem Haus in der Roten Straße, wo eine Speckspende des irischen Volkes verteilt wurde, zweihundertfünfzig Gramm für jeden Studenten. Er war allein und wollte sie ins Café Hanke einladen, zu der weithin gerühmten Cremetorte, die man dort gegen Brot-, Fett- und Zuckermarken bekam. Aber ausgerechnet an diesem Nachmittag mußte Margot ihr Referat im Proseminar halten, so wurde nichts daraus. Sie trennten sich wieder, noch blieb Zeit für Ulrich Jensch.

Gleich nach Neujahr war ein Brief von ihm eingetroffen, Ulrich Jensch, das Phantom, auf das sie schon so lange wartete, vielleicht weil die Nacht bei Neustrelitz eine Art Sakrament für sie bedeutet hatte, mit dem Tod als Zeugen.

»Margot Malenka«, schrieb er, »ich bin schon seit Oktober zu Hause. Aber ich war zu kaputt, um mich zu melden. Jetzt gibt es mich wieder, ich denke an Dich, wie mag es Dir gehen? Weißt Du überhaupt noch, wer ich bin?«

»Ja, ich weiß es«, schrieb Margot zurück, seitdem gingen Briefe hin und her, ihre mit langen Berichten über äußere und innere Ereignisse, die seinen kürzer und lakonischer. Viel zu lakonisch manchmal, gemessen an dem, wonach sie sich sehnte, doch dann auch wieder Zärtlichkeiten, ich kann die Stunden mit dir nicht vergessen, ich streichle deinen Mund, meine Hände fahren durch dein Haar, in dieser Art etwa. Mein Kleines, nannte er sie, Malenka-Seelchen, beunruhigend dies alles, Wechselbäder zwischen Hoffnung und Enttäuschung, besonders, als er vom Wunsch nach einem Wiedersehen sprach, es bei den Worten jedoch bewenden ließ.

Vielleicht will er ein Zeichen von mir haben, dachte Margot und gab es ihm: »Ich möchte Dich auch treffen. Wann wohl? Und wo?«

Doch Ulrich Jensch hatte mittlerweile bei Siemens angefangen, wir bauen auf, schrieb er, Urlaub frühestens im Herbst, und weil sie die Briefe nicht mehr ertrug, ohne sein Gesicht, überhaupt wissen wollte, wer er in Wirklichkeit war, beschloß sie, nach Berlin zu fahren.

Die Reise mit dem Kohlenkoffer. Später, in den fetten Jahren, als die Bedürfnisse, Sehnsüchte, Notbehelfe von damals zu Schwänken wurden, die man sich beim Wein erzählte, hätte man über das Absurde dieser Geschichte gelacht, absurd freilich nur im Rückblick, denn jedem wäre es normal erschienen seinerzeit, ein Koffer voll Briketts der Liebe wegen.

Auf die Idee war sie am Abend gekommen, als sie im Trainingsanzug, dicke Wollsocken an den Füßen, unter ihrer klammen Bettdecke lag und versuchte, sich das Wiedersehen in der Charlottenburger Wohnung vorzustellen. »Soviel ist kaputt in der Leibnizstraße«, hatte er geschrieben, »aber ausgerechnet unser Haus steht noch. Alle Sache sind gerettet, und ich sitze wieder in meinem Zimmer mit dem braunen Sofa, den Sesseln, dem Schreibtisch, nur leider friere ich dabei ganz jämmerlich.«

Noch war Februar, der Frost hielt an, und konnte es denn, dachte Margot, überhaupt schön werden auf dem braunen Sofa, ein kalter Ofen und sie beide vermummt wie die Eskimos? Sie erwog, die Reise zu verschieben, bis März vielleicht, ein unerträglicher Gedanke jedoch für ihre Ungeduld, woher immer sie kam, ob von Anna Jaroschs Kröte oder dem Verlangen nach Gewißheit. Schön soll es sein, schön, dachte sie und lag in einer Hülle aus warmen Wolken, der gelbe Mond darüber, so wie es damals gewesen war, und dann fielen ihr die Zigaretten ein im Schrank, dreißig Stück Marke Orient, die Zuteilung der letzten drei Monate. Eigentlich hatte sie, sobald die Mieten wieder geöffnet werden konnten, Kartoffeln dafür eintauschen wollen. Doch nun war Wärme wichtiger geworden. Briketts.

Am Vormittag ging sie in die Johannisstraße zu dem Kohlenhändler Freese, einem der wenigen dicken Menschen, die es noch gab, von geradezu krimineller Beleibtheit mit seinem mächtig gewölbten Bauch und den schwabbeligen Fettpolstern unter dem Kinn. Er stand auf dem Hof, trotz der Kälte mit offener Joppe, die Daumen hinter die Hosenträger geklemmt, und sah ihr wohlgefällig entgegen.

»Na, Frolleinchen, alleweil munter, das junge Blut?«

Margot, die seine Sprüche kannte, war zu Konzessionen bereit. »Mich friert es so, Herr Freese«, sagte sie und hielt ihm die Zigaretten hin. »Was kriege ich dafür?«

Er nahm die Schachteln, steckte sie in die Joppentasche und murmelte abschätzig, »Orient«, ein Hinweis auf den minderen Marktwert deutscher Zigaretten im Vergleich zu Camel oder Lucky Strike. »Fünfzehn Briketts.«

Margot trat einen Schritt näher und lächelte ihn an. »Zwanzig. Es ist doch so kalt.«

»Dann müssen Sie sich mal 'ne schöne Wärmflasche mit ins

Bett nehmen, aber eine mit Ohren«, sagte er, blieb dann jedoch beim Geschäftlichen. »Pro Brikett eine Ami oder zwei deutsche.«

»Sie kriegen im März meine nächste Ration«, sagte Margot. »Aber die Briketts brauche ich gleich.«

Ob der Freund zu Besuch käme und sie noch nicht genug Hitze habe, fragte Freese mit seiner hohen, fast weiblichen Stimme, ein merkwürdiger Gegensatz zu dem Rumpf, aus dem sie stieg. Margot lächelte weiter, und er gab ihr einundzwanzig.

Zu Hause packte sie die Briketts in Schapers Koffer, unter den mißbilligenden Augen von Frau Hannewald, die im übrigen glauben sollte, daß die Reise nach Hannover ging ins Pfarrhaus. Die schönen Kohlen, jammerte sie, so ein Pastor, der bade doch sowieso in Hülle und Fülle, wobei unklar blieb, wieweit sie der ganzen Geschichte traute.

Es war Freitag, und Margot hatte vorgehabt, ihren Besuch rechtzeitig anzukündigen. Doch die Briketts ließen keine Verzögerung mehr zu. »Eintreffe Sonnabend 16.10 Bahnhof Charlottenburg«, telegrafierte sie nach Berlin und fuhr am nächsten Morgen los, mit dem Koffer und Frau Wolffs Leinenbeutel, in dem neben Wäsche, Seife und Handtuch noch das blaue Kleid lag aus dem Stoff von Colonel Hollet.

Einen Überfall wird Ulrich Jensch den Besuch nennen, Margot dagegen von Überraschung reden, »ich glaubte, du würdest dich freuen.« Was sie nicht aussprach, sich nicht einmal eingestehen wollte, war der Grund ihrer Eile, die Angst vor Aufschub und Vertröstung. Ich brauchte wohl, begriff sie später, endlich Gewißheit, um ihn loszuwerden.

Die Reise dauerte neun Stunden. Warten beim Umsteigen, warten an der Grenze zur sowjetischen Besatzungszone, Kontrollen, vereiste Weichen, die den Zug am Weiterfahren hinderten. Es war dreiviertel sechs, als Margot endlich Berlin erreichte. Sie stieg aus ihrem Abteil, sah sich um im Gedränge, nichts von Ulrich Jensch, auch nicht, als der Bahnsteig sich leerte.

Während der Fahrt hatte sie sich immer wieder das Bild dieser Ankunft vorgestellt, sein Gesicht, endlich erlöst aus der Vergessenheit, und wie sie ihm entgegenlaufen würde mit wehenden Haaren, aufrecht und anmutig, schließlich hatte schon Frau

Dobbertin ihren schönen Gang bewundert. Aber in dem eisigen Zug hatte sie die Trainingshose unter Mantel und Rock ziehen müssen, auch einen zweiten Pullover, und beides nicht wieder loswerden können. Keine Jahreszeit für Anmut, sogar das Kopftuch vergaß sie abzubinden, und dann noch der Koffer. Sie schleppte ihn über den Bahnsteig, die Treppe hinunter durch den Tunnel, schief und hinkend unter dem Gewicht der dreißig Pfund Kohlen.

Ulrich Jensch wartete an der Sperre. Sie hatte nicht vermutet, daß er es war, der Herr im dunkelblauen Ulster, mit dem weißen Schal und dem Hut, nur kurz sein Gesicht gestreift und weitergesucht nach dem feldgrauen Soldaten von Neustrelitz. Doch dann kam er auf sie zu, bist du es, ja, ich bin es, und bestürzt hatte sie vor ihm gestanden in dem abgewetzten Diwandeckenmantel und der Trainingshose, ein Gefühl vollkommener Unterlegenheit, ähnlich vielleicht dem in ihrer Kindheit, damals mit Doris Hoppe vor Dobbertins Haus, bei euch stinkt's. Sie hoffte darauf, daß er sie in die Arme nähme, auch das eins ihrer Bilder beim Rattern des Zuges, Großaufnahme, die Worte dazu, die sie sagen wollte. Jetzt fiel ihr nichts mehr ein, überhaupt, der Moment war verpaßt.

»Ich stehe hier schon ewig«, sagte er.

»Es tut mir leid«, murmelte Margot.

»Wie war die Reise?«

Sie blickte auf ihre Trainingshose. »Es war so kalt im Zug.«

»Hier auch.« Er griff nach dem Koffer. »Großer Gott, was ist denn da drin? Ein Sack Briketts?«

»Ja«, sagte sie und senkte schnell wieder den Kopf, wegen der Röte, die ihr ins Gesicht stieg.

Er sah sie verblüfft an, und sie erzählte etwas von einer größeren Zuteilung in Göttingen, da hätte sie ein paar eingepackt.

»Sehr nett von dir«, sagte er, ein fremder Mensch, der neben ihr herging, aus dem Bahnhof heraus, über den großen Platz. Schwarz und hohl wuchsen die Ruinen in die Dämmerung, ein paar intakte Häuser dazwischen, hier und da Licht hinter den Fenstern. »Der Stuttgarter Platz«, sagte er, »das hier ist der Stuttgarter Platz.«

Vor einem Eckhaus, dessen obere Stockwerke ausgebrannt waren, blieb er stehen. Im Parterre befand sich eine Kneipe. »Reinholds Bierstube«, las Margot an der Tür.

»Möchtest du etwas essen?«

Sie verstand nicht, was er meinte.

»Ich muß mit dir reden«, sagte er und machte die Tür auf. Sie setzten sich, ein nackter, zerkratzter Tisch, bröckelnder Putz an den Wänden, die Decke voller Risse. Er bestellte zwei Gläser Alkolat, stand dann auf und verhandelte mit dem Wirt. Margot sah, wie er Zigaretten über die Theke schob, gleich darauf wurden zwei Teller mit Buletten, Brot und Mostrich gebracht, dazu das Alkolat, das sich als Heißgetränk mit Spritgeschmack erwies.

Schweigend aßen sie die Buletten auf, und sie dachte an den Speck, den er für sie geschnitten hatte damals, falls er es überhaupt gewesen war. Aber er war es. Sie erkannte die hohe Stirn, die dünnen Haarsträhnen darüber, auch die Falten zwischen Nase und Mund.

Er fing den Blick auf und sagte: »Deine Augen sind wirklich so hell. Wunderschöne Augen.« Dann griff er nach ihrer Hand. »Du hättest nicht kommen dürfen. Nicht so unvorbereitet. Das ist ja wie ein Überfall.«

»Ich dachte, du würdest dich freuen«, sagte sie mühsam, »du hast doch so etwas geschrieben«, und er sagte: »Ja, das stimmt, und ich wollte dich ja auch gern wiedersehen. Man will manches.« Er schwieg und trank sein Glas leer. »Doch, ich möchte noch einmal mit dir zusammensein. Aber Berlin ist nicht der richtige Ort.«

Sie waren die einzigen Gäste in der Bierstube. Der Wirt räumte die Teller ab, ob der Herr noch etwas trinken wolle. »Nein«, sagte Ulrich Jensch. Er ließ Margot los und legte seine Hand auf den Tisch, eine gepflegte Hand mit sorgfältig geschnittenen Nägeln, keine Schmutzrillen in der Haut wie damals.

»Ich bin hier nicht allein«, sagte er und sah sie an, als warte er auf eine Reaktion. »Habe ich dir nie erzählt, daß ich geschieden bin und einen Sohn habe?«

Sie schüttelte den Kopf.

»Meine Frau und ich«, sagte er, »wir wollen wieder heiraten.

Man hat ja eine Menge durchgemacht inzwischen und ist vernünftiger geworden. Sie wohnen beide schon bei mir. Der Junge braucht einen Vater in dieser Zeit. Ich weiß nicht, ob du das verstehst, du bist noch so jung.«

»Doch, das verstehe ich«, sagte Margot.

»Ich hätte es dir demnächst geschrieben. Das hat sich alles ganz allmählich entwickelt. Willst du noch eine Bulette?«

Sie schüttelte den Kopf.

»Es tut mir sehr leid«, sagte er. »Ich wollte dir nicht weh tun, es war so schön mit dir, ich habe soviel an dich gedacht.«

Margot stand auf.

»Die Nacht, die vergesse ich nicht«, sagte er. »Und vielleicht können wir uns doch noch einmal wiedersehen. Im Sommer gehe ich nach München, in die Siemenszentrale. Von dort kommt man leichter nach Göttingen.«

Sie nahm den Koffer und ging zur Tür. »Warte doch!« Er lief ihr nach. »Wo willst du denn hin?«

Draußen war es dunkel geworden, der Platz nahezu menschenleer. Eine Straßenbahn ratterte vorbei, hielt an der nächsten Ecke, fuhr mit schrillem Klingeln weiter.

»Dort ist eine Pension.« Er griff in die Manteltasche und gab Margot eine Schachtel Zigaretten. »Höchstens sechs Stück für eine Nacht, auf keinen Fall mehr. Ich bringe dich hin.«

Margot blickte auf die Schachtel. Chesterfield. Ulrich Jensch mit Speck, Schnaps und Chesterfield. Sie ließ die Zigaretten fallen und sagte: »Geh doch endlich.«

Er stand vor ihr, eine Gestalt im matten Licht der Gaslaterne, fast wie damals auf dem Hof unterm Vollmond. Seltsam, wie vertraut er ihr plötzlich schien, so, als habe sie sein Gesicht immer bei sich gehabt und müßte es erst jetzt verlieren.

»Malenka«, sagte er.

»Ich bin nicht Malenka für dich«, sagte sie und erschrak über das, was sie ausgesprochen hatte. Nicht mehr Malenka, für ihn nicht, für keinen mehr, er war der letzte gewesen, nie wieder dieser Name. Später, im Bett der Pension Elite, wird sie auch deswegen weinen, überflüssigerweise, »sollst du warten mit Lachen und Weinen auf richtige Zeit«.

Bevor Margot das Haus mit der Pension betrat, drehte sie sich noch einmal um und sah, wie er sich bückte. Dann ging er und bog bei »Reinholds Bierstube« um die Ecke. Die Zigaretten, Margot nahm es wahr trotz allem, lagen nicht mehr auf dem Pflaster, möglich, daß sie sonst doch noch die Schachtel geholt hätte. Ganz sicher jedenfalls war sie sich später nie.

Zu einem Bett indessen kam sie auch ohne Ulrich Jenschs Hilfe.

»Haben Sie Amis?« fragte die Wirtin. »Sechs ohne, acht mit Frühstück.«

»Briketts«, sagte Margot.

Die Frau zeigte ihr das Zimmer, ließ sich die Bezahlung aushändigen und brachte, weil Margot so zitterte, noch eine Tasse heißen Tee. »Appelschalentee. Trinken Se man, Fräulein.«

Und das war die Nacht, auf die sie gewartet hatte.

Am nächsten Tag fuhr sie zu Liesbeth Domalla.

Margot hatte kaum Schlaf gefunden mit ihrem geplatzten Traum, es war nur Luft darin gewesen, und wozu diese ganze Atemlosigkeit, immer wieder hinter Zielen her, die es vielleicht nicht einmal gab, Trugbilder, Geschichten, auf dem Sofa erzählt. Aber sie hatte schon gelernt, dennoch des Morgens aufzustehen, und im übrigen sollte auch dieser Schmerz wieder verschwinden, bis auf einen Rest, wenn sie den Mond sah zum Beispiel.

Liesbeth Domalla war ihr beim Frühstück in der Küche eingefallen, Blümchenkaffee, eine Scheibe Graubrot, ein Stück klitschiger Pumpernickel, dazu der Klecks Margarine und braunrote Rübenmarmelade. Feuer brannte im Herd, Wasser summte, und die Wirtin, während sie Kaffee nachgoß, meinte: »Is doch jemütlicher hier in der Wärme als in so 'nem kalten Stall von Frühstücksraum.«

Liesbeth Domallas Zungenschlag, »ick bin man bloß 'ne Proletin von de Ackerstraße«. Margot mußte wenigstens noch diesen einen Tag in Berlin bleiben, wegen Frau Hannewald und der Hannoverlegende. Sie lieferte ihre acht Briketts ab für die nächste Nacht. Es blieben fünf, die sie mitnahm auf die Suche nach Liesbeth Domalla.

»Domalla? Wilhelm oder Bruno?« fragte der Kneipenwirt in

der zerbombten Ackerstraße, auch hier Kneipen an allen Ecken, wenngleich kaum noch ein Stein auf dem anderen lag.

»Mit vielen Kindern«, sagte Margot. »Die älteste Tochter heißt Liesbeth.«

»Det is Wilhelm«, sagte ein Mann, der an der Theke Dünnbier trank. »Die wohnen jetzt in de Invalidenstraße, unten is'n Schuster drin, wer'n Se schon finden. Die Jroße arbeitet in de Küche vons Virchow-Krankenhaus, aber vielleicht hat se Ausjang, is ja Sonntag.«

Liesbeth öffnete selbst die Wohnungstür, durch die man direkt in die Küche kam, wo die Familie beim Essen saß, Vater, Mutter, Geschwister. Da stand sie und starrte Margot an, pickelig, mit strähnigen Haaren, sogar die Kittelschürze schien noch dieselbe.

»Mensch, Marjot, lebste noch«, sagte sie fassungslos und fiel ihr um den Hals, ein Exzeß von Gefühlen, vor dem sie ebenso schnell wieder zurückschreckte, »komm rin, hier zieht's.« Dann begann sie mit der Vorstellung: »Margot Jarosch von Mellenthin, wißter doch, die mit's Karnickel.«

Das Haus, in dem die Wohnung lag, hatte eine Luftmine zur Hälfte wegrasiert, genau an der Küche entlang. Die Wand war mit brandfleckigen Brettern verschalt, Schlafgelegenheiten überall, es roch nach Sauerkohl. »Vont Krankenhaus mitjebracht«, sagte Liesbeth, »Jott sei Dank jibt's Patienten, die nüscht mehr runterkriejen. Kannste jleich mitessen.«

Die neun Personen rückten zusammen, ein Stuhl wurde geholt, ein Teller. Margot legte die Briketts vor den Herd, ihr Gastgeschenk, zu üppig fast und entsprechend bestaunt.

Wo sie die her hätte, wollte Liesbeth wissen, überhaupt, was sie in Berlin vorhabe um diese Jahreszeit. »Mitten in Winter, kann ick jar nich vastehn«, sagte sie, und die unklare Antwort brachte den gleichen sorgenvollen Ausdruck in ihre Augen wie früher, wenn von Wiethe die Rede gewesen war, dem Filou.

Als der Kohl gegessen war, das Geschirr abgewaschen und sie beide in der Küchenecke saßen, ohne die anderen endlich, kam die Frage, auf die Margot gewartet hatte. »Und Lore?«

»Erschossen«, sagte Margot, »Tiefflieger«, und sie erzählte von Neustrelitz, zum ersten Mal die wahre Geschichte, Lore

Möller tot, Margot Jarosch am Leben, zwei Jahre ausgelöscht, ich bin ich. Doch nur für einen Nachmittag, dann war es vorbei.

»Schreibste mal?« fragte Liesbeth.

Es war dunkel geworden. Margot wollte gehen, nun begannen die Lügen. Sie standen an der Tür, Liesbeth musterte sie von oben bis unten. »Jut siehste aus, 'ne schnieke Frau, kannste sagen, watte willst, und och noch studiert. Bestimmt kriste mal'n juten Mann, und wenn de 'ne Köchin brauchst, kannste mir vielleicht holen.«

»Ja, Liesbeth«, sagte Margot, ohne sie anzusehen.

»Und keene Bange, denn siez ick dir wieder. Per Du jeht denn nich mehr, vasteh ick doch.«

»Quatsch«, sagte Margot, »du bleibst meine Freundin, so oder so«, und das war der Abschied.

Die Reise mit den Briketts. Wenn Margot darüber lachte in späteren Jahren, dann allenfalls für sich allein. Nur einer wird die Geschichte zu hören bekommen, Wiethe, vor dem sie sich schon früher nicht geschämt hatte. Harald Hellkamp dagegen, ausgerechnet er, erfuhr nie etwas davon. Aber es gab vieles, was Margot ihm verschwieg, aus welchen Gründen auch immer, ihre Schuld, seine Schuld, warum von Schuld reden.

Im übrigen waren Semesterferien, es blieb noch eine Frist, bis sie und er zusammenkamen. Margot hatte vergeblich nach Arbeit gesucht, nun nutzte sie die Zeit, um mit dem Latein fertig zu werden, und legte außerdem Fleißprüfungen in Deutsch, Englisch und Geschichte ab für den Erlaß der Studiengebühren und einen Freitisch in der Mensa. Seit ihren Göttinger Anfängen hatte sie nahezu tausend Mark von ihren Reserven verbraucht, beängstigend, wie die sich verflüchtigten. Doch wer nicht am Netz des Schwarzen Marktes hing, mußte davon leben, und schlechtes Geld schmolz ebenso leicht dahin wie gutes. Trotzdem, noch war das nicht ihre Sorge. Das Geld lag auf der Bank, und wenn sie nicht mehr ausgab als achtzig Mark im Monat, mußte es für fünf weitere Semester reichen. So war es berechnet, feste Pläne, bis die Währungsreform dazwischenkam. Aber da stand längst Harald Hellkamp bereit, um Margot aufzufangen.

Die Gelegenheit ergab sich beim Sommerfest der Mediziner oben am Hainberg. Es fand in der »Knochenmühle« statt, nicht etwa des beziehungsreichen Namens wegen, sondern weil fast alle anderen Gaststätten mit passenden Räumen von den Engländern beschlagnahmt waren. Schwierig, überhaupt einen Saal zu bekommen in diesem wilden Fetensommer, der Winter überstanden, die Sonne schien, das Leben ging weiter, so viele Gründe zum Feiern. Es geschah laut und ausgiebig, mit Jitterbug, Boogie-Woogie, Walzer und Slowfox, bei Dünnbier und dem nun kalten, unter allerlei Phantasienamen laufenden Heißgetränk, und gegessen wurde Salat. Grüner Salat vor allem, der plötzlich massenhaft auf den Markt kam und sich, in Essigwasser schwimmend, als Renner bei den Festen erwies, kein Ersatz allerdings für die vertanzten Kräfte, denn zur Deckung des täglichen Kalorienbedarfs, so wurde von Chemiestudenten errechnet, hätte man einen halben Zentner davon verzehren müssen. In der »Knochenmühle« jedoch gab es gegen entsprechenden, aber nicht zu hohen Aufpreis auch noch Kartoffelsalat, ein weiterer Grund, den langen Weg dorthin in Kauf zu nehmen.

Margot war von Hans Sterner eingeladen worden, dem Mediziner aus der Stübchenrunde und Eigentümer eines Fahrrads, mit dem er die Steigung der Herzberger Landstraße hinaufkeuchte. Sie saß hinten auf dem Gepäckträger, zum ersten Mal in ihrem sogenannten Tanzkleid aus weißer, sanft glänzender Fallschirmseide, ein Geschenk von Max Weinstein. Es waren vier Keilstücke gewesen, und Frau Wolff hatte Margot überredet, statt Blusen ein Kleid daraus machen zu lassen. »Ein Tanzkleid, Fräulein Möller, irgendwann brauchen Sie das, dann sind Sie mir dankbar, und Sie kriegen sogar einen Glockenrock.«

In der Tat, ein Glockenrock wie noch nie, die ganze schwingende Fülle der vier Schirmkeile am Saum, spitz verlaufend zur Taille hin, das Oberteil von zwei Trägern gehalten und als Schmuck ein kleiner Strauß Rosenknospen, die Frau Wolff aus Inlettresten angefertigt und mit Leim gestärkt hatte. Weiße Seide, dazu die Sommerbräune, und das Haar so blond wie eh und je. Hans Sterner, der unten vor der Tür wartete, hatte sie verblüfft angestarrt: »Menschenskind, siehst du fabelhaft aus.«

Er fing fast jeden Satz mit »Menschenskind« an, ein Ausdruck, der Margot allmählich auf die Nerven ging, obwohl das, was darauf folgte, sich durchaus hören lassen konnte. Hans Sterner war intelligent und witzig, gutmütig dabei und verständnisvoll und verfügte außerdem als Sohn eines Apothekers über Phenacetin, Salzsäure, Harnstoffpulver, woraus er unter sorgfältigem Köcheln, Rühren und Abfiltern Süßstoff in Pulverform produzierte, ein hochbegehrtes Tauschmittel, von dem auch Margot hin und wieder ein Tütchen abbekam. Aber weder seine geistigen noch die materiellen Pluspunkte vermochten sie für ihn einzunehmen, nicht in der Weise jedenfalls, wie er es sich wünschte. Sie kannte auch den Grund ihrer Abneigung, seine ungeschlachten, fast gorillahaften Extremitäten nämlich. Äußerlichkeiten nur, aber dennoch, Margot schauderte bei dem Gedanken an seine Berührung.

»Menschenskind«, sagte er jedesmal nach einem vergeblichen Anlauf, »warum denn bloß nicht«, und möglich, daß er sich von der Sommernacht oben am Hainberg Fortschritte in ihrer Beziehung erhoffte. Umsonst. Beim Hinweg saß sie noch auf seinem Gepäckträger, zurück mußte er allein fahren, denn nun war Harald Hellkamp da.

Es begann im Saal, als er an Margot vorübertanzte. »La Paloma«, spielte die Band, und Hans Sterner, der mit den Tangoschritten nicht zurechtkam, trat ihr auf die Füße. Harald Hellkamp dagegen glitt geschmeidig dahin, ein zierliches dunkelhaariges Mädchen im Arm, über dessen Kopf hinweg er Margot zunickte, ein Blick nur, dann war er verschwunden.

In der Pause jedoch, Hans Sterner hatte sich aufgemacht, um Kartoffelsalat zu beschaffen, stand er wieder vor ihr, mit seinem Silberblick und, gemessen an der Kleidung der anderen Studenten in der »Knochenmühle«, von geradezu umwerfender Eleganz: ein grauer Anzug, das Hemd schneeweiß, die Krawatte mit roten und blauen Klubstreifen.

Es führte sie zum Parkett, legte den Arm um sie, und sie tanzten, irgend etwas Wildes zunächst, danach »Ramona«, die Melodie, bei der Stanley Schofield ihr den langsamen Walzer beigebracht hatte.

»Sie haben so helle Augen«, sagte Harald, »wie eine Nixe«, und Margot dachte daran, wie er sie am Bahnhof aufgefangen und ihr die Kammer besorgt hatte.

»Margret«, sagte er. »Sie heißen doch Margret?«

Sie nickte.

»Sie sehen wunderschön aus. Warum merke ich das eigentlich erst jetzt? Und ein wunderschönes Kleid.«

»Fallschirmseide«, sagte sie.

Er lachte. »Mein Anzug ist aus Mützentuch. Wir haben in unserer Weberei Mützentuch für die Wehrmacht produziert, das hier ist Luftwaffe. Einen dunkelblauen von der Marine habe ich auch noch. Bloß feldgrau vom Heer, was soll man mit feldgrauem Stoff machen. Höchstens aufheben für den nächsten Krieg.«

Bei Margot schlug eine Alarmglocke an, verstummte aber gleich wieder, denn er sagte: »Fliegeranzug und Fallschirmkleid, wenn das nicht zusammenpaßt« und legte den Arm noch fester um sie. Ein schneller Walzer jetzt, die Wände rundherum drehten sich, sie lächelte in seine Augen. »So müssen Sie immer lächeln«, sagte er, und als der Tanz zu Ende war, drehte der Saal sich weiter, drehte und drehte sich und wollte sie mitreißen, doch Harald fing sie auf, genau wie vor einem Jahr, und sie ließ den Kopf etwas länger als nötig am Revers des grauen Anzugs liegen. Harald Hellkamp, der sie festhielt. So muß es bleiben, dachte sie, erste Schritte in den Selbstbetrug. Er fuhr mit dem Finger über ihren Nacken. Erschrocken sah sie ihn an, und wieder kam sie ihm hilflos vor. Der Beginn einer Liebe, und es ist alles nicht wahr. Sie tanzten, solange das Fest dauerte, unbekümmert um die beiden anderen, das dunkelhaarige Mädchen und Hans Sterner, der nach einer Weile mit seinem Rad davonfuhr und Margot nie wieder verzieh, obwohl sie versuchte, es ihm zu erklären: Ich habe mich verliebt.

Der Hainberg bei Nacht. Harald küßte sie und sagte alles mögliche, Streichelworte, endlich jemand, der sie streichelte, mit Händen, die ihr gefielen, der Mund gefiel ihr, die Stimme, und wie er »ich liebe dich« sagte, jetzt schon, so bald. Margot dagegen zögerte noch. Es dauerte einige Zeit, bis sie ihr Gefühl für Liebe hielt, eine Lüge wird er es später bei der Trennung nennen, eine von vielen. »Wie konntest du von Liebe reden, ich war damals kein anderer als jetzt.«

Es stimmte. Sie wußte, wie er war, katastrophenlos. Ganz am Anfang, noch nicht blind aus diesen und jenen Gründen, hatte sie es schon bemerkt, und in hellsichtigen Momenten wußte sie es wieder, nachts vor allem, wenn Anna Jarosch sich meldete mit ihrem Vorrat an Warnungen und Ermahnungen. »Sollst du nicht sein wie Huhn, Malenka, was steckt Kopf in Sand und legt windige Ei«, oder jenes tausendmal gehörte: »Augen in Luft, Füße in Mist.« Aber da hielt Harald Hellkamp sie schon viel zu fest.

Schade eigentlich im nachhinein, falsches Timing. Gerade zu dieser Zeit war sie auf eine Studentengruppe gestoßen, die sich mit der unter Hitler verfemten Kunst und Literatur beschäftigte, mit den Gedanken jenseits der geistigen Barrieren, die man zwölf Jahre lang um Deutschland gezogen hatte. Namen wie Brecht, Kafka, Camus, Sartre tauchten auf, die Frage nach dem Ich inmitten so vieler Verluste, nach der Zukunft unter der Last der Vergangenheit, und was zu tun sei, um an die Stelle von verkommenen Traditionen Besseres zu setzen, »es soll anders werden«, hatte Margot es in den Gesprächen mit Lore Möller genannt. Ein neuer Kreis, neue Ideen, alles in der Schwebe, denkbar, daß, wäre Harald ein halbes Jahr später erschienen, der Umweg über Bielefeld sich erübrigt hätte. Doch nun, in Harald Hellkamps Schlepptau, driftete sie ab zu seinen Ufern, wo es zwar auch um das Neue ging, aber für ihn hieß es Wirtschaft, Aufbau, Produktion. »Natürlich, Schatz, soll es alles anders werden, aber erst müssen die Maschinen wieder laufen, die Leute genug zu essen und anzuziehen haben und ein Dach über dem Kopf, ist das etwa nicht wichtig?«

Was ließ sich dagegen erwidern. Er küßte sie, und Margot lief weiter durch Göttingen an seiner Hand, Harald Hellkamp, der Mützentuch gegen Kohlen tauschte, der Wurst mitbrachte, Brot und Speck. »Und so ein netter Mensch«, schwärmte Emmi Hanewald, schon aus Bestechungsgründen, da sie ebenfalls davon profitierte. »Wie der Sie ansieht, der meint es ehrlich, der kann ruhig herkommen. Und schadet ja wirklich nichts, Fräulein Möller, wenn einer was an den Füßen hat.«

Nein, es schadete nichts, war aber auch nicht der Köder, der sie fing und hielt, das Brot, der Speck, das alles nicht. Hans Sterner hatte vergeblich mit seinem Süßstoff gewinkt, und trotz aller Vorteile wäre es im Herbst fast zur Trennung von Harald gekommen. Fast, er hatte es zu verhindern gewußt. »Kleinigkeiten«, sagte er, »wir werden uns doch nicht von Kleinigkeiten auseinanderbringen lassen«, und meinte damit Eva aus Iffenhausen, an die sich Margot, verschnupft und heiser seit einigen Tagen, erinnert hatte, wieder einmal, sie erinnerte sich etwas zu häufig daran, für seinen Geschmack jedenfalls.

»Geprügelt, bis sie nicht mehr sprechen konnte. Und genauso alt wie ich, stell dir das vor.«

Er schwieg. »Stell dir das vor«, wiederholte Margot, und er sagte: »Aber jetzt sitzt sie in Paris, und alles ist bestens.«

Das war der Anfang des Streits. Sie hatten in Margots Zimmer zu Abend gegessen. Eigentlich wollten sie ins Kino gehen. »Meinst du, Eva sollte dankbar sein, daß wir sie nicht totgeschlagen haben?« fragte Margot, worauf er wütend rief: »Wir schon gar nicht, ich jedenfalls habe keinen umgebracht«, und sie solle endlich aufhören mit ihren Iffenhausener Juden, Dresden sei auch fürchterlich, und was man mit den Deutschen im Osten gemacht habe. »Du hast es doch selbst erlebt.«

»Das ist nicht zu vergleichen.«

»Warum nicht?« fragte er, und die Kristallnacht fiel ihr ein, ihre Großmutter im Aufruhr, und sie sagte: »Wenn die Synagoge nicht gebrannt hätte, wäre Pyritz nicht untergegangen.«

Er wollte Genaueres wissen, doch sie konnte es ihm nicht erklären, ohne von Anna Jarosch zu sprechen, und Anna Jarosch durfte es nicht geben, auch Pyritz nicht, mit Anna Jaroschs Augen gesehen.

»Jetzt sind die Polen in Pyritz«, sagte er. »Frag die mal, was sie mit ihren Juden gemacht haben bei den Pogromen. In den Brunnen geschmissen!«

Margot stand am Fenster, ein regnerischer Oktoberabend, das rote Dach gegenüber blinkte vor Nässe, auf dem Leinekanal, der sich wieder gefüllt hatte nach dem Sommer, trieb ein Teppich von welkem Laub.

»Wir passen nicht zusammen, Harald«, sagte sie, und auch das lag jenseits von Erklärungen, weil er nicht wußte, wer sie wirklich war, nur Lügen bisher, ein falscher Name, ein falsches Leben. Schon auf dem Hainberg hatte sie ihm die Wahrheit sagen wollen, es stimmt nicht, was ich dir erzählt habe vor einem Jahr, aber die Worte waren steckengeblieben. Harald Hellkamp, der Glücksmensch. Wie konnte einer, dem selbst nachts keine Zweifel kamen, dies alles verstehen, und nun war es zu spät.

»Wir passen nicht zusammen, es hat keinen Zweck«, wiederholte sie, entschlossen zur Trennung, da stand er neben ihr, sie spürte seine Hände, und es geschah, worauf sie gewartet hatte während des Sommers, diese Stunden der Zärtlichkeit, und nie bis zum Ende. »Komm doch«, sagte er, »komm«, und das war es, ja, das war es, kein Mond, der platzte, aber auch kein Tod und kein Abschied, und nun, weil es die Grenzen nicht mehr gab, sollte er auch das andere wissen, Ulrich Jensch und was dazugehörte und wer sie war.

Sie legte den Kopf in seine Armbeuge.

»Liebling«, sagte er, »es ist so wunderbar, daß ich der erste bin«, ein Irrtum das Ganze, er sei, behauptete Wiethe später, auf seine eigenen Wünsche hereingefallen und habe es nicht besser verdient. Sie aber wollte nicht verlieren, was sie gerade bekommen hatte, so blieb es bei der falschen Geschichte, auch als sie Harald Hellkamps Frau wurde.

Die Frage, ob sie ihn heiraten wolle, stellte er am 18. Juni 1948, dem Tag der Währungsreform, als die alte Reichsmark ihre Gültigkeit verlor. Schon lange war davon gemunkelt worden, doch dann kam es über Nacht, ein Federstrich, vierzig neue Deutsche Mark pro Kopf, und die Bankguthaben abgewertet auf nicht einmal zehn Prozent. Aus der Traum vom Studium. So jedenfalls sagte es Margot zu Harald: »Aus der Traum. Jetzt kann ich mir eine Stelle in der Fabrik suchen.«

Es war Sonntag. Sie hatten sich zum Essen im »Braunen Hirsch« getroffen, wo es für eine Fünf-Gramm-Fettmarke Béchamelkartoffeln mit Roter Bete gab, und Harald, offensichtlich in Hochstimmung, schien Margots Klagen kaum zu beachten. Vor zwei Wochen hatte er seine Diplomarbeit abgegeben, »Zinsprobleme nach der Theorie von John Maynard Keynes«, und den Erfolg bereits signalisiert bekommen. Nun hoffte er, nach Semesterschluß die Prüfungsklausuren schreiben zu können, sechs Pflichtsemester bis zum Examen, keinen Tag mehr. Denn sein Vater, der schon fünfundsechzig war und nicht ganz gesund, brauchte dringend Hilfe, besonders jetzt vor dem erhofften wirtschaftlichen Aufschwung. Nach der Reparatur des Bombenschadens war der Betrieb notdürftig wieder angelaufen, mit wenigen Webstühlen vorerst, Kohle und Garn nur auf Kungelwegen zu beschaffen. Erst Ende 1947, als die Firma einen größeren englischen Armeeauftrag für Einlagen von Autoreifen ergattern konnte, hatten sich die Zustände etwas gebessert, und nun, erklärte Harald vehement, sei Schluß mit dem Kleinkram. »Genau die richtige Zeit für eine Währungsreform. Jetzt geht es ruck, zuck aufwärts, da kann ich gleich richtig loslegen.«

»Vielleicht hast du einen Platz als Hilfsarbeiterin für mich«, sagte Margot, enttäuscht und erbittert, weil er nur seine eigenen Interessen zu sehen schien, vermutlich nicht einmal wußte, was die Währungsreform für sie bedeutete. Sie dachte daran, wie schwierig es gewesen war, nach Göttingen zu kommen, dachte an ihr Referat über »Das Dämonische und Elementarische bei Annette von Droste-Hülshoff« und das Angebot ihres Professors, seine Doktorandin zu werden, und nun galt das alles nicht mehr.

Im »Braunen Hirsch« hatten sich die Studenten bisher gedrängelt zur Mittagszeit. Heute jedoch waren die meisten Tische frei, eine Mark für Béchamelkartoffeln, wer wollte das bezahlen.

»Sind Koteletts da?« fragte Harald den Ober. »Ohne Marken?«

Der Ober war schon auf dem Sprung. »Kotelett mit Bratkartoffeln und Salat.«

Er eilte davon, und Harald sagte: »Siehst du, die Währungsreform. Ab heute gibt es alles.«

»Für mich nicht. Und ich kann mir kein Kotelett leisten.«

Sie wollte gehen, doch er hielt sie fest. »Du bist eingeladen. Zum Verlobungsessen. Oder meinst du, ich fahre ohne dich nach Bielefeld?«

Sie stand an der Tür, perplex, es kam so unvermittelt. Gelegentlich, wenn sie zusammen schliefen und er sie seine große Liebe nannte, die einzige, du, sonst keine, hatte sie auf die Frage gewartet, heiraten, warum fragt er mich nicht, und sich überlegt, was darauf zu erwidern wäre, ja, natürlich ja, nur erst zu Ende studieren. Aber jetzt, nach der Währungsreform, konnte sie diese Bedingung nicht mehr stellen.

»Du willst doch?« fragte Harald, und Margot hatte ja gesagt, ja, ich will, und das Studium flog endgültig vom Tisch, ohne Not im Grunde, Bielefeld war nicht weit, und Hellkamps hätten es bezahlen können. Aber müßig, das Thema auch nur anzuschneiden. »Liebling, ich brauche eine Frau und keine Studienrätin«, sagte Harald lachend und glücklich, und seltsam, wie leicht Margot das Studium fallenließ. Sie gab auf, ein sang- und klangloser Abschied von diesem Traum, vielleicht, daß sie es nicht anders haben wollte, es möglicherweise sogar darauf anlegte. Denn inzwischen hatte sie das Haus gesehen, die weiße Villa in der Dornbergerstraße am Johannisberg, und nun stand ein Traum gegen den anderen.

Es war an Haralds Geburtstag gewesen, Zeit des Flieders, lila und weiß, das Haus schien in Flieder getaucht. Der Duft wehte ins Zimmer, als Margot zum ersten Mal bei Hellkamps am Tisch saß, ein Eßzimmer mit Stuckdecke und Kronleuchter, auf dem Büfett Silberschalen, Kristallkaraffen, bemalte Vasen, und durch die offene Tür der Blick zum Wintergarten.

»Meine Schwiegereltern haben das Haus 1902 gebaut«, erzählte Frau Hellkamp, »momentan können wir leider nur die unteren Räume bewohnen, das obere Stockwerk haben wir an ausgebomte Verwandte abgetreten, bis die Zeiten sich wieder bessern.«

Sie war eine große, schlanke Frau mit Haralds Silberblick, weißhaarig bereits, aber noch jugendlich im Vergleich zu ihrem Mann, der an einem Lungenemphysem litt und jede Bewegung so vorsichtig ausführte, als fürchte er, etwas in sich zu zerbrechen. Jedoch nahm er, wenn auch mit leiser Stimme und von häufigem Husten unterbrochen, durchaus an dem Gespräch teil und lenkte es vom Haus zur Weberei, die sein Großvater, der einzige Sohn einer alteingesessenen Leineweberfamilie, vor dreiundsiebzig Jahren gegründet hatte oder ausgebaut, genauer gesagt mechanisiert, denn Handwebstühle waren ja schon dagewesen. Bielefelder Leinen, weltberühmt, aber nicht mehr konkurrenzfähig gegen die Engländer und ihre industrielle Produktion, wer überleben wollte, mußte umdenken, schwierige Entscheidungen sicherlich zu jener Zeit. Und während er von den ersten fünfzig mechanischen Webstühlen berichtete, von der ersten Dampfmaschine, dem späteren Neubau in der Heinrichstraße mit Websaal, Spulerei, Schlosserei, Tischlerei und wie der Betrieb sich stetig vergrößert hatte, rund zweihundert Webstühle immerhin vor dem Zusammenbruch, darunter schon einige automatische für Baumwolle und Tuche, stieg ein Bild aus Margots Erinnerung, ein Zimmer wie dieses, Stuckdecke und Lüster, Samtvorhänge an den Fenstern, und da steht sie mit der Sülze im Korb und träumt, daß alles ihr gehört. Wie lange war es her? Fünfzehn Jahre vielleicht, fünfzehnmal Sommer und Winter, Krieg dazwischen und Frieden, und nun saß sie hier in Bielefeld und aß von Meißner Weinlaubporzellan, und der Fabrikbesitzer Hellkamp sagte: »Wir freuen uns sehr, liebes Fräulein Margret, daß Harald Sie uns endlich mitgebracht hat.« Später tranken sie Kaffee im Biedermeierzimmer, helles Kirschbaumholz, blauweiß gestreifte Tapeten und Sessel, und vor dem Fenster verblühte ein Magnolienbaum.

Das Haus mit den Säulen am Eingang, der Köder.

Die Hochzeit fand im September statt, noch warm genug für das weiße Kleid, ein Werk von Frau Wolff, die man auf Margots Wunsch samt Kind aus Iffenhausen geholt und im Bügelzimmer installiert hatte, wo sie, vom Hochzeitskleid abgesehen, die gesamte Garderobe auf den entsprechenden Stand brachte.

Margots Wünsche. Sie durfte Wünsche haben, und die Wünsche wurden erfüllt, soweit es sich machen ließ, und vieles ließ sich machen, seitdem das neue Geld die schon ins Legendäre entrückten Dinge, nötige und weniger nötige, aus den Schwarzmarktkanälen an die Oberfläche geholt hatte, in Schaufenster und Regale. Kein Mangel mehr, nur die Mark war jetzt knapp, aber auch das nicht überall. Bei Hellkamps gab es noch genug davon, oder schon wieder genug.

Erstaunlich im Grunde, wie bereitwillig Margot dort aufgenommen wurde, mit Freude sogar trotz naheliegender Einwände und Bedenken. Ein Flüchtlingsmädchen aus dem Osten, ohne Vermögen und familiären Hintergrund, eigentlich unangemessen, diese Verbindung. Aber von Anfang an hatten Haralds Eltern Margot bezaubernd gefunden. »Anmutig«, sagte Frau Hellkamp, »und wie sie lächelt, da geht einem das Herz auf«, zur Verwunderung ihres Mannes, denn sonst war sie diejenige, die auf Angemessenheit hielt. Freilich hätte auch der alte Hellkamp nicht ungern Geld gesehen bei der Heirat des Sohnes, insbesondere unter den gegenwärtigen Verhältnissen, doch andererseits, so erklärte er seiner Frau, hätten sie ein fast unglaubliches Glück gehabt, soweit es das Materielle beträfe, Haus und Fabrik heil über den Krieg gebracht, bis auf weniges jedenfalls, und warum sollte der einzige Sohn, der ihnen geblieben sei, nicht glücklich werden mit der Frau, die er liebe, zumal man doch wisse, wie schnell das Leben vorbei sein könne und wie nackt und bloß man dahinginge, und Frau Hellkamp, unter Tränen wie stets, wenn sie ihres ältesten, in Rußland liegenden Sohnes gedachte, hatte auf Margots Herkunft hingewiesen, Arzt der Vater, ein guter Stall, man sähe es ihr an, und ganz gewiß ein Mädchen, dessen sich die Familie nicht zu schämen brauche.

Kurz, die Braut war willkommen. Nebeneinander standen Herr und Frau Hellkamp bereit, als Margot zum zweiten Mal nach Bielefeld kam, jetzt schon die künftige Schwiegertochter, und nie wird sie ihn vergessen, diesen Nachmittag, der Garten voller Rosen und Haralds Eltern, die ihr entgegengehen, wir haben uns immer eine Tochter gewünscht, willkommen. Sie nahm sich vor, es gut zu machen, eine gute Frau, eine gute Tochter, trotz der Lüge und ohne schlechtes Gewissen. Immer wieder hatte sie versucht, mit Harald zu sprechen, umsonst. Es gab nur eins, sie mußte mit sich selbst ins reine kommen, endgültig, ich bin Margret Möller, bin es geworden und werde es nun bleiben, meine Sache, nur meine, wem schadet es. Wem schadet es, wies sie auch die Stimme ihrer Großmutter zurück, die mit dem alten Hochmut kam, sei still, soll ich wieder alles verlieren? Obwohl sie doch wenigstens in ihrer Möller-Identität hätte Klarheit schaffen sollen, ein paar Sätze nur zu Harald, ich konnte nicht über meinen Vater sprechen bisher, jetzt weißt du es. Auch das gelang nicht, nicht einmal das.

»Typische Blockade, wie so ziemlich bei jedem Mist, den man macht«, wird Wiethe sagen, Harald dagegen, wenn es soweit ist, von Vertrauensmangel sprechen, »du hattest kein Vertrauen zu mir«. Genauso war es. Aber das wußte sie noch nicht, damals, in den Tagen zwischen Göttingen und Bielefeld. Und so ging sie an Haralds Seite in das Haus, und sein Vater sagte: »Jetzt gehörst du zu uns.«

Sesam öffne dich. Was danach kam, regelte sich wie von selbst, ein Zug, der rollte, Verlobungsfeier, Hochzeitsvorbereitungen, sogar die Wohnung im oberen Stockwerk konnte geräumt werden für das junge Paar. Geld, Margot sah es mit Staunen, es war Geld, das die Maschine in Gang setzte, die Strecke freihielt, die Weichen stellte. Frau Hannewald, Zeugin der Entwicklung von Anfang an, faßte bei Margots Abschied von der Groner Torstraße die veränderte Situation wie folgt zusammen: »Jetzt kriegen Sie ein schönes Leben, Fräulein Möller, in guten und in schlechten Tagen. Wenn Sie sich mal ein Bein brechen, mit Geld tut das längst nicht so weh, können Sie mir glauben.«

Und nun die Hochzeit, ein leuchtender Herbst über der Bielefelder Altstadt, Heiterkeit beinahe. Alles halb so schlimm, schien das Grün, das auf den Trümmergrundstücken wucherte, zu verkünden, und Harald sah es ebenso: »Nicht mehr lange, und hier wird wieder aufgebaut, auch die Kirche.« Die Altstädter Nicolaikirche, Ort seiner Taufe und Konfirmation. Es war Haralds Wunsch, an der Ruine vorbeizufahren und dann noch zum alten Markt mit den ausgebrannten historischen Fassaden, ein Umweg, denn die Trauung fand in der Neustädter Marienkirche statt. Aber er wollte die Stadt grüßen an diesem Tag und ihr seine Frau vorstellen, als neue Bielefelderin und, wie er übermütig in die Luft rief, Mutter von ein paar künftigen kleinen Bielefeldern.

Sie saßen in der offenen Kutsche, Windstille, kaum, daß Margots Schleier sich bewegte. Das Kleid, so die einhellige Meinung, war ein Traum, glänzender Duchesse, lange schmale Ärmel, der Rock überweit, mit Spitzenmedaillons besetzt und auf dem engen

Mieder zwei Reihen winziger Knöpfe. »Könnte aus Paris sein«, hatte Frau Wolff bei der letzten Anprobe gesagt, voller Stolz, denn anfänglich hatte man den Kopf geschüttelt über Margots Iffenhausener Schneiderin. Jetzt jedoch wollte jede Dame, die das Ergebnis vorzeitig in Augenschein nehmen durfte, sofort ihre Kundin werden, Begründung einer Bielefelder Karriere, von längerer Dauer als Margots, auch auf solideren Füßen.

Was Harald betraf, so hatte er das Kleid erst zu sehen bekommen, als er Margot bei der Hellkampschen Kusine im Johannistal, ihrem Quartier während der Verlobungswochen, abholte. Sie stand vor ihm, Teerosen in der Hand, und wurde rot, so sah er sie an. Seit ihrer Ankunft in Bielefeld hatten sie nicht mehr zusammen geschlafen, in der Brautzeit solle man keusch sein, meinte er, und sie wollten sich doch freuen auf die Hochzeitsnacht. Ein Umschwung, der ihr etwas albern erschien angesichts der Tatsachen. Aber es hätte sich ohnehin kaum eine Gelegenheit geboten für das, was von nun an nicht mehr als unkeusch gelten würde.

Er hielt ihre Hand, als sie vom Markt zur Neustädter Straße fuhren. »Meine Frau«, sagte er, »gleich bist du meine Frau«, so feierlich, als nähme er ein heiliges Wort in den Mund. Es rührte sie, weil er sonst nicht zur Feierlichkeit neigte, und sie war stolz, neben ihm zu sitzen, gut wie er aussah in dem dunklen Anzug, ein schönes Paar, fanden die Leute am Straßenrand. Margot lächelte ihnen zu, »Harald«, sagte sie, »ich liebe dich, ich liebe dich wirklich«, und selbstverständlich glaubte er ihr, seiner Sache so sicher wie des Amens in der Marienkirche, die sie nun betraten, ohne Glockengeläut, denn auch diese Türme waren Opfer der Bomben geworden. Doch als das Portal sich öffnete, setzte die Orgel ein, und an Haralds Arm ging Margot durch das gotische Schiff zum Altar. Eigentlich hatte sie sich gewünscht, daß Pastor Schaper dort stehen sollte, ein Wunsch, der an den Hellkampschen Traditionen scheiterte. Aber er hatte den Trauspruch ausgesucht, Hebr. 13,9: Es ist ein köstlich Ding, daß das Herz fest werde, welches geschieht durch Gnade.

Als sie aus dem Dämmerlicht der Kirche vor das Portal traten, wo die Neugierigen sich drängten, fürchtete Margot noch einmal, jemand könne kommen und sagen: »Ich bin aus Pyritz«, ihre dauernde Angst während des Aufgebots. Aber offenbar gab es keine Pyritzer in Bielefeld, und wenn, dann hatten sie versäumt, den Aushang am Standesamt zu lesen. Unbehelligt stieg sie in die Kutsche, um zur Hochzeitsfeier im »Bielefelder Hof« zu fahren, Frau Margret Hellkamp, ein neuer, gültiger Name, was konnte jetzt noch geschehen.

Um es gleich zu sagen, nichts wird geschehen von außen, kein Zeuge der Vergangenheit sich einmischen, Margot hätte, soweit es das betraf, ihr Leben in Ruhe hier verbringen können. Und so sah sie es auch, als sie am nächsten Morgen neben Harald aufwachte und das Frühlicht durch die hellblauen Vorhänge des Schlafzimmers drang, und rundherum die Stille des Hauses, in das sie gehörte: Mein Mann, mein Haus, meine Zukunft. Margots falscher Traum. Sie war ihm nachgelaufen, in die Falle hinein. Niemand kam, um sie herauszuholen. Nichts kam von außen, alles von ihr selbst.

Im Grunde begann es schon an diesem Tag, beim Frühstück. Der erste gemeinsame Morgen. In Göttingen hatten sie nie eine Nacht zusammen verbringen, nie zusammen erwachen können, auch sonst wenig Zeit füreinander gehabt unter dem Druck von Haralds Examen, eigentlich, wenn man es bedachte, nur Zeit für die Liebe. Doch nun waren sie zusammen eingeschlafen und aufgestanden und saßen im Wohnzimmer, das seine Mutter ihnen aus den Beständen des Hauses eingerichtet hatte, englisch angeblich, denn von den Besatzungstruppen abgesehen hatte sie ein Faible für die Engländer mit ihrer königlichen Familie, für Schlösser, Kronen und höfisches Gepränge. Englisch also, großblumiger Chintz auf den Sesseln, der blaßgrüne Teppich ebenfalls mit Blumenmustern, Hepplewhite-Stühle im Erker und der Schrank eine Art Chippendale. Für die Fenster hatte Margot sich Vorhänge in der Farbe des Teppichs gewünscht, aber nur weißen gerafften Voile bekommen. »Vorhänge, Kind«, erklärte ihre Schwiegermutter, »passen nicht zum Stil, das wäre hier ausgesprochen piefkisch, wie bei kleinen Leuten.«

Gefrühstückt wurde an dem runden Erkertisch, etwas eng, aber ausreichend. Die übrigen Mahlzeiten nahmen sie ohnehin unten mit den Eltern ein, so daß die provisorische Teeküche der ausgebombten und nun auch wieder ausquartierten Verwandtschaft weiterhin genügte. Der restliche erste Stock gehörte wie das Herrenzimmer, das als Büro deklariert war, offiziell zur Weberei, zusätzliche Lagerräume, pro forma mit allerlei Gerätschaften vollgestellt und auf diese Weise dem Zugriff des Wohnungsamtes entzogen.

Ein hübscher Platz, der Erker, nach Osten gerichtet, und die Morgensonne nicht zu heiß für die Pflanzen auf den breiten Fensterbrettern. Am Vormittag nach der Hochzeit allerdings regnete es, tröstlich, fand Margot, denn die Reise nach Sylt, wo sie das Meer sehen wollte, endlich das Meer, war gestrichen worden. Wichtige Entscheidungen standen bevor, von denen es abhing, ob die Weberei, in der zur Zeit erst achtzig Stühle liefen, die Produktion weiter erhöhen und allmählich wieder die Vorkriegskapazität erreichen konnte. Verhandlungen mit Kunden, Lieferanten und Banken mußten geführt, Arbeiter eingestellt, Maschinen erneuert werden, Anstrengungen, denen sich der alte Hellkamp allein nicht mehr gewachsen fühlte. Und wer jetzt nicht auf dem Quivive sei, sagte Harald, der würde auch in Zukunft hinterherhinken.

»Sylt im Regen, stell dir das vor. Hier ist es sowieso schöner, gerade im Herbst, so viele Astern und Dahlien im Garten, und der Teutoburger Wald ist nicht weit.«

Er griff über den Tisch nach Margots Hand. »Du hast einen Nesthocker geheiratet. Als Kind schon habe ich mir immer unser Haus vorgestellt, wenn vom Paradies die Rede war. Du auch?«

Margot schloß die Augen, ich sehe was, was du nicht siehst.

Harald biß in sein Schinkenbrötchen. »Keine Fremden mehr im Haus. Haben wir fabelhaft hingekriegt, wie?«

Er lachte, und Margot, irritiert von der unbekümmerten Freude über den gelungenen Coup, sagte: »Vier leere Zimmer. Da hätten zwei Familien Platz.«

»Möchtest du die gern hier oben haben?«

Sie goß ihm Kaffee ein, Frau Hellkamp im Erker. »Wer möchte das wohl. Aber es ist ungerecht. Bloß weil ihr Beziehungen habt.«

»Wir, Schatz, wir. Du gehörst jetzt nämlich dazu.« Harald drückte den Rücken durch. »Meine Mutter mit ihrem englischen Tick. Findest du diese Dinger eigentlich bequem?« Er schob seinen Stuhl beiseite und holte sich einen anderen aus dem Herrenzimmer. »Wir beschäftigen schon wieder über achtzig Arbeiter, und ich schufte wie ein Berserker, damit wir auf den alten Stand kommen, zweihundert weg von der Straße, in Lohn und Brot. Da steht es uns ja wohl zu, ein bißchen komfortabler zu leben als die Leute.«

»Die Leute!« sagte Margot. »Die Leute sind auch Menschen.«

»Sehr originell. Aber es wird ja wohl noch Kristallisationspunkte geben dürfen.«

»O Gott«, sagte sie.

»Was hast du eigentlich? Du bist doch auch nicht aus dem Schweinekoben gekommen.«

Margot hob den Kopf. »Und wenn?« fragte sie und wollte etwas sagen. Gut vielleicht, daß Harald eine Fortsetzung der Diskussion verhinderte. Schließlich waren sie in den Flitterwochen, und noch ließ Margot sich gern zum Schweigen bringen. Aber das Wort war da, Schweinekoben, es blieb hängen wie anderes auch, piefkisch zum Beispiel, das ihre Schwiegermutter so gern gebrauchte, und jedesmal schien es Anna Jarosch zu treffen und die Enkelin in der Kleinen Wollweberstraße. »Ich ersticke an meiner toten Vergangenheit«, wird Margot eines Tages sagen, zu Wiethe, der langsam näherrückt. Keine drei Jahre bleiben noch für Bielefeld und diese Ehe, gerade begonnen, und schon beginnt das Ende.

Fest steht im übrigen, daß sie es gut machen wollten, beide, auch Harald in seiner heilen Welt, der nicht verstand, warum es nicht gutging, so einfach, wie doch alles schien. »Man muß sich einig sein«, ließ er bei der ersten wirklichen Auseinandersetzung mit Margot verlauten. »Hü und hott unter demselben Dach, das führt zu nichts, und schließlich hast du ja gewußt, unter welches Dach du kommst.«

»Aber nicht, daß das Dach für dich denkt«, sagte sie, zu Unrecht, denn sie hatte auch dies gewußt, es nur nicht wissen wollen, und wie konnte sie ihm vorwerfen, daß er war, wie er war.

Der Streit mit den falschen Vorwürfen ereignete sich im Sommer 1949, elf Monate nach der Hochzeit, fast ein Jahr, in dem Margot alles darangesetzt hatte, glücklich zu sein in ihrer neuen Umgebung, die es zu erobern galt, gesellschaftlich etwa, der Kreis, zu dem sie nun gehörte und wo man sie von Anfang an reizend nannte, aber auch das Haus, auf dessen Führung ihre Schwiegermutter sie vorbereitete. Herr Hellkamp senior, der alte Hellkamp seit Haralds Eintritt in die Firma, konnte das Bielefelder Klima nur schwer vertragen, bei Westwind speziell, der von den Hängen des Teutoburger Waldes herunterwehte und ihm Atemnot, Husten und Angst vor Erstickungsanfällen brachte, so daß ein Umzug nach Norderney erwogen wurde.

»Und dann, Margret«, sagte seine Frau, »solltest du firm sein. Auch wenn man nicht selbst spänt und bohnert, muß man wissen, wie das Parkett gepflegt wird, sonst tanzt einem das Personal auf der Nase herum.«

Wichtiger als das Parkett aus honigfarbenem Eichenholz freilich war die Küche, in der Frau Hellkamp senior dem Mädchen nur die Vorbereitung der Speisen überließ, die Vollendung jedoch, das Würzen und Abrunden, das Aufschlagen einer Hollandaise, die Überwachung des Bratens, nicht aus der Hand gab, ebensowenig wie die Einkäufe und Bestellungen. Ein zufriedener Mann sei auch ein guter Ehemann, erklärte sie, und Harald habe von seinem Vater die Feinschmeckerei geerbt, hin und wieder zwar Hausmannskost, Pickert mit Apfelmus etwa, Grünkohl mit Rauchenden, oder mal eine kräftige Erbsensuppe am Sonnabend nach alter Westfalenart, aber nicht zu oft. Und so führte sie Margot in die Geheimnisse der feinen Soßen ein – »um Gottes willen kein Mehl, Margret, das ist absolut piefkisch« –, der Bouillons, Consommés und Samtsuppen, der Cremes und Crêpes, zeigte ihr, wie ein Rehrücken rosa gebraten wird, eine Ente knusprig, wie ein Filet seine Zartheit bewahrt und der Fisch nicht zerfällt. Margot lernte es, wie sie bisher alles gelernt hatte, mit Eifer, Geschick und Schnelligkeit, und auch die Kunst des Einkaufens handhabte sie so gewandt, als hätte sie ihre Kindheit nicht mit Stinte und Schweinepfoten verbracht, sondern mit Roastbeef, glasiertem Kalbsbraten und Karpfen blau.

»Fabelhaft, wie sie das macht«, sagte Frau Hellkamp senior zu ihrem Mann. »Freundlich und mit Distanz, absolut ladylike, trotz ihrer Jugend. Ich glaube, wir können ihr unbesorgt das Haus überlassen«, und der alte Hellkamp, ohnehin väterlich verliebt in die Schwiegertochter, richtete ihr bei der Commerzbank am Jahnplatz ein kleines Konto ein, fünfhundert Mark vorerst, »damit du dir mal einen Hut leisten kannst, ohne deinen Mann zu fragen«, dies mit Augenzwinkern als Anspielung auf die Unstimmigkeit, zu der es zwischen Harald und Margot gekommen war, weil sie sich drei Hüte auf einmal gekauft hatte, etwas wie ein Kaufrausch, der sie bei der Putzmacherin Nebel überfallen hatte. Alles war so einfach plötzlich, in den Laden gehen, aussuchen, Rechnung an Hellkamp. Doch diesmal hatte Harald Einspruch erhoben: »Verschwendung, du streust das Geld durch die Gegend wie Konfetti.« *Sein* Geld, wollte er damit sagen, und fortan kaufte Margot nichts mehr, ohne zu fragen. »Sei nicht albern«, sagte er schließlich und setzte ihr ein monatliches Taschengeld aus, hundert Mark, großzügig bemessen, die Mädchen im Haus erhielten nur den dritten Teil als Lohn. An jedem Ersten lagen die Scheine morgens auf dem Frühstückstisch, und Margot nahm sie und zahlte fünfzig Mark davon auf ihr Konto ein, der alte Anna-Jarosch-Instinkt, Ersparnisse unter dem Dielenbrett, alles jedoch mit Unbehagen, das sie herunterzuschlucken suchte, denn sie wollte glücklich sein.

War sie es jemals? Später, wenn sie an Bielefeld dachte, sah sie immer wieder das Biedermeierzimmer vor sich, die Familie abends bei einer Flasche Wein, und sie sprechen über die Firma. Ein unerschöpfliches Thema, ein erfreuliches auch. Jedenfalls ging es mit der Weberei Hellkamp offensichtlich aufwärts, im Gegensatz zu der allgemeinen wirtschaftlichen Situation, knappes Geld, die Preise zu hoch und an die zwei Millionen Arbeitslose. Dennoch, die vielen Flüchtlinge und Ausgebombten brauchten Kleidung, Bettwäsche, Handtücher, und Harald, der die Produktion weitgehend von Leinen auf Baumwoll- und Wollstoffe umgestellt hatte, besaß nicht nur eine Nase für die Bedürfnisse und den Geschmack der Kundschaft, sondern auch für Kanäle, über die sich das notwendige Rohmaterial aus dem Ausland beschaffen ließ, nach wie vor schwierig unter den bizonalen Verhältnissen. Fast hundert Webstühle waren wieder in Betrieb, und kaufmännisch, sagte der alte Hellkamp, der jetzt immer häufiger die Tage auf dem Sofa verbrachte, sei sein Sohn ein Fuchs, da könne er sich ganz beruhigt nach Norderney zurückziehen, und wenn Adenauer Bundeskanzler würde, müsse man sich wegen der Gewerkschaft auch keine Sorgen mehr machen.

Politik, ebenfalls ein gern diskutiertes Thema an diesen Abenden im Sommer 1949. Die Wahl des ersten Bundestags stand bevor, auf der einen Seite die CDU mit der sozialen Marktwirtschaft, auf der anderen die SPD, die für Planwirtschaft eintrat, Freiheit also, darin waren Vater und Sohn sich einig, gegen Zwang und Beschränkung der Arbeitgeberrechte, nur nicht die Roten, um Himmels willen nicht die Roten. Ein Männergespräch im übrigen. Frau Hellkamp senior saß schweigend im Sessel, die Augen aufmerksam ihrem Gatten zugewandt, ein kleiner Trick, wie sie Margot verriet. Die Gedanken nämlich ließe sie zu erfreulicheren Dingen schweifen, doch ein Mann brauche das Gefühl, alles, was er sage, sei von Interesse für seine Frau. Margot schwieg genauso, obwohl sie täglich die Zeitung las, Radiokommentare hörte und sich ihre eigenen Gedanken machte. Gegen sich selbst leben, wird sie einmal zu Wiethe sagen, sie habe gegen sich selbst gelebt. Kein Zustand auf die Dauer, sie weiß es längst, und der schon erwähnte Streit, jener erste, schwerwiegende in ihrer Ehe, entzündete sich an eben den Fragen, zu denen sie bisher geschwiegen hatte.

Es war August, am Sonntag vor der Wahl, als Harald seinen neuen VW Export bekommen hatte, ein bewegendes Ereignis. Die Wagen des Betriebs waren im Krieg bis auf ein Tempo-Dreirad beschlagnahmt worden, und dem alten, noch vor der Währungsreform erkungelten Opel P4 drohte täglich der Zusammenbruch. Und nun dieses Auto, das erste nach zehn Jahren. Bestellt hatte man es bereits 1938 bei Hitlers großer VW-Aktion, jedem Volksgenossen sein Volkswagen, neunhundertneunundneunzig Mark der Preis. Jetzt kostete er fast fünfeinhalbtausend, aber was machte es, da war er, Symbol der seinerzeit zwar unterbrochenen, aber keineswegs beendeten Fahrt in eine bessere Zukunft.

»Wir kommen wieder nach oben«, sagte Harald, die Hand auf dem bordeauxroten, makellosen Lack des Kotflügels, »die haben uns noch längst nicht kleingekriegt, die werden sich noch wundern.«

Am Sonnabend hatte man das Auto geliefert, am Sonntag sollte es eingeweiht werden. Jungfernfahrt, das Wetter schön, Volkswagenwetter, sagte Harald, der Mann am Steuer. Sie fuhren durchs Lipper Land bis nach Bad Salzuflen, wo sie im Kurhaus Kaffee trinken wollten, kein guter Einfall, wie sich zeigte, das Restaurant war überfüllt, und als sie endlich einen leeren Tisch gefunden hatten, reagierte der Ober weder auf Winke noch auf Rufe.

»Wir hätten zu Hause bleiben sollen«, sagte Harald ärgerlich. »Am Sonntag ist das ganze Volk unterwegs. Dahinten sitzen sogar ein paar Mädchen aus der Weberei.«

»Dürfen sie das etwa nicht?« fragte Margot.

Er überhörte ihren gereizten Ton, bestellte, weil endlich der Ober erschienen war, Kaffee, Kirschtorte und Kognak, redete über die Vorzüge seines VW, und als der Kaffee kam, sagte er: »Guck sie dir an, die dürfen wählen. Und die wählen alle Sozi, ist doch klar.«

Margot sah in sein Gesicht, der Silberblick, der ihr so gut gefiel oder gefallen hatte, denn in diesem Moment saß ein Fremder ihr gegenüber, ein besserer Herr wie jener, der ihre Mutter Hedwig im Stich gelassen hatte. Harald Hellkamp, der Juniorchef in seinem beigefarbenen Sommeranzug, was hatte sie mit ihm zu tun.

»Ist was?« fragte er.

»Du solltest für das Zweiklassen-Wahlrecht kämpfen«, sagte sie. »Wie im alten Preußen.«

»Wäre gar nicht schlecht.« Er lachte und steckte sich ein Stück Torte in den Mund.

»Dann mußt du gleichzeitig das Frauenwahlrecht wieder abschaffen. Ich wähle nämlich auch die Sozis.«

»Mach nicht solche Witze.« Harald lachte immer noch, und sie sagte: »Es ist kein Witz.«

»So?« Er griff nach ihrem Handgelenk. »Sag das noch mal.«

Sie starrte in seine Augen, und der Griff wurde fester. »Weil ich nicht will, daß Leute, die reden wie du, an die Macht kommen.«

Harald saß aufrecht da, in seinem Gesicht etwas Neues, Ungewohntes, das ihr angst machte. Er fragte sie, ob sie nicht gewußt habe, unter welches Dach sie käme, und sie gab ihre Antwort, und der Streit ging weiter. Aber eigentlich bereute sie schon ihre schnellen Worte. Stumm gingen sie zum Auto zurück. Bevor sie losfuhren, fragte er: »War das wirklich dein Ernst?«

»Ich habe mich geärgert«, sagte sie. »Es hat so unmenschlich geklungen.«

»Vielleicht hast du recht.« Er legte den Arm um sie. »Du kannst dich darauf verlassen, daß ich das Beste für unsere Leute will. Wenn es der Firma gutgeht, geht es ihnen auch gut. Friede?«

Sie nickte, und irgendwo am Waldrand ließ er den Wagen stehen, sie liebten sich im Schutz einer Buchenschonung, und am Sonntag darauf warf Margot einen leeren Wahlzettel in die Urne. Wir lieben uns, wir sind glücklich, redete sie in sich hinein, ein endloser Rosenkranz gegen den Zweifel, während die Zeit verging.

Im Winter holte sie ihre Göttinger Vorlesungsskripte wieder heraus und besorgte sich in der Bielefelder Stadtbücherei alles, was sie an entsprechender Literatur dazu finden konnte.

»Du kleisterst dir das Hirn zu«, sagte Harald irritiert, als er eines Abends nach Hause kam und sie so vertieft war in Alfred Webers »Kulturgeschichte als Kultursoziologie«, daß sie ihn nicht einmal bemerkt hatte. »Was soll das? Willst du etwa dein Studium nachholen?«

Plötzlich fing sie an zu weinen, unvermittelt, hilflos gegen die Tränen, der Krug, der so lange zum Brunnen geht, bis er bricht. Und als sie endlich wieder sprechen konnte, sagte sie, daß sie etwas brauche, eine Aufgabe, irgendeine, und ob sie nicht mit ihm zusammen in der Firma arbeiten könne, als seine Assistentin vielleicht. »Du bist so überlastet«, sagte sie, »zehn, zwölf Stunden im Betrieb, ich könnte dir helfen, ich begreife doch schnell, worauf es ankommt, und mit Zahlen weiß ich auch Bescheid«, und hätte beinahe von Buchführung gesprochen, kaufmännischem Rechnen, Bankgeschäften, stockte aber noch rechtzeitig. »Englisch, vielleicht ist Englisch nützlich demnächst, und überhaupt, auf mich könntest du dich wenigstens verlassen.«

Ein Hilferuf, er hörte ihn auch, er liebte sie doch und wußte genau, was ihr fehlte und was sie brauchte.

»Liebling, im Büro hocken von morgens bis abends, du hast keine Ahnung, wie das ist. Und wenn du erst ein Kind hast...«

»Sei doch still«, sagte sie.

Er küßte sie. »Es ist scheußlich für dich im Moment, immer hoffen, und dann wieder die Enttäuschung. Aber alles wird gut, ich verspreche es dir.«

Seine Hände fuhren über die Perlenkette an ihrem Hals und weiter zum Ohr. »Komm, wir haben noch Zeit bis zum Abendessen.«

Sie wollte sich wehren, vergeblich, er kannte ihren Körper längst viel zu gut, und es war ja schön mit ihm, immer noch schön, wenn auch nicht so schön wie am Anfang, nur die Liebe damals, und jetzt sollte ein Kind daraus werden, endlich ein Kind.

»Nun wird es aber Zeit«, hatte Harald am ersten Hochzeitstag gesagt, als er ihr sein Geschenk, die Perlenkette, umband, »und an mir soll es nicht liegen.« Eine programmatische Erklärung, die Margot eher hemmte, besonders seit er begonnen hatte, über ihren Zyklus Buch zu führen, die fruchtbaren Tage errechnete und, wenn es soweit war, früher als üblich aus der Firma kam, ja sogar, eine Seltenheit sonst, um die Mittagsstunde. Zwecks Zeugung, nannte sie es bei sich.

Heute war so ein Tag. Und während er sie ins Schlafzimmer zog, spürte sie, wie sich das Begehren, das er in ihr zu wecken verstand, mit Widerwillen mischte.

»Nicht jetzt«, sagte sie.

»Doch«, sagte er, war liebevoll, zärtlich, leidenschaftlich, alles, was sie mochte, und erst hinterher dachte sie daran, daß unten im Biedermeierzimmer seine Eltern saßen und ebenfalls auf den Erfolg warteten. Ein kleiner Kronprinz, der fünfte Hellkamp für die Firma. »Ob ich meinen Enkel wohl noch zu sehen bekomme?« fragte der alte Herr immer wieder bekümmert. Sein Leiden hatte sich verschlimmert, der Umzug nach Norderney sollte im Spätsommer stattfinden, und Haralds Mutter in ihrer Sorge hatte die Schwiegertochter erst kürzlich zu einem berühmten Kölner Gynäkologen geschickt, der jedoch keinerlei Mängel entdecken konnte.

Vielleicht, meinte Margot, könnte Harald gleichfalls zum Arzt gehen, was er als Zumutung empfand. Ob sie ihn für einen halben Hahn halte, wollte er wissen, schon wieder eine Verstimmung, aber auch diese wurde geglättet.

Und dann endlich, im August, war es soweit. »Ich gratuliere«, sagte der Arzt, und alle im Haus freuten sich. Frau Hellkamp senior ordnete an, die Wiege aus schwärzlichem Eichenholz, in der schon ihr Mann und ihre Söhne gelegen hatten, vom Speicher zu holen, und der alte Hellkamp, trotz Westwind und Hustenanfällen, ließ es sich nicht nehmen, bei dem Juwelier Schlüter in der Oberstraße eigenhändig einen herzförmigen Anhänger auszuwählen, Rubine und Brillanten, den er Margot am Abend mit feierlichen Worten überreichte. Harald wollte sie gar nicht aus den Armen lassen und gab sogleich die zweite Schnur für die Perlenkette in Auftrag, zu früh, alles viel zu früh, »ist Tag erst gut, wenn Mond wird hell«, hatte Anna Jarosch gesagt. Aber niemand dachte im Überschwang an Sprüche dieser Art, auch Margot nicht, was wußte sie von Schwangerschaft und Geburt, von den Empfindlichkeiten des Leibes und der Seele, von dem Dämon Fratzefrau, der ihr im Dobbertinschen Laden, als sie auf ihrem Bänkchen vor dem Zuckersack gesessen hatte, begegnet war. Sie freute sich nur, auf das Kind, und daß sie endlich eine Aufgabe haben sollte im Haus. Und vielleicht, wenn der Koreakrieg nicht gerade begonnen hätte in diesem Sommer, wäre das Kind, mit aller Vorsicht sei es gesagt, sogar zur Welt gekommen, wären zumindest die Folgen seiner Lebensverweigerung nicht so dramatisch verlaufen. Aber irgendwann mußte ihr Wolkenhaus wohl zusammenfallen, so oder so.

Der Anstoß kam von oben, aus der Bonner Zentrale gewissermaßen, ausgelöst durch das Angebot von Bundeskanzler Adenauer, die in Korea kämpfenden Amerikaner mit einem deutschen Truppenkontingent zu entlasten. Adenauers Politik und Margot? Keineswegs ein abwegiger Gedanke, soweit es Wiethe betraf, der, wie man weiß, zu ketzerischen Äußerungen neigte. »Wieso abwegig?« sagte er, als seine Zeit gekommen war, »Politik, die setzt sich in deine Stube und legt sich zu dir ins Bett und kocht deine Suppe und tritt dich in den Hintern, daß du direkt im Sarg landest. Warum sollten Frauen in ihrer Panik da keine Fehlgeburt kriegen?« Grund genug gäbe es jedenfalls, und wenn die Mütter bereits bei den Ungeborenen empfindlicher reagieren würden, müßten sie möglicherweise weniger um die Geborenen weinen.

So Wiethe im nachhinein. Noch allerdings hat er nicht mitzureden, es war Haralds Kind, das in der Emailleschale hinausgetragen wurde, ein vier Monate alter Fötus, männlichen Geschlechts, wie der Arzt auf dringliche Fragen erklärte. Harald gab es an Margot weiter: »Mein Sohn!« sagte er, »du hast meinen Sohn umgebracht«, wenngleich nicht einmal feststand, ob der Abgang tatsächlich eine Folge ihrer Verzweiflung war, jenes Ausbruchs, hysterischen Anfall nannte ihn Harald, zu dem sie sich hinreißen ließ, als am Abend des 8. November vom Rundfunk Auszüge der Bundestagsdebatte gesendet wurden, in der Bundeskanzler Adenauer für die Wiederbewaffnung plädierte als Beitrag zur europäischen Abwehrfront gegen die Sowjets.

Es war gegen Ende des dritten Monats, die Phase des Mißbefindens vorüber, Margot fühlte sich wohl, behütet und geborgen. Haralds Eltern wohnten seit Anfang Oktober auf Norderney, und so, hoffte Margot, würde es bleiben, nur Harald und sie im Haus, bald noch das Kind, und nicht mehr die Allgegenwart ihrer Schwiegermutter, deren Augen und Ohren kaum etwas entgangen war von den Stimmig- und Unstimmigkeiten oben im ersten Stock. Kurz vor der Abreise hatte sie Margot beim Schlachter noch einen Rat erteilt, angesichts frischer Pökelzungen, ihrer Vorliebe und ihrem Verzicht, denn der alte Hellkamp verabscheute Zunge, wogegen Innereien, die wiederum sie nicht riechen konnte, zum ständigen Repertoire gehörten, mit Äpfeln und Zwiebeln, in Senf- oder Kognaksoße. »Pökelzunge in Burgunder«, sagte sie sehnsüchtig, während die Schlachtersfrau Nieren abwog, wies jedoch Margots Vorschlag, sich diesen Wunsch gelegentlich zu erfüllen, weit von sich. »Man muß Zugeständnisse machen, Margret. Siebzig Prozent des Glücks einer Ehe beruhen auf Kompromissen, und mindestens sechzig davon gehen aufs Konto der Frau.«

Da stand sie, in ihrem hellgrauen Schneiderkostüm, Frau Hellkamp senior, gewohnt, daß ihr in jedem Laden nur die besten Stücke vorgelegt wurden. »Kompromisse«, wiederholte sie, »glaube mir, ich bin nicht schlecht damit gefahren«, und ein paar Tage später, ehe sie sich ins Auto setzte, nahm sie Margot noch einmal in die Arme und flüsterte: »Denk an die Kompromisse, Kind.«

Margot hatte ihr hinterhergewinkt und gedacht, daß es verhältnismäßig einfach sei, bei Pökelzunge und Nieren zurückzustecken. Dann ging sie erleichtert ins Haus. Obwohl, den alten Hellkamp hätte sie gern behalten, der ihr wie ein Vater manchen Hundertmarkschein zugeschoben, hin und wieder auch ihr Konto aufgestockt hatte und dankbar gewesen war, wenn sie an seinem Sofa saß, wobei er meistens einzuschlafen pflegte, ein Bogen friedlicher Sympathie, der sich von einem zum anderen spannte. Aber Norderney lag nicht am Ende der Welt, sie würde hinfahren mit dem Kind und das Meer sehen. So, wie es war, endlich allein im Haus, war es gut.

Harald äußerte sich ebenfalls zufrieden über die Trennung. »Wir brüten«, sagte er, »wir dürfen nicht gestört werden«, und umwickelte Margot mit seiner Fürsorge, Mutter und Kind, Kostbarkeiten. Sie fing an, sich selbst kostbar zu fühlen, eingekuschelt in ihr Nest, fernab der Welt, in der es allenthalben schon wieder nach Krieg roch, kaltem und heißem, dazu der neue Zwist im Volk über die Wiederbewaffnung, Demonstrationen, die sich ankündigen, auch die Gummiknüppel liegen bereit. Sie jedoch hatte den Vorhang zugezogen, so wie seinerzeit in Pyritz, bis Patschek gekommen war und ihn herunterriß.

Diesmal geschah es durch Adenauers rheinische Altherrenstimme abends um acht Uhr im Radio: »Für jeden Deutschen, meine Damen und Herren, mit gesundem Empfinden muß es ein zwingendes Gebot sein, Heimat und seine Freiheit zu verteidigen.«

Margot lag auf dem Sofa. Sie hatten unten am großen Tisch zu

Abend gegessen, drei Gänge wie üblich, alles auf Hellkampsche Weise zubereitet. Nun saß Harald im Sessel und wollte eigentlich Zeitung lesen.

»Hast du das gehört!« Margot richtete sich auf. »Gesundes Empfinden!«

»Was stört dich daran?« fragte er, und Margot, obwohl sie die Frage nicht hätte überraschen sollen, rief, das könne einfach nicht wahr sein, und ob er denn alles schon vergessen habe, Hitler und Goebbels und das gesunde Volksempfinden, und wie man überhaupt dergleichen wieder in den Mund nehmen könne, ein Bundeskanzler, sie begreife es nicht.

»Beruhige dich doch, Liebling.« Harald stand auf und setzte sich neben sie. »Damals, das kannst du doch nicht mit heute vergleichen.«

»Es ist erst fünf Jahre her«, sagte Margot.

»Schon! Schon fünf Jahre! Wahrhaftig Zeit, daß wir unsere Souveränität wiederbekommen, und ein souveräner Staat muß sich verteidigen können.« Er legte den Arm um sie. »Nur wenn du dich nicht wehren kannst, kriegst du Prügel«, sagte er und spürte nichts von ihrem Entsetzen, wie auch, mit so anderen Bildern im Kopf, Bildern von heute und morgen, nichts mehr darin von gestern, während für Margot der Film des vergangenen Schreckens ablief, der blaue Himmel bei Neustrelitz, die Wiese am Straßenrand, tack, tack, tack machen die Tiefflieger, ein Pferd wiehert, Mama, weint das Kind.

»Ewig können wir nicht im Büßerhemd durch die Gegend laufen«, sagte Harald. »Und Gott sei Dank brauchen die uns. Oder meinst du, Italiener und Franzosen können Europa verteidigen?« Haralds Lachen, und Lore liegt neben der toten Frau, es sollte doch anders werden, und Harald redet immer noch, »eine neue Wehrmacht würde auch die Wirtschaft wieder ankurbeln, Aufträge für Uniformtuch, damit könnten wir in der Weberei endlich wieder auf Vorkriegsstand kommen«, und sie geht zum Kübelwagen, der feuchte Schlüpfer klebt an den Schenkeln, die Hände sind voll Blut.

»Mein Sohn soll wieder stolz sein auf sein Land«, sagte Harald, und plötzlich fing Margot an zu schreien, ihr sogenannter hysterischer Anfall. »Ich will kein Kind«, schrie sie, »ihr hört ja doch niemals auf, ich will das Kind nicht, ihr bringt es ja doch wieder um«, und schlug mit den Fäusten auf das Sofakissen und nach Harald, der sie beruhigen wollte, und fing an zu husten und zu brechen, bis sie keine Kraft mehr besaß. Sieben Wochen danach kam die Fehlgeburt, und Harald gab ihr die Schuld am Verlust des Kindes. Erst Wiethe sagte ihr eines Tages, daß die Schuld nicht bei dem zu suchen sei, der Unerträgliches nicht ertragen könne.

Jahrzehnte nach diesen Ereignissen, wenn Margot über ihr Leben nachdachte, das unter den ratternden Geräuschen von Pferdewagen begonnen hatte und als dessen letzte Wahrnehmung ein Atomblitz ihr nicht ausgeschlossen schien, meinte sie, daß man eigentlich jeden Tag nach dem Krieg hätte festhalten müssen, um den Schneckenschritt des Wandels von Friedenssehnsucht und Lebensliebe mitten hinein in die Vorbereitungen neuer Katastrophen zu verstehen. Dieser allmähliche Vollzug. Statt sich zu wehren, sei man in den Tagen herumgeschwommen wie in warmem Wasser, endlich warm nach der langen Kälte, und habe sich gleich wieder überrumpeln lassen. Obwohl sie selbst, einmal zumindest, versucht hatte, sich den Anfängen entgegenzustellen, in jenem Teil ihrer Biographie, von dem nun die Rede sein soll. »Mein Ausstieg«, nannte sie es spöttisch im Hinblick auf die Nutzlosigkeit, gemessen am weiteren Lauf der Dinge. Nutzlos? Was kann man anderes tun, als sich zu entscheiden, wer man sein und mit welcher Stimme man sprechen will. »Deine Rede sei ja ja, nein nein«, pflegte Pastor Schaper die Bibel zu zitieren, und auch Anna Jarosch hatte das Ihre gesagt: »Sollst du in dein Leben singen gute Lied, Malenka, anständige Lied, und nicht rot werden in Gesicht mit Scham.«

Fraglich indessen, ob Margot zu der eigenen Stimme gefunden hätte ohne Wiethe, der im übrigen nicht auf sie zukam, nicht so wie damals zwischen Stettin und Ducherow, als sie ihm ihre Geschichte erzählte und er ihr den Mut gab, der Zink zu widersprechen. Wiethe, der Filou, vor dem sie sich nicht schämte und mit dem noch eine Rechnung zu begleichen war. Diesmal war sie es, die zu ihm ging, unvorhergesehen allerdings, einer von diesen

Zufällen, oder Einfällen eher. Frühmorgens im Zug jedenfalls, auf dem Weg nach Hamburg, ahnte sie noch nichts von der Begegnung am Nachmittag, genausowenig, wie sie am Abend zuvor etwas von der Reise nach Hamburg gewußt hatte. Margots schnelle Entschlüsse, Sprünge über die Mauer.

Daß sie wieder einmal springen mußte, war ihr im April klargeworden, ein Vierteljahr nach der Fehlgeburt, als Harald sich zu Verhandlungen in Amsterdam befand. Die Holländer, mit amerikanischen Rüstungsaufträgen eingedeckt, benötigten deutsche Importe, ein großer Auftrag stand ins Haus, gute Geschäfte für die Firma Hellkamp im Sog des Koreakonflikts. Der Krieg als Vater aller Dinge, schon Studienrat Harm hatte es bei seinen Morgenfeiern den Pyritzer Schülerinnen gepredigt, und auch Harald glaubte daran. »Krieg, ein uralter Instinkt, ohne Krieg kein Leben, du mußt vom Privaten abstrahieren und die Dinge allgemeiner sehen, so wie sie sind, nicht wie du sie haben möchtest.«

Margot reagierte nicht mehr darauf, es war alles gesagt. Er schob ihr Schweigen seinen Vorwürfen im Krankenhaus zu und versuchte es wieder gutzumachen durch Geschenke, die sie nicht haben wollte, und Zärtlichkeiten, vor denen sie zurückwich, bisweilen aber auch kapitulierte unter Auflehnung und Widerwillen. Doch als sie, zögernd noch, ohne selbst wirklich daran zu glauben, von Trennung sprach, verstand er sie nicht. Sie hätten doch ausgezeichnet zusammengepaßt und wären glücklich gewesen und würden es wieder sein, sie müsse nur vernünftig werden, eine vernünftige Frau, mit der man leben könne. Und ein für allemal, bei den Hellkamps gebe es keine Scheidungen.

Es war der Moment, in dem Margot begriff, daß nichts wieder gut werden konnte. Sie begriff es und bedachte es, bedachte die Kompromisse ihrer Schwiegermutter, das Haus, die Stellung in der Stadt und was es bedeutete, dies alles hinter sich zu lassen. »Mußt du suchen gute Brot und gute Bett, Malenka«, hatte Anna Jarosch gesagt, doch auch hinzugefügt, »und weglaufen von Knüppel.« Ein Satz, den Margot, in richtigem Deutsch allerdings und ohne die Quelle zu nennen, Harald vor seiner Abreise nach Amsterdam an den Kopf geworfen hatte.

Und nun, allein im Haus, das Zögern und Abwägen weggeschwemmt von dem Gedanken an seine Rückkehr, an die Tage und die Nächte mit ihm, an ein Kind womöglich, nach seinen Vorstellungen erzogen, beschloß Margot zu gehen.

Sie öffnete ihre Kommode, in der wohlversteckt auch die Jarosch- und Möllerumschläge lagen, und holte das Sparbuch heraus. Immer das gleiche vor den Aufbrüchen: Geld zählen, kalkulieren. Sie besaß rund zweitausendfünfhundert Mark, genug in etwa, um vier Semester durchzustehen, und kein Davonschleichen diesmal bei Nacht und Nebel, nur die Dinge regeln in Göttingen, dann zurückkommen und auf Harald warten: Ich gehe. Und wenn kein Geld dagewesen wäre? »Ich hätte irgend etwas mitgenommen«, sagte sie. »Das Silber. Oder ein Bild. Aber gegangen wäre ich.«

Gut, daß sich solche Übergriffe erübrigten und Margot dem Haus Hellkamp, wo man sie so freundlich empfangen hatte, nicht noch mehr nahm, als es ohnehin der Fall war. Ein Verlust indessen, der seinen Stachel wieder verlor durch den Einzug einer zweiten jungen Frau Hellkamp, nicht ganz so reizend wie die erste nach allseitiger, vielleicht sogar Haralds Meinung, jedoch normal und vernünftig, ohne Hysterien, und die Geburten problemlos. Kein Grund folglich für Melancholie, außer der, die Trennungen nun einmal innewohnt. Auch Margot wird traurig sein, wenn sie endgültig geht.

Am nächsten Morgen stieg sie schon früh in den Zug, nur ihre Aktentasche als Gepäck und unter dem Mantel einen karierten Faltenrock mit Bluse und Strickjacke. Kein Hut. Schluß mit den Hüten. Im übrigen fuhr sie nicht nach Göttingen, ebenfalls eine schnelle Entscheidung, sie wollte nicht zurück. Köln stand zur Debatte oder Hamburg, sie entschied sich für Hamburg. Warum? Es ließ sich nicht begründen. Der Name klang ihr angenehm im Ohr, vielleicht weil er sich mit der Vorstellung von Schiffen und Meer verband. Möglich aber auch, daß sich eine Stimme meldete aus der Vergangenheit, Hamburg, ich bin aus Hamburg.

Wiethe allerdings fiel ihr erst später ein, nachdem sie alle Vorhaben erledigt hatte, sogar schon immatrikuliert war, eine Überrumpelung beinahe. Sie lief durch die Straßen, ziellos an alten und neuen Häusern vorbei, an Baustellen, Ruinen, leergeräumte Grundstücke dazwischen, auf denen die Wildnis zu wuchern begann. Hamburg, wenige Wochen noch, dann wohne ich in Hamburg, aber was wird Harald sagen, was tue ich, was habe ich getan, und so fiel ihr Wiethe ein, Wiethe neben ihr im D-Zuggang, mein Sohn soll in Hamburg wohnen, sagte er.

Im Telefonbuch gab es fünf Wiethes, einer davon Berthold, Journalist, Sierichstraße. Sie wählte die ersten Ziffern und legte den Hörer wieder auf. Sie wollte sein Gesicht sehen.

Sierichstraße, Hamburg-Winterhude, ein Bürgerhaus ähnlichen Zuschnitts wie das Hannoversche Domizil des Ingenieurs Kremer, nur pompöser, aber die Marmorplatten im Flur zersplittert, die Treppen abgetreten, Brandflecken am Geländer. An der Wohnungstür im ersten Stock hingen neun Namensschilder und Visitenkarten. Wiethe, fünfmal klingeln.

Eine ältere Frau öffnete. »Bringen Sie die Abzüge?«

»Wieso?«

»Herr Wiethe hat gesagt, ich soll die Abzüge annehmen.«

»Ich habe keine Abzüge«, sagte Margot. »Wann kommt er denn wieder?«

»So gegen fünf. Kriegt er die Abzüge noch?«

»Vielleicht«, sagte Margot und fing an zu lachen. Der Dialog paßte zu Wiethe und dem Panzerschrank.

Am Nachmittag stand er dann vor ihr, nicht mehr der Oberleutnant mit goldenen Ärmelstreifen und Orden, eine graue Hose statt der Uniform, ein helles Hemd, die Ärmel hochgekrempelt, doch das Gesicht noch das gleiche, die Wachheit darin, auf dem Sprung sozusagen, nur nichts verpassen.

»Sie, young Lady?«

Die Stunde der Abrechnung, Wiethe, der sie verraten hatte.

»Verraten?« Er wohnte am Ende des langen Flurs, ein Eckzimmer mit drei Fenstern, das Bett, die Stühle, der Boden bedeckt mit Büchern und Zeitungen, eine Schreibmaschine auf dem Tisch und etwas wie eine Küche nebenan, in der er Kaffee durch den Filter laufen ließ. »Bißchen groß, so ein Wort, wie? Verraten! Ich habe meine Haut gerettet.« Er trug das Tablett ins Zimmer.

»Das Mädchen ist clever, habe ich gedacht, steckt den Schlüssel weg und weiß von nichts. Warum haben Sie das nicht getan?«

»Man hat mich verhört«, sagte Margot. »Und Lore ist tot.«

»Und ich bin schuld?« Er stellte die Tassen auf den Tisch, goß Kaffee ein und nahm die Zeitungen von den Stühlen. »Wollen Sie mir wirklich die ganze Chose aufladen, das und jeden Schritt hinterher? Wiethe als Schicksal? Und wenn Sie eine Stunde später losgegangen wären oder einen anderen Weg genommen hätten?«

»Hören Sie doch auf«, sagte Margot. »Sie reden mal wieder alles krumm und schief.«

»Und falls Sie in Mellenthin geblieben wären, säßen Sie jetzt vielleicht in Sibirien.«

»Natürlich«, sagte Margot. »Sie haben mich vor Sibirien bewahrt.«

Er saß ihr jetzt gegenüber, und sie bemerkte graue Strähnen in seinem krausen, borstigen Haar. »Also gut«, sagte er, »ich habe Sie im Stich gelassen, und es tut mir leid, und wahrhaftig, wenn ich gewußt hätte, was da passiert...« Er dachte nach. »Also, ich will nicht übertreiben. Ich weiß nicht, ob ich dageblieben wäre. Aber vermutlich hätte ich versucht, Sie zu warnen. Bloß wie? Ans Fenster klopfen? Und an welches? Ich war nie an Ihrem Fenster.« Er sprach immer noch so schnell wie früher, zwei Worte statt einem. »Schuld. Das ist auch so was Gewaltiges. Wissen Sie, ich wollte unbedingt übrigbleiben, schon aus Neugier. Aber vielleicht bin ich nur ein feiger Hund.«

»Wahrscheinlich«, sagte sie.

»Und mit feigen Hunden trinken Sie keinen Kaffee, wie?«

Margot stand auf.

»Bitte gehen Sie nicht weg«, sagte er. »Sie wissen doch, wie ich immer quatsche.« Er legte die Hand auf ihren Arm, einen Moment nur. »Das Bedeutsame ist mir irgendwann unterwegs abhanden gekommen, ich kann nichts dafür. Aber ich weiß, was Sie meinen. Es tut mir leid. Verdammter Krieg.«

Wiethe, er sitzt auf seinem Schreibtisch mit einem Kriminalroman. Das Kriegshirn, young Lady.

»Sind Sie wenigstens ein richtiger Friedensmensch geworden?« fragte Margot.

»Man tut, was man kann«, sagte er. »Und wie ist das mit Ihnen? Respektabel immer noch, wie? Immer perfekt. Ich hatte ja schon damals Angst, einen Fleck auf Ihre Bluse zu machen.«

Sie ging ans Fenster und sah zur Straße hinunter. Autos, Radfahrer, ein Preßlufthammer, der kreischend das Pflaster aufriß, und gegenüber, auf einem Stück grüner Bombenwiese, spielten Kinder. Wo sein Sohn sei, wollte sie wissen.

»Bei der Mutter, in Altona. Wir sind geschieden.«

»Wegen Annelie?«

»Wer ist Annelie? Ach Gott, ja, diese ganzen Annelies. Ich bin leider nicht so respektabel wie Sie, young Lady. Wissen Sie übrigens, daß ich Sie gesucht habe? In den Listen der Pommerschen Landsmannschaft.«

»Ich bin auch nicht respektabel«, sagte Margot.

»Aber keine Margot Jarosch vorhanden. Ich will eine Artikelserie schreiben...«

»Überhaupt nicht respektabel«, wiederholte Margot, und Wiethe sagte, ob sie ihm wohl mal zuhören könne, eine Artikelserie für den *stern*, alte Nazis in neuem Glanz oder so ähnlich, und da sei doch dieser Patschek gewesen.

Margot erschrak. »Max Patschek aus Pyritz? Woher kennen Sie den!«

»Woher wohl!« Er ging zum Schreibtisch und gab ihr ein Heft, sein Oktavheft aus Mellenthin. Bericht Margot Jarosch, stand dort, der Name unterstrichen, die Schrift verblaßt, und darunter: Lotte Lerche, Bankangestellte, ca. 40, liiert mit Johannes Rosenfeld, Jude, Schauspieler, Pseudonym Hanno Felt, gestorben vor 1933. Max Patschek, Parteigenosse, SA, Hauptmann (Luftwaffe), rechter Arm amputiert, Filialleiter Kreisbank Pyritz. Übergibt L. L. der Gestapo, weil sie sich weigert, das Rosenfeld-Foto vom Schreibtisch in der Bank zu entfernen – Nachtrag 1951: Patschek in Hamburg bei der Hansa-Bank. Lotte Lerche umgekommen 1944 im KZ Ravensbrück.

»Lotte Lerche«, sagte Margot.

»Sie steht auf der Totenliste. Und Patschek macht jetzt ganz groß Bankkarriere. Ich kann die Sache nur aufgreifen, wenn ich wasserdichte Zeugenaussagen habe. Kriege ich die von Ihnen?«

»Welche Aussagen?« Dabei wußte sie genau, was er meinte.

»Die ganze Affäre.« Wiethe spannte einen Bogen in die Schreibmaschine. »Dann man los.«

Lotte Lerche, Hanno Felt, Pyritz, nichts verschwindet, solange du dich erinnerst, erinnere dich.

»Es geht nicht«, sagte Margot.

»Na hören Sie mal.« Er nahm die Hände von der Maschine. »Haben Sie etwa Angst?«

Margot antwortete nicht.

»Jetzt passen Sie mal auf, young Lady.« Wiethe schob seinen Stuhl zurück. »Das hier ist eine ernste Sache. Diese ganzen verdammten Patscheks. Wenn der Kerl bei der Bank tatsächlich nach oben rutscht, wissen Sie, was das bedeutet?« Er beugte sich vor, die Augen zusammengekniffen. »Das sage ich Ihnen, wer am Geldhahn sitzt, macht Politik. Soll Patschek Politik machen? Vielleicht denken Sie mal darüber nach.«

Es war Abend inzwischen, der Preßlufthammer verstummt, etwas in ihr löste sich, wie hieß es in dem Märchen, Heinrich, der Wagen bricht, nein Herr, der Wagen nicht, es ist ein Band von meinem Herzen, und endlich konnte sie reden. Damals in Neustrelitz, der falsche Name, der falsche Mann, das falsche Leben.

»Ach, young Lady«, sagte er. »Was für ein Mist.«

»Es ist meine Schuld«, sagte sie. »Alle habe ich auf dem Gewissen. Meinen Mann und...«

»Der erholt sich wieder«, unterbrach er sie.

»Aber das Kind!«

»Die Ungeborenen«, sagte Wiethe, »sollte man nicht betrauern. Betrauern Sie Lotte Lerche, und werden Sie wieder Margot Jarosch, damit ich schreiben kann.«

Wie selbstverständlich das klang. Zieh dich um, nicht dieses Kleid, lieber das vom vorigen Jahr.

»Als ob das so einfach wäre«, sagte sie.

»Ihnen passiert überhaupt nichts«, sagte Wiethe. »Was meinen Sie, wie viele sich damals einen neuen Namen zugelegt haben, Kavaliersdelikt, es gibt sogar eine Amnestie dafür. Und wie ich Ihren Herrn Hellkamp einschätze, der wird Sie dann wohl auch nicht länger behalten wollen.«

Es machte sie wütend, wie leichtfertig er mit ihrem Leben jonglierte. Was mit dem Abitur werden solle, fragte sie, dem Studium, und er sagte, Sonderrabatt gäbe es vermutlich nicht, aber andere hätten das Abitur schließlich auch nachgeholt, vielleicht müsse sie von vorn anfangen, mit fünfundzwanzig könne man das, er sei erst mit achtundzwanzig aus dem Krieg gekommen.

»Ich habe keinen Vater, der das alles bezahlt«, sagte sie.

»Dann verdienen Sie sich was. Oder lassen es bleiben. Aber verschonen Sie mich mit weiteren Tragödien, Fräulein Jarosch oder Möller oder Hellkamp oder wie Sie heißen.«

Sie wollte endgültig gehen, doch er hielt sie fest und sagte, daß sie nicht beleidigt sein, sondern lieber mit ihm zu Abend essen solle. »Zwei so unrespektable Leute wie wir, die passen gut an einen Tisch.«

Er ging in die Küche. Margot blieb an der Tür stehen und sah zu, wie er Brot schnitt, schnell und unbekümmert.

»Für Sie ist alles nur ein Witz«, sagte sie.

Wiethe legte das Messer hin. »Da irren Sie sich aber gewaltig. Sie waren noch nie ein Witz für mich. Schade, daß Sie so etwas nicht merken.«

Sie setzten sich an den Tisch und aßen. Draußen im Flur schlugen ein paar Türen, dann wurde es still, nur das Parkett krachte hin und wieder.

»Altes Holz«, sagte Wiethe. »Viel gibt es nicht mehr davon in Hamburg.«

Er holte eine Flasche Rotwein und füllte die Gläser.

»Ich werde es tun, das mit dem Namen«, sagte Margot.

»Natürlich tust du es«, sagte er. »Und du schaffst es, du bist stark.«

»Aber nur bei Tag«, sagte sie.

»So?« Er hob sein Glas. »Was für helle Augen du hast.«

»Das hat bis jetzt noch jeder gesagt.«

»Und was soll ich sagen?« fragte er, und sie war wieder im Munitionsbüro von Mellenthin, Oberleutnant Wiethe geht an ihr vorbei, und sie wünscht sich, daß er stehenbleibt, aber er fährt nach Swinemünde.

Wiethe trat hinter ihren Stuhl.

»Wollen Sie nicht lieber nach Swinemünde fahren?« fragte sie und spürte seine Hand auf ihrer Schulter. »Ach, Malenka, denk an deine weiße Bluse.«

Malenka. Ich bin Malenka. Sie schloß die Augen und legte den Kopf zurück. »Ich möchte mit dir schlafen, Wiethe«, sagte sie, und das war das Ende von Bielefeld.

In der Nacht neben Wiethe, rundherum die Wohnung mit den vielen Namensschildern und draußen die neue Stadt, dachte Margot, daß alle ihre Schritte, seitdem sie von Pyritz aufgebrochen war, hierher geführt hatten, zu dieser Station, und daß sie erst jetzt anfangen konnte, den richtigen Weg zu suchen. Auch ein Traum? »Mensch in Traum läuft an Baum«, hatte ihre Großmutter gesagt, deren Bild sie wieder am Hals tragen wollte, im Medaillon der Marie Asmussen. Anna Jarosch, die polnische Wurstfrau aus der Kleinen Wollweberstraße.

»Ich will mich erinnern, Wiethe«, sagte Margot, aber er schlief schon, sein Atem an ihrer Schulter, und nichts daran wunderte sie. Ich bin Malenka, Harald, und es tut mir leid um uns.

»Bleibst du bei mir?« wird Wiethe am nächsten Morgen fragen. Was soll sie antworten? Vielleicht dies: Erst muß ich bei mir selber bleiben.

Margots Geschichte geht weiter.